David Safier

Miss Merkel
Mord in der Uckermark

Roman

Kindler

11. Auflage Oktober 2021

Originalausgabe
Veröffentlicht im Rowohlt Verlag, Hamburg, April 2021
Copyright © 2021 by Rowohlt Verlag GmbH, Hamburg
Covergestaltung any.way, Barbara Hanke und Cordula Schmidt
Coverabbildung Oliver Kurth
Typografie Farnschläder & Mahlstedt, Hamburg
Schrift Albertina MT Pro
Druck und Bindung CPI books GmbH, Leck, Germany
ISBN 978-3-463-40665-7

Die Rowohlt Verlage haben sich zu einer nachhaltigen Buchproduktion verpflichtet. Gemeinsam mit unseren Partnern und Lieferanten setzen wir uns für eine klimaneutrale Buchproduktion ein, die den Erwerb von Klimazertifikaten zur Kompensation des CO_2-Ausstoßes einschließt.
www.klimaneutralerverlag.de

Für Marion, die Liebe meines Lebens.
Für Ben und Daniel, die anderen beiden hell
strahlenden Lichter in meinem Leben.
Ich bin stolz auf euch!
Und natürlich auch für Max.

1

Ich muss mich erst mal hinsetzen», sagte Angela und setzte sich erst mal hin. Auf eine verwitterte Holzbank, die an einem kleinen Kiesweg lag und einen phantastischen Blick auf den Dumpfsee bot. Sie tupfte sich mit ihrem kleinen Stofftaschentuch, das ihr einst der Dalai Lama geschenkt hatte, den Schweiß von der Stirn. Gerne hätte sie behauptet, dass sie bereits eine mehrstündige Wanderung in unerträglicher Sommerhitze absolviert hatte, tatsächlich aber war sie gerade einmal fünfundzwanzig Minuten bei angenehmer Mai-Sonne spaziert. Nach all den Jahren in Berlin, in denen sie nur damals in der Corona-Krise auf zehntausend Schritte pro Tag gekommen war, als sie in ihrem Riesenbüro herumtigerte, gab ihre Kondition Anlass zu Trauerbekundungen. Es dürfte eine ganze Weile dauern, bis ihr Körper, der schätzungsweise dreitausend Staatsbankette überstanden hatte, wieder so etwas Ähnliches wie Fitness aufgebaut haben würde.

Angela blickte auf das kleine Gewässer. Es war auf jene unscheinbare Art und Weise lieblich, die genau nach ihrem Geschmack war. Das Schilf hatte die perfekte Länge und wehte anmutig in einem perfekten lauen Lüftchen. Das Wasser besaß das perfekte Blau, und die Vögel waren in ihrem Schwarmflug anmutiger als jedes Ballett-Ensemble, das sie je gesehen hatte. Und Angela hatte enorm viele gesehen, dank der Einladungen bei Staatsbesuchen in aller Welt. Eine der größten Willensleistungen ihres

Lebens war, bei einer siebenstündigen chinesischen Oper trotz Jetlag nicht neben dem Präsidenten Chinas einzuschlafen.

Hier auf dieser Bank, an diesem See, bei diesem Wetter vermisste sie Berlin kein bisschen, obwohl sie sich noch nicht so recht an das Leben in ihrem neuen Wohnort Klein-Freudenstadt, gelegen eben an jenem Dumpfsee, gewöhnt hatte. Wie auch? Sie war ja erst seit sechs Wochen hier. Ein paarmal war sie zwar schon durch den ebenfalls auf genau die richtige unscheinbare Weise lieblichen Ort spaziert, aber das reichte nicht, um sich hier bereits heimisch zu fühlen. Würde sie es jemals tun?

Oder würde sie sich schon nach wenigen Wochen nach ihrem alten, hektischen Leben in Berlin zurücksehnen, wie ihr Mann befürchtete und sie insgeheim auch? Dabei hatte sie ihm doch hoch und heilig versprochen, den Lebensabend mit ihm in Ruhe zu genießen. Und was würde geschehen, wenn sie dieses Versprechen brach? Würde ihre Ehe, in der er so sehr hatte zurückstecken müssen, dies aushalten?

«Alles in Ordnung, Schatz?», fragte Achim, der eigentlich Joachim hieß, aber während seines Studiums befunden hatte, dass Achim ein lässiger Spitzname war. Als Quantenchemiker kannte er die wahre Bedeutung des Wortes ‹lässig› nun mal nicht. Achim stand vor ihr in weißem Kurzarmhemd, blauer Halblang-Hose, die seine kurzen behaarten Beine freigab, und grauen Wanderschuhen, die er sich von einer jungen Verkäuferin als modern hatte aufschwatzen lassen. Angela liebte ihren Achim unter anderem auch dafür, dass er keine Ahnung hatte, was schick war und was nicht. Und dafür, dass er grundehrlich war, zu keiner Lüge fähig. Wie oft hatte sie gedacht: Warum sind nicht alle Männer so wie mein Achim? Und dann gab sie sich stets selbst die Antwort: Wenn alle so sanft wären, würde die Menschheit nicht überleben.

«Schatz, ich habe dich was gefragt», hakte er nach, er machte sich immer Sorgen um sie.

«Alles ist gut, Puffel. Mir ist nur ein wenig warm», antwortete Angela.

Achim holte aus seinem Rucksack, den er schon seit DDR-Zeiten besaß, eine alte Wasserflasche, aus der sein Vater schon zu Vor-DDR-Zeiten getrunken hatte und aus der das Wasser stets metallen schmeckte, Angela jetzt aber dennoch erfrischte.

«Vielleicht solltest du», schlug Achim vor, «nicht immer in deiner üblichen Kluft herumlaufen.»

In der Tat trug Angela, wie früher im Beruf, eine schwarze Stoffhose und dazu einen ihrer vielen farbigen Blazer – heute war es ein grüner. Die Wandersachen, die sie sich vor fünf Jahren gekauft hatte, waren ihr zu eng geworden und lagen noch in einem der vielen nicht ausgepackten Umzugskartons.

«Wenn wir am Wochenende nach Templin fahren», antwortete Angela, «kaufe ich mir etwas Passendes.» Online bestellen kam für sie nicht in Frage. Dank der Digitalexperten, von denen sie in ihrem früheren Leben ständig Berichte erhalten hatte, wusste Angela viel zu viel darüber, was mit den Daten von Online-Käufern angestellt wurde. Und überhaupt, was ging es Amazon an, welche Kleidergröße sie hatte?

«Wie du meinst, Schatz», antwortete Achim. Ein Satz, den er sehr häufig sagte, weil er sein Leben wesentlich leichter machte. Und das von Angela auch.

«Putin hat gemacht», verkündete eine Stimme hinter ihnen. Noch vor sechs Wochen hätte dieser Satz Angela tage-, wenn nicht gar wochenlang in Atem gehalten. Doch jetzt bedeutete er lediglich, dass sie ein Kackertütchen aus ihrer Blazertasche hervorkramen musste. Das kleine schwarze Plastiktütchen in der Hand, ging sie in Richtung eines imposanten Zweimetermannes mit Bürstenhaarschnitt. Er trug einen schwarzen Anzug und eine Sonnenbrille. Es war Mike, ihr fünfundvierzig Jahre alter Personenschützer, der stets sein Jackett zugeknöpft hielt, weil er auf diese Weise seinen leichten Bauchansatz kaschieren wollte. Neben Mike hockte Putin. Nicht der russische Präsident, sondern ein kleiner heller Mops mit schwarzem Fleck ums linke Auge, den Achim aus einem Tierheim geholt und Angela am Tag des Rentenbeginns geschenkt hatte. Mit Hilfe dieses niedlichen Tierchens sollte Angela nun endlich ihre Angst vor Hunden überwinden. Und da Putin – nicht der Mops, sondern der echte – einst seinen großen schwarzen Hund in Angelas Nähe frei laufen gelassen hatte, eben weil er um ihre Angst wusste, hatte sie den knuddeligen Mops nach dem russischen Präsidenten benannt.

«Ich kann das auch aufheben», bot Mike an. Angela wusste genau, wann ein Gegenüber sein Angebot tatsächlich so meinte und wann nicht. Ganz klar: Mike hoffte insgeheim, er müsse sich nicht nach dem Haufen bücken.

«Das ist aber freundlich von Ihnen», antwortete sie deshalb verschmitzt und hielt ihm das Kackertütchen entgegen.

«Ähem, das ist doch selbstverständlich», erwiderte das Kraftpaket, aber seine Stimme vibrierte angesichts der Aufgabe ein wenig. Ein islamistischer Attentäter hätte ihn mit Sicherheit weniger aus der Fassung gebracht – Mike war in der Lage, einen solchen mit nur zwei Fingern in ein sabberndes Etwas zu verwandeln. Kurz bevor er das Tütchen ergreifen konnte, bückte sich die ehemalige Bundeskanzlerin und sagte: «Ach, lassen Sie, ich bin es gewohnt, Putins Mist aufzuräumen.»

Dann sah sie sich um: Nie ist ein Mülleimer in der Nähe, wenn man mal einen braucht.

«Soll ich dir das abnehmen?», fragte Achim, der sich so leicht vor nichts ekelte, weder vor Spinnen noch vor Donald Trump.

«Ich werde es schon selber tragen», lächelte Angela.

«Wer liebt den Mops, trägt dessen Drops.»

«Was habe ich dir zu deinen Wortspielen gesagt, Achim?»

«Dass ich sie bleiben lassen soll?»

«Ganz genau.»

«Na gut», sagte Achim. «Wenn du es willst, dann lass ich sie.»

Angela streichelte ihm mit der freien Hand über die Wange und erklärte: «Und mit diesem schönen Vorsatz wollen wir nach Hause gehen.»

«Bis wir zu Hause sind», grinste Achim. Entwaffnend. Sein freches Lächeln war seine Geheimwaffe, bei dem konnte Angela nicht anders, als selber zu grinsen. So auch diesmal. Dann wandte sie sich an ihren Personenschützer: «Gibt es einen kürzeren Weg zurück ins Dorf? Ich würde gerne noch Äpfel für einen Kuchen kaufen, und die Läden machen bald zu.»

Die frühen Schließzeiten waren einer jener vielen Unterschiede von Klein-Freudenstadt zu Berlin, von denen Angela nicht genau wusste, ob sie sie liebenswert finden sollte oder nur enervierend.

«Apfelkuchen?», fragte Mike. Er liebte Kuchen und schätzte Angelas Backkünste, das wusste sie, zugleich fürchtete er um seine Sportlerfigur und seine Fitness. Seitdem er dem Ehepaar Merkel zugeteilt worden war, hatte er – trotz harten körperlichen Trainings – bereits zwei Kilo und 358 Gramm zugenommen. Solche Probleme kannte Achim nicht, er konnte essen, was er wollte, und nahm kein Gramm zu. Eine der Eigenschaften ihres Mannes, auf die Angela ein wenig neidisch war. Und Mike mittlerweile auch.

«Apfelkuchen», bestätigte Angela. Seitdem sie in Klein-Freudenstadt lebte, backte sie fast jeden Tag einen Kuchen: Erdbeeren, Birnen, Pflaumen. Was die Obststände auf dem Markt vor der kleinen Kirche hergaben. Angela backte nicht nur, um die Stunden zu füllen, die sie noch vor wenigen Wochen mit Sitzungen aller Art verbracht hatte, sondern auch, weil sie das Backen liebte. In einem anderen Leben wäre sie vielleicht nicht Wissenschaftlerin und Politikerin geworden, sondern Konditorin. Vermutlich gab es in einem der vielen Paralleluniversen – als Physikerin glaubte sie an die Theorie, dass es nicht nur das eine gab – eine Angela, die sich glücklich und erfüllt den lieben langen Tag mit Butterkuchen und Quarkbällchen beschäftigte. Vielleicht gab es sogar ein Universum, in dem die backende Angela dabei noch nicht mal an Gewicht zunahm.

«Durch den Wald», checkte Mike auf seinem Handy, «kommen wir schneller wieder in den Ort.»

«Na, dann wollen wir mal», sagte Angela und ging entschlossen voran in Richtung Wald. Gefolgt von Achim, Mike und Putin, der mit seinen kleinen, krummen Beinchen froh war, dass sein Frauchen nicht die Schnellste war.

Sie hatten keine hundert Meter zurückgelegt, da hörten sie Pferdegetrappel. Und nach weiteren fünfzig Metern traf Angela auf jenen Mann, dessen Leiche sie nur wenige Stunden später in einem Verlies auffinden sollte.

2

Das Erstaunliche an Freiherr Philipp von Baugenwitz war nicht etwa, dass sein schwarzer Hengst so edel wirkte, als würde er beim Pferderennen von Ascot bei den anderen Hengsten Minderwertigkeitskomplexe verursachen. Auch nicht die Tatsache, dass er sein Pferd Ferdinand nannte, als er es zum Stehen brachte. Nein, es war der Umstand, dass Philipp von Baugenwitz eine Ritterrüstung trug.

«Und da denkt man», hörte Angela ihren Personenschützer, der den reitenden Ritter schnell als harmlos identifiziert hatte, leise vor sich hin raunen, «man hätte schon alle Sorten von Irren gesehen.»

Angela hatte sich solche Gedanken abgewöhnt, die vielen Jahre in der Politik hatten sie gelehrt, dass stets noch größere Irre auftauchen konnten. Aber auch sie konnte ein gewisses Erstaunen nicht verbergen, während Mops Putin hinter ihren Beinen Zuflucht vor dem Pferd suchte und Achim eine Augenbraue gekonnt hochzog – etwas, das er sich als Kind von Commander Spock aus *Raumschiff Enterprise* im Westfernsehen abgeschaut hatte.

«Sie sind es tatsächlich!», schepperte es aus dem Helm. «Ich freue mich schon auf unsere Begegnung, seit ich gehört habe, dass Sie in unser schönes Klein-Freudenstadt gezogen sind.»

Von der Stimme her zu urteilen, war der behelmte Mann vielleicht Anfang 50. Jedenfalls besaß er Umgangsformen, dachte Angela, obwohl er das Kackertütchen in ihrer Hand gewiss wahrgenommen hatte, sprach er sie nicht darauf an.

«Sicher wundern Sie sich», redete er stattdessen weiter, «warum ich eine Rüstung trage.»

«Die Frage ist mir durchaus in den Sinn gekommen.»

«Ich gebe heute Abend ein mittelalterliches Weinfest auf meinem Schloss und wollte ausprobieren, wie ich mit der Rüstung meines Urahns Balduin zurechtkomme. Und ich muss sagen, ganz, ganz prima! Die werde ich heute Abend auch tragen. Sie haben sicher die Plakate für das Fest in der Stadt gesehen?»

«Und einen Flyer bekommen.» Angela erinnerte sich so genau daran, weil ein Teenager mit blau gefärbten Haaren ihr den Zettel überreicht hatte. Die junge Frau war dabei so mit ihrem Handy beschäftigt gewesen, dass sie von der Exkanzlerin keinerlei Notiz genommen hatte. Nicht erkannt zu werden, war Angela seit Jahrzehnten nicht mehr widerfahren. Es hatte sich erst irritierend, dann jedoch befreiend angefühlt.

«Darf ich mit Ihrem Kommen heute Abend rechnen?», schepperte Philipps Stimme hoffnungsfroh.

Das war Angela bisher gar nicht in den Sinn gekommen. Eigentlich wollte sie sich mit Achim in ihrem neuen kleinen Fachwerkhäuschen erst mal einleben. Doch nun fragte sie sich, wie sie sich in ihrem neuen Haus einleben sollte, wenn sie sich nicht in den Ort einlebte, in dem es stand. Und was gab es Besseres, um damit anzufangen, als ein Fest, zu dem viele Dorfbewohner erscheinen würden?

«Ich werde es mir überlegen», erklärte Angela. Hinter sich hörte sie ein leises Seufzen, es stammte von Personenschützer Mike, der angekündigt hatte, sich an seinem heutigen freien Abend in der Gin-Bar des Städtchens namens *Aladins Gin* einen schönen Drink gönnen zu wollen. Die Bar war die mondänste in Klein-Freudenstadt – was auch nicht schwer war, denn sie war die einzige. Ansonsten gab es nur den hiesigen Dorfkrug mit Namen *Dorfkrug*. Kein Wunder, dass Mike nicht begeistert war: Wenn er auf dem Fest auf sie aufpassen müsste, dürfte er sich nicht einmal einen Schluck Wein genehmigen. Dienst ist nun mal Dienst, und Gin ist Gin.

Angela sah zu Achim, der wieder eine Augenbraue hochzog, diesmal die andere. Er hatte das über die Jahre wirklich perfektioniert. Natürlich wusste sie, dass sie ihm versprochen hatte, *La Traviata* als Live-Übertragung der *New York Metropolitan Opera* anzusehen. Er hatte dafür extra einen neuen Großbildfernseher im Sonderangebot gekauft. Und bei der Programmierung der Fernbedienung wieder mal bewiesen, dass Quantenchemiker mit Alltagstechnik heillos überfordert waren. Die Fernbedienung funktionierte erst, nachdem Putin mit seinen kleinen Pfoten darübergelaufen war. Welche Tastenkombination der Mops dabei gedrückt hatte, war ein Geheimnis, das kein Quantenchemiker jemals lösen würde.

Weder Achim noch Mike schlugen also bei der Vorstellung, heute Abend zum Weinfest zu gehen, vor Begeisterung Purzelbäume – wobei sich der ungelenke Achim dabei vermutlich ohnehin den ein oder anderen Halswirbel verrenkt hätte –, Angela wollte das Angebot dennoch nicht ablehnen. Sie war viel zu neugierig auf diese Feier in ihrer neuen Wahlheimat und hoffte sehr, dass sie ihr gefallen würde.

«Sie werden es nicht bereuen. Wir sehen uns heute Abend!», rief der Freiherr blechern und ritt davon.

«Hoffentlich nicht», entfuhr es Achim leise.

«Das könnte doch ganz amüsant werden», hielt Angela dagegen.

«Wir wollten doch *La Traviata* anschauen!»

«Aber das können wir doch tun.»

Achim blickte irritiert drein.

«Es gibt so etwas wie eine Aufnahmetaste», sagte Angela und

schmunzelte: «Wenn wir Putin ein paarmal über die Fernbedienung laufen lassen, findet er sie bestimmt.»

«Haha», antwortete Achim, der vieles war, aber nicht schlagfertig.

«Es wird bestimmt schön zu sehen, wie in diesem Dorf Feste gefeiert werden, Puffel.» Ja, Angela setzte ‹Puffel› als Kosenamen gerne auch strategisch ein, wenn es darum ging, ihren Ehemann zu Dingen zu bewegen, zu denen er keine Lust hatte. So hatte sie ihn mit einem gezielten ‹Puffel› dazu gebracht, am Damenprogramm des G7-Gipfels teilzunehmen. Sogar noch, als Melania Trump statt Michelle Obama dazu eingeladen wurde.

Achim zögerte.

Angela legte mit einem Lächeln nach: «Bist du gar nicht neugierig, wie das Gesicht unter dem Helm aussieht?»

«Das», sagte Achim, «kann man auch googeln.»

«Ich mache das gerne für Sie.» Mike zückte bereits sein Handy. Angela war klar, dass ihr Personenschützer die Hoffnung auf den Bar-Besuch noch nicht aufgeben mochte. «Und wenn ich im Netz kein Bild von ihm finde, frage ich die Kollegen beim BKA. Und wenn die keins haben, können sie sein Handy hacken oder ein Foto mit einer Drohne machen ...»

«Wir schauen ihn uns alle heute Abend live und in Farbe an», sprach Angela routiniert ein Machtwort. Da Achim und Mike mürrisch dreinblickten, beugte Angela sich zu Putin, tätschelte ihm den Kopf und sagte: «Und für dich gibt es zum Abend ein bisschen leckere Poularde.»

Der Mops freute sich, ‹Poularde› war einer der Begriffe, die er verstand, wie ‹Sitz›, ‹Platz› und ‹Du-darfst-aufs-Sofa-egal-ob-Achim-eine-Augenbraue-hochzieht›.

Angela machte sich auf den Weg, weiterhin mit dem Kackertütchen in der Hand. Und dabei fragte sie sich, welchen Blazer sie wohl zu dem Fest tragen sollte.

3

Die Menschen in Klein-Freudenstadt hatten sich in den vergangenen sechs Wochen schon ein wenig an Angelas Anwesenheit gewöhnt. Natürlich registrierten sie die ehemalige Politikerin, wenn sie, wie jetzt mit Mann, Mops und Bodyguard, über den alten Marktplatz schritt, aber sie wollten keine Selfies mehr mit ihr machen. Sie gafften ihr auch so gut wie gar nicht mehr hinterher oder raunten sich Kommentare über sie zu, von denen der ein oder andere an Freundlichkeit etwas zu wünschen übrigließ. In zwei, drei Monaten, so war Angela sich sicher, würden sich die Bewohner komplett an sie gewöhnt haben.

Nachdem Angela endlich einen Abfalleimer für das Tütchen gefunden hatte, schlenderte sie über den kleinen Markt. Der wirkte selbst für eine nicht gerade zu überbordender Sentimentalität neigende Frau wie Angela geradezu idyllisch. An zehn Ständen wurden Lebensmittel aus der Region verkauft: Käse, Bio-Fleisch, Obst und Gemüse, Honig, sogar Wein, der von dem kleinen Weinberg des Freiherrn stammte. Angela dachte sich, dass sie auf dem Fest diese seltene Rebe ohnehin kosten würde, daher ging sie direkt zu einem Bio-Obststand. Dort sagte sie zu der Verkäuferin, einer jovialen, etwas rundlichen Frau Ende vierzig in blauer Latzhose und mit blau-weißem Kopftuch: «Guten Tag, ich hätte gerne sieben Äpfel.»

«Nehmen Sie acht!», schlug die Standbetreiberin vor.

«Sind die dann pro Stück billiger?»

«Nö, aber dann haben Sie einen mehr.»

Angela musste lachen: «Dann nehme ich acht.»

«Sie werden es nicht bereuen.»

Während Angela die braune Papiertüte mit den Äpfeln entgegennahm, stand Achim am Weinstand mit Putin auf dem Arm. Die Kondition des Hundes war offensichtlich noch schlechter als die seines Frauchens. Wenn das so weiterging, müsste sie den Mops auf Diät setzen und sich selbst gleich dazu.

Achim ließ sich offenbar alles über den Rebenanbau in der Uckermark erklären. Das machte ihr Mann gerne: sich ewig lang beraten lassen und dann doch nichts kaufen. Erstaunlich eigentlich, dass er noch nirgends ein Ladenverbot bekommen hatte.

Personenschützer Mike stand in einigen Metern Abstand und scannte den Marktplatz nach möglichen Gefahren. Angela fand, dass er sich die Mühe sparen könnte. Was sollte ihr hier schon passieren? Klein-Freudenstadt war so ein verschlafener Ort, dass ein Otto-Normal-Attentäter bestimmt noch nicht einmal von seiner Existenz wusste. Und überhaupt, wem würde es jetzt noch etwas bringen, sie zu töten? Angela war absichtlich aus den Augen der Öffentlichkeit getreten. Sie würde auch alles tun, damit es dabei bliebe. Sie würde sich nicht in Talkshows setzen, Zeitungskommentare schreiben oder Vorträge halten und damit den Leuten, die jetzt die Arbeit machten, auf den Wecker fallen. Sie brauchte sich auch nicht wie andere Exkanzler in irgendwelche Aufsichtsräte zu setzen, um noch mehr Geld zu verdienen, als ein normaler Mensch jemals benötigte.

Angela wollte gerade ihren Personenschützer anstupsen und ihm sagen, dass er sich entspannen könne, da trat eine schwangere Schwarze auf sie zu. Sie war vielleicht Mitte dreißig, trug ein weites, grün-rosa Frühlingskleid und einen grünen Haarreif in ihren glatten langen Haaren. Angela hatte bisher nicht viele Einwanderer oder deren Nachkommen in Klein-Freudenstadt getroffen. Da war der Betreiber der italienischen Eisdiele, der aus Serbien stammte, der Besitzer der *Schlachterei Müller* aus Taiwan und die Schreibwarenverkäuferin aus Schwäbisch Gmünd. Angela vermutete, dass zumindest ein Elternteil der Schwangeren aus einem der sozialistischen Bruderstaaten der DDR stammte: Mosambik, Äthiopien, Benin ...

«Hallo, darf ich Sie ansprechen?», fragte die Schwangere freundlich.

«Sie haben es gerade getan», lächelte Angela ebenfalls freundlich.

«Ja, das stimmt», lachte die Frau. Nicht verlegen-verkrampft, weil sie sich etwa ertappt fühlte, sondern fröhlich.

«Was kann ich für Sie tun?», wollte Angela wissen.

«Ich kann etwas für Sie tun!»

«Was denn?»

«Ich heiße Marie Horstmann.»

Es war nicht der erste Name, den Angela bei einer schwarzen Frau erwartet hätte.

«Und ich leite die Touristikzentrale von Klein-Freudenstadt.»

«Klein-Freudenstadt hat eine Touristikzentrale?», staunte Angela.

«Sie hat nur zweimal die Woche für zwei Stunden geöffnet, ich stocke mir da Hartz IV auf.»

«Und was wollen Sie nun für mich tun?»

«Ich kann Ihnen eine Fremdenführung durch unser Örtchen anbieten und Ihnen alles erzählen, was man über es wissen muss und nicht auf Wikipedia steht.»

«Da stehen nur zwei Absätze, und einer warnt davor, Klein-Freudenstadt mit Klein-Freuden*stedt* in Baden-Württemberg zu verwechseln.»

«Ich nehme an», lächelte Marie, «derjenige, der diesen Eintrag verfasst hat, wurde von seinem Navigationsgerät in die falsche Ecke Deutschlands geführt.»

«Eine plausible Theorie», lächelte Angela.

«Ich kann Ihnen erzählen, welcher Pastor unserer St. Petri Kirche», Marie deutete auf die kleine, für Angela genau auf die richtige Art und Weise unscheinbare Dorfkirche, die an dem Kopf des Marktplatzes stand, «den Messwein ausgetrunken hat und anschließend den ganzen Tag nackt die Glocken läutete. Ich erzähle Ihnen auch, warum der schwarze Stein vor der Kirche den Namen *Stein der Tränen* trägt und wie Freiherr Balduin von Baugenwitz einst in seiner Ritterrüstung starb.»

Angela schüttelte es ein wenig, war der jetzige Freiherr ihr also eben im Wald in einer Rüstung begegnet, in der sein Vorfahre gestorben war. Entweder hatte der Mann eine morbide Ader, oder er dachte nicht großartig nach über das, was er tat.

«Das klingt alles sehr spannend», antwortete Angela. All die Dinge, die die junge Frau eben erwähnt hatte, hatten nicht im Dossier des Bundesnachrichtendienstes über den Ort gestanden, das sie sich hatte kommen lassen. Nach dem Lesen des Dossiers an ihrem Schreibtisch im Kanzleramt hatte Angela sich gedacht: Ein so unscheinbarer Ort könnte genau das Richtige für mich sein!

«Passt Ihnen», fragte Marie, «morgen Nachmittag um 16.00 Uhr?»

«Ich habe nichts anderes vor», erwiderte Angela mit einem Satz, den sie das letzte Mal im letzten Jahrtausend gesagt hatte. «Mein Mann kommt auch mit. Und mein Personenschützer ebenfalls.»

«Drei verkaufte Tickets», schmunzelte die Fremdenführerin, «das ist der bisherige Jahresrekord.»

«Ich habe», trat Achim hinzu, «eine sehr, sehr gute Nachricht.»

«Ich liebe gute Nachrichten», antwortete Angela, die gelernt hatte, sich über jede dieser seltenen Blüten des Lebens zu freuen.

«Wir können *La Traviata* doch live sehen.»

«Übertragen sie an einem anderen Tag?», staunte Angela, wusste aber zugleich, dass dies unmöglich war. Ihr Achim irrte sich eigentlich nie, wenn es um Daten, Zahlen und Fakten ging.

«Nein, die Aufführung ist heute. Aber wir müssen nicht zum Weinfest gehen.»

«Nicht?»

«Der Wein, der hier angebaut wird, ist ziemlich mäßig. Und das ist noch eine sehr freundliche Formulierung.»

«Puffel, es geht mir bei dem Weinfest nicht um den Wein.»

«Nicht?», staunte er.

«Nein.»

«Ich bin verwirrt.»

«Das bist du oft.»

«Das ist wohl wahr.»

«Es geht darum, die Menschen kennenzulernen, die hier leben. Und wo wir schon dabei sind, das hier ist Marie Horstmann, sie leitet die Touristikzentrale von Klein-Freudenstadt.»

«Angenehm, mein Name ist Achim Sauer. Sauer wie lustig, nur komplett anders.»

«Ebenfalls angenehm», sagte Marie.

«Sie kommen doch heute sicherlich auch zu dem Fest?», fragte Angela und staunte sogleich, weil die junge Frau, die bisher so fröhlich gewirkt hatte, mit einem Male versteinerte und nur knapp mit «Nein» antwortete. Angela glaubte sogar, ein Zittern bei ihr gesehen zu haben.

«Haben Sie wie wir etwas anderes vor?», fragte Achim.

«Wir haben nichts anderes vor», unterbrach Angela ihren Mann. Und um die junge Frau nicht weiter zu behelligen, sagte sie freundlich zu ihr: «Wir sehen uns dann morgen.»

«Ja, genau … Punkt 16.00 Uhr», antwortete Marie und versuchte, sich dabei ein gequältes Lächeln abzuringen, was ihr jedoch nicht wirklich gelang. «Bis dann.»

Sie ging über den Marktplatz davon, und Achim staunte: «Ich hätte nicht gedacht, dass jemand noch heftiger auf den Wein reagiert als ich.»

«Ich glaube nicht, dass die junge Frau wegen der mangelnden Weinqualität nicht zum Fest geht.»

«Das wäre aber ein guter Grund.»

«Ich befürchte, bei ihr handelt es sich um einen noch besseren Grund», mutmaßte Angela und fragte sich, was die Schwangere wohl so zum Zittern gebracht hatte. Gab es einen Ehemann, der sie nicht ausgehen ließ? Oder lag es an dem Fest selber? War dort jemand, dem sie absolut nicht begegnen wollte?

Angela nahm sich vor, dieser Frage morgen bei der Führung unauffällig nachzugehen. Die junge Frau war ihr sympathisch, und falls sie ihr irgendwie helfen könnte, würde sie es tun.

4

Angela hatte sich ihren roten Lieblings-Blazer angezogen, den sie auch zum WM-Finale 2014 getragen hatte. Achim, der noch nicht mal genau wusste, gegen wen Deutschland damals gewonnen hatte, trug seinen besten und zugleich einzigen Anzug. Den hatte er sich 1997 angeschafft, als er das erste Mal Angela zu einem offiziellen Empfang begleiten musste, um gleich darauf seine Hypothese bestätigt zu sehen, dass ihm solche Termine keine allzu große Freude bereiten würden. Die beiden standen im Wohnzimmer ihres Fachwerkhauses aus dem Jahre 1789. Es hatte niedrige Decken, an deren tiefhängenden Balken sich Zweimetermann Mike im Durchschnitt, wie Achim errechnet hatte, 3,73 Mal am Tag den Kopf stieß. Angela und ihr Mann hatten sich in dem Häuschen gemütlich eingerichtet und dabei von den Vorbesitzern einige alte Möbel übernommen: Schränke aus dem 19. Jahrhundert, einen rustikalen Esstisch mit noch rustikaleren Stühlen und einen wahnsinnig bequemen Polstersessel, von dem Achim gedacht hatte, dass er dort seine Bücher über Teilchenwissenschaft studieren könnte, dann aber feststellen musste, dass Putin den Sessel als seinen Lieblingsschlafplatz auserkoren hatte. Mike verputzte gerade das dritte Stück von Angelas frisch gebackenem Apfelkuchen und seufzte: «Jetzt muss ich morgen wieder eine halbe Stunde länger trainieren.»

«Das tut mir leid», antwortete Angela, ohne echtes Mitgefühl.

Sie hatte sogar eine gewisse diabolische Lust daran entwickelt, die eiserne Selbstdisziplin des Mannes aufzuweichen. Morgen würde es extra viel Sahne zum Kuchen geben!

Angela deckte den Kuchen ab, während ihr Mann in der offenen Küche die Spülmaschine nach einem ausgetüftelten System befüllte, das Angela nicht in Frage stellte. Zum einen, weil sie keine Lust hatte, sich Achims Berechnungen anzuhören, denen zufolge man sich jeden 12,7-ten Maschinengang sparen konnte. Aber viel mehr noch, weil Achim der Überzeugung war, dass nur er die Maschine perfekt einräumen konnte, und sie daher diese Aufgabe dankenswerterweise für alle Zeit los war.

«Soll ich», fragte Mike, «den restlichen Kuchen wieder den Obdachlosen im Ort geben?»

«Natürlich.»

«Die beiden Kerle haben», amüsierte Mike sich, «in den letzten Wochen ganz schön zugenommen.»

Auch wenn man es ihm nicht ansah, Mike hatte ein großes Herz. Angela hatte sich im Bewerbungsgespräch für ihn entschieden, als sie erfuhr, dass er geschieden war und eine kleine Tochter in Kiel hatte, die er über alles liebte. Im Gegensatz zu den anderen Kandidaten, die allesamt so wirkten, als würden sie, ohne mit der Wimper zu zucken, einen Hundewelpen töten, wenn man es von ihnen verlangte. Solche Kerle wollte sie weder sich noch Putin antun, der sich gerade in seinem Körbchen einrollte – jedenfalls soweit sich ein Mops überhaupt einrollen konnte. Als Putin endlich seine ideale Position gefunden hatte, konnten alle im Raum hören, wie sein Darm sich wohlig entspannte. Und leider auch riechen.

«Ich glaube», grinste Angela, «das ist für uns das Signal zu gehen.»

Mike und Achim nickten synchron. So traten alle drei aus dem Haus, atmeten tief ein und machten sich auf den Weg. Mit jedem Schritt auf dem Kopfsteinpflaster der kleinen Straße mit den Fachwerkhäuschen freute sich Angela mehr darauf, die Dorfbewohner bei dem Fest kennenlernen zu dürfen. Das würde ihr gewiss helfen, sich heimisch zu fühlen. Und je eher sie sich heimisch fühlte, desto eher würde der kleine Teil in ihr, der sich zurück nach Berlin sehnte und dessen Existenz sie Achim verheimlichte, zum Schweigen gebracht.

5

Ihr Weg führte vorbei an der St. Petri Kirche aus dem Dorf hinaus, auf eine wenig befahrene Landstraße, von der aus das auf einer Anhöhe gelegene Schloss Baugenwitz zu sehen war. Es stammte aus dem 17. Jahrhundert, sein weißes Mauerwerk strahlte in der Spätnachmittagssonne, und noch mehr leuchteten die scharlachroten Dächer.

Während Angela, Achim und Mike gemeinsam mit vielen anderen Menschen die baumbestandene Auffahrt zum Schloss hochgingen, tuckerte ein Traktor an ihnen vorbei. Auf ihm saßen vier Bauern sowie die Obstverkäuferin, allesamt mit grimmiger Miene. Und als sie vorbeigezogen waren, wusste Angela auch, warum: Hinten am Traktor war ein Banner befestigt, auf dem zu lesen stand: *Kein Verkauf von unserem Land!*

Angela hatte natürlich in dem BND-Dossier gelesen, dass der Freiherr in finanziellen Schwierigkeiten steckte. Das Schloss erstrahlte nur so hell dank der Subventionen, die er bekommen hatte. Der Hotelbetrieb, der die laufenden Kosten hätte decken sollen, war so defizitär, dass der Betrieb inzwischen eingestellt worden war. Die Verlustzahlen konnten nicht mal im Ansatz durch den kleinen Weinberg und das Verpachten der Ländereien an die Bauern kompensiert werden. Gegenüber der lokalen Presse versicherte der Freiherr stets, dass Schloss und Ländereien nicht zum Verkauf stünden, da er die jahrhundertealte Tradition seiner Familie in der Uckermark bewahren wolle. Doch vor einem Monat war ein lukratives Kaufangebot eines exzentrischen amerikanischen Elektroautoherstellers hereingeflattert, der aus den Ländereien einen Siebzehntwohnsitz mit Golfplatz machen wollte. Seitdem waren die Dorfbewohner sich nicht mehr so sicher, ob die Heimatverbundenheit des Freiherrn groß genug war, um der Verlockung des Geldes zu widerstehen.

Als Angela, Achim und Mike am Schlosstor ankamen, bauten die Bauern schon ihren Proteststand auf: Banner, Flugblätter und ein Megaphon, das beim Einschalten fiepte. Ein besonders zorniger Bauer rief: «Die Uckermark gehört uns! Die Uckermark gehört uns!» Die Tatsache, dass sein Megaphon alle fünf Sekunden rückkoppelte, konnte ihn nicht davon abhalten.

«Streng genommen», sagte Achim zu Angela, «stimmt es nicht, was der Mann da sagt. Der Boden gehört zu einem viel zu großen Teil nicht den Uckermärkern, sondern wenigen Privatpersonen wie dem Freiherrn und dem Staat.»

«Du solltest das gegenüber den Demonstranten nicht erwähnen.»

«Warum?»

«Was habe ich immer zu meinen Ministern gesagt?»

«Kein Mensch mag Klugscheißer?»

«Genau.» Angela nahm nun wahr, dass Mike die Demonstrierenden misstrauisch beäugte, und sagte zu ihm: «Ich glaube, hier besteht keine Gefahr.»

«Keine Gefahr? Überall lauern Gefahren! Wie damals in Johannesburg, als der Außenminister von einem auf den ersten Blick total niedlichen Hund attackiert wurde. Danach hatte er am Hintern ein total großes Loch in der Hose …»

«Mike?», unterbrach Angela.

«Zu viel Informationen?»

«Zu viel Informationen.»

Angela ging zu dem Stand mit der sympathischen Obstverkäuferin und fragte: «Darf ich ein Flugblatt haben?»

«Nehmen Sie zwei …»

«Dann habe ich eins mehr?»

«Sie lernen schnell.»

Die beiden grinsten sich an. In diesem Moment fragte sich Angela, ob es nicht nett wäre, diese Frau näher kennenzulernen. Vielleicht backte sie auch gerne Obstkuchen? Sicher würde sich Angela schneller einleben, wenn sie hier eine Freundin finden würde, mit der sie backen könnte.

Eine Freundin.

Angela hatte in ihrem Leben noch nie eine beste Freundin gehabt. Selbst nicht in der Grundschule, wo sie von den anderen Mädchen oft gehänselt wurde. Sie haben sogar gesungen: *Igitt, igitt, Angela hat einen Topfschnitt.*

Während Achim schon seit dem Studium seinen besten Freund Tommy hatte, mit dem er alle zwei Tage via Skype Scrabble spielte, hatte Angela die letzten Jahrzehnte mit Verteidigungsministerinnen, Ministerpräsidentinnen und Büroleiterinnen verbracht. Eine echte Freundin konnte man unter denen nicht finden. Es hatte ihr bisher auch nie etwas ausgemacht, denn in der spärlichen Freizeit hatte ihr Achim als bester Freund voll und ganz gereicht. Aber was sollte sie alleine in Klein-Freudenstadt machen, wenn Achim bei seiner jährlichen Drei-Wochen-Tour mit seinem Kumpel Tommy durch die Alpen wanderte? Angela sah sich schon heimlich im Auto nach Berlin fahren, um nicht allein im Fachwerkhäuschen zu versauern. Oder eben, und das wäre zu bevorzugen, Kuchen backen mit einer echten Freundin.

«Dreimal dürfen Sie raten», fragte die, «wie ich heiße.»

Angela überlegte.

«Aber antworten Sie jetzt bloß nicht Mandy!»

«Sandy? Oder Candy?», scherzte Angela.

«Nein», lachte die Frau auf.

«Handy?» Angela hatte, wenn sie sich wohlfühlte, durchaus Freude an sinnlosen Albernheiten.

Die Obstverkäuferin lachte darauf noch mehr: «Nein, ich heiße auch Angela!»

«Ehrlich?»

«Ehrlich!»

Diesmal lachten beide.

«Wollen wir jetzt», drängelte Achim, «zu dem Weinfest?»

«Ja, gleich», antwortete jene Angela, die mit ihm verheiratet war.

«Und wenn Sie schon mal drin sind», sagte jene Angela, die nicht mit Achim verheiratet war, «machen Sie dem sauberen Freiherrn mal klar, dass er die Ländereien nicht verkaufen darf. Nicht nur, dass unsere Existenzen dranhängen! Es wird auch viel Natur vernichtet! Die Amis wollen den See hinter dem Schloss mit all den Laichplätzen trockenlegen.»

«Ich werde sehen, ob sich das im Gespräch ergibt», versprach Angela, ohne wirklich etwas zu versprechen. Nach so vielen Jahren als Politikerin eine ihrer leichtesten Übungen. Dann trat sie mit Achim und Mike durch das Schlosstor auf den Vorplatz. Auf der Rückseite des Flyers war ein Foto der sympathischen Obstverkäuferin. Sie hieß tatsächlich Angela. Angela Kessler. Und sie war nicht nur Bäuerin und Obstverkäuferin, sondern auch Musiklehrerin und … stellvertretende Kreisvorsitzende der AfD???

So viel zum Thema: gemeinsames Kuchenbacken.

Und zu dem, in ihr eine Freundin zu finden.

6

Auf dem Schlosshof tummelten sich die Klein-Freudenstädter und bekamen von Männern in mittelalterlichen Harlekinkostümen Wein serviert und von mittelalterlich gekleideten Frauen kleine Wildschweinbratwürste, deren Grillgeruch Angela vermutlich nicht so schnell aus dem roten Blazer herausbekommen würde. Weiter hinten im Hof spielten Männer mit langen Bärten auf historischen Instrumenten eine sehr gewöhnungsbedürftige Version von *La Cucaracha*. Die vielleicht zweihundert Gäste unterhielten sich prächtig. Und im Zentrum des Trubels stand der Freiherr in jener Ritterrüstung, in der sein Vorfahre gestorben war. Neben ihm eine attraktive Blondine, etwa Anfang dreißig, in einem ganz und gar nicht mittelalterlichen, dafür enganliegenden schwarzen Kleid. In einer einzigen eleganten Bewegung trank sie ein Glas Champagner aus, stellte es schwungvoll auf dem Tablett eines vorbeilaufenden Harlekin-Kellners ab und nahm sich mit der freien Hand sogleich ein neues.

«Sie sind gekommen!», schepperte der Freiherr freudig und stakste in seiner Rüstung auf Angela und Achim zu. Mike hypnotisierte indessen eine Wildschweinbratwurst, wie Angela aus dem Augenwinkel bemerkte. Vermutlich fragte er sich, ob nach drei Stück Apfelkuchen noch Platz für eine Wurst war und um wie viele Minuten sich damit sein Trainingspensum morgen verlängern würde.

Die junge Dame im schwarzen Kleid folgte dem Freiherrn champagnerschlürfend. Dem Ring mit viel zu großem Brillanten nach zu folgern, handelte es sich um dessen Ehefrau. Als das Paar Angela und Achim erreicht hatte und der Freiherr gerade zu sprechen ansetzen wollte, raunte ihm seine Frau im Befehlston zu: «Setz bitte endlich das alberne Ding ab.»

«Du hast ja recht», schepperte er und befreite seinen Kopf von dem schweren Helm. Zum Vorschein kam ein grau melierter Anfangfünfziger, und Angela stellte verwundert fest, dass er aussah wie eine Mischung aus Roger Moore und Norbert Röttgen.

«Darf ich Ihnen vorstellen: Das ist meine Frau, Alexa von Baugenwitz», lächelte der Mann mit einem Zahnpastalächeln, das sicherlich viele Frauen betören konnte.

«Ihnen sicherlich», lächelte die Freifrau selbstbewusst, «besser bekannt als Alexa Morgen.»

«Nie gehört», sagte Achim, der für eine Karriere im diplomatischen Dienst nicht vorgesehen war.

«Aus *Rote Rosen*», versuchte die Frau, ihm auf die Sprünge zu helfen. Und Angela, die wusste, dass ihr Mann von *Rote Rosen* genauso wenig Ahnung hatte wie von *Toten Hosen* oder allgemein von Unterhaltungskultur, ergänzte: «Das ist eine Fernsehserie.»

«Meine Alexa», erklärte der Freiherr, «hat darin gespielt. Bis ich sie rettete und zu meiner Frau machte.»

«Da gab es nichts zu retten. Ich war der Star der Serie», widersprach die Frau mit einem gezwungenen Lächeln, das ihre Wut über die Herablassung ihres Mannes nur unzulänglich überdeckte. Offensichtlich war sie nicht die gute Schauspielerin, für die sie sich noch offensichtlicher hielt.

«Was immer du sagst, Liebes», setzte der Freiherr seinen überheblichen Tonfall fort. Es hätte eigentlich nur noch gefehlt, dass er ihr dabei den Kopf tätschelte.

«Ich habe», erklärte die Freifrau, «Dr. Beate Borg gespielt, die

Ärztin, der die Frauen vertrauen, obwohl sie ein Alkoholproblem hat.» Dem mittlerweile zu drei Vierteln geleerten Champagnerglas nach zu urteilen, gab es zumindest in diesem Punkt eine Deckungsgleichheit zwischen Rolle und Darstellerin.

«Die Ärztin», spöttelte der Freiherr, «die die Frauen verhauen.»

«Immerhin habe ich mein eigenes Geld verdient», konterte die Freifrau.

«Du sollst nicht so viel trinken!» In Sekundenschnelle hatte sich der Tonfall verändert.

«Es gibt auch ein paar Dinge, die du nicht tun sollst», ätzte sie zurück, wie es nur eine verletzte Frau unter Alkoholeinfluss tun konnte.

«Können wir das später besprechen?»

«Warum nicht jetzt? Jeder kann es hören.»

«Aber», versuchte Angela zu deeskalieren, «vielleicht will es nicht jeder hören.»

«Ich ganz bestimmt nicht», stellte Achim fest.

«Es geht darum, dass mein Mann …»

«Es ist Zeit», unterbrach eine weibliche Stimme, «dass du das Fest offiziell eröffnest, Philipp!»

Alle Köpfe drehten sich in die Richtung, aus der die Stimme kam. Eine dunkelhaarige Frau um die fünfzig war zu der Gruppe getreten. Mit ihrem schwarzen Hosenanzug und dem Klemmbrett in der Hand sah sie aus, als ob sie die ganze Festivität organisierte.

«Dann werde ich jetzt wohl die Party eröffnen», sagte der Freiherr und klackerte in der Ritterrüstung los, ohne sich von Angela, Achim oder Mike zu verabschieden. Er hatte es viel zu eilig, die unangenehme Szene, die seine Frau ihm bereitet hatte, zu verlassen. Und die wiederum machte sich, ebenfalls ohne ein weiteres Wort, auf die Suche nach Champagner-Nachschub.

«Es tut mir leid, dass Sie davon Zeuge werden mussten», sagte die Frau mit dem Klemmbrett.

«Und mir erst», antwortete Achim.

«Dafür können Sie ja nichts», sagte Angela zu der Frau, die distinguiert und gebildet wirkte. Sie hatte einen Stil, wie man ihn in Klein-Freudenstadt nicht unbedingt erwarten würde. Diese Dame stand ihr, so etwas spürte Angela immer sehr schnell, in Intelligenz in nichts nach. Vielleicht sollte sie sich mal mit ihr verabreden? Nicht fürs Backen, eher für einen schönen Austausch bei einer Tasse Tee über Goethe, Rilke oder sehr gerne auch Shakespeare.

«Gestatten, ich bin Katharina Freifrau von Baugenwitz.»

«Ich dachte, die Dame eben ist die Frau von Don Quijote?», sagte Achim.

«Ich war seine erste Ehefrau.»

«Leben Sie hier alle gemeinsam?»

«Das Schloss ist groß. Wenn man will, kann man sich wochenlang aus dem Weg gehen. Meine Wohnung liegt im Westflügel und mein Büro auch. Ich kümmere mich um den Schlossbetrieb.»

Angela fragte sich, ob sie wohl auch in den Verkauf des Schlosses an den amerikanischen Autoindustriellen involviert war.

«Wenn Sie mögen, gebe ich Ihnen nachher eine kleine Führung.»

«Sehr gerne», sagte Angela, die diese Frau gerne näher kennenlernen wollte.

«Wunderbar. Und wenn ich Sie gleich noch etwas fragen dürfte …»

«Selbstverständlich.»

«Sie haben ja Kontakte zum Justizministerium, und ich hätte da eine Angelegenheit, bei der Sie mir vielleicht helfen könnten.»

Genau um solche Gespräche nie mehr führen zu müssen, war Angela nach Klein-Freudenstadt gezogen. Doch sie lächelte tapfer und versprach erneut etwas, ohne etwas zu versprechen: «Ich werde sehen, was sich machen lässt.» Dabei war sie enttäuschter, als ihr lieb war. Nein, sie hatte keine Lust mehr, mit der Frau Tee zu trinken.

«Danke», sagte Katharina von Baugenwitz. «In einer halben Stunde machen wir die Führung. Ich muss vorher noch ein paar Dinge organisieren, und da ist auch schon das erste. Pia, kommst du mal her?»

Sie winkte eine Jugendliche mit blau gefärbten Haaren und schwarzer Lederjacke zu sich. Es war das junge Mädchen, von dem Angela gestern den Flyer für das Weinfest bekommen hatte, ohne ihr Beachtung zu schenken.

«Was ist?», fragte sie in gelangweiltem Tonfall.

«Machst du bitte ein Foto von mir und der Dame für unsere Homepage?»

«Wenn du willst», kam es wenig begeistert zurück.

Motiviert, dachte Angela, war etwas anderes.

«Pia ist meine Tochter aus erster Ehe», erklärte Katharina von Baugenwitz.

«Also die Tochter von Don Quijote?», fragte Achim.

«Nein, Philipp war mein zweiter Ehemann», antwortete Katharina. Und die Art, wie sie das sagte, verriet, dass sie die Ehe mittlerweile für einen schweren Fehler hielt. «Mein erster Mann ist bei einem Autounfall verstorben.»

«Herzliches Beileid», sagte Achim.

«Herzliches Beileid», sagte Angela, auch in die Richtung des blauhaarigen Mädchens. Anstatt zu antworten, ging die wieder ein paar Schritte weg und spielte an ihrem Handy. Ganz so, als ob der Tod des eigenen Vaters sie nichts anginge. Angela wandte sich wieder an die Mutter: «Das muss auch für Ihre Tochter hart gewesen sein.»

«Ja, sie hat ihren Papa abgöttisch geliebt», antwortete die Freifrau mit brüchiger Stimme. «Aber sie weiß, dass ich für sie da bin. Und dass ich alles für sie tun würde. Alles!»

Angela betrachtete das Mädchen: Es musste nicht einfach für sie gewesen sein, als ihre Mutter Philipp zum zweiten Ehemann gemacht hatte und er ihr Stiefvater wurde. Was er nach der Scheidung natürlich nicht mehr war. Die arme Pia hatte also auf ganz unterschiedliche Art und Weise schon zwei Väter in ihrem Leben verloren.

«Kannst du mal von dem Ding aufschauen?», rief ihre Mutter, die ganz offensichtlich nicht weiter über den Tod ihres Mannes reden wollte.

«Kann ich», rief Pia zurück, ohne es zu tun.

«Früher», seufzte Katharina, «hat man sie nicht aus der Bibliothek herausbekommen, und jetzt weiß sie nicht mal mehr, was ein Buch überhaupt ist.»

«Soll ich jetzt ein Foto machen oder nicht?», fragte Pia ungeduldig nach.

«Meine Tochter ist eine Top-Fotografin. Sie müssen wissen, sie ist Influencerin.»

«Besser Influenza …», hob Achim an.

«Was habe ich über Corona-Witze gesagt, Puffel?»

«Dass du sie bis zum Lebensende nicht mehr hören willst.»

«Exakt.»

«Sie nennen Ihren Mann *Puffel*? Ernsthaft?», fragte Pia.

«Wollen Sie jetzt ein Foto machen oder über unsere Kosenamen reden?», fragte Angela ganz und gar nicht amüsiert.

«Über die Kosenamen reden», antwortete der Teenie feixend. «Wie läuft das denn so bei Ihnen? Sagen Sie: Küss mich, Puffel?»

Mike, der mit einer Wurst hinzugetreten war, kämpfte schwer mit einem Grinsen. Angela und Achim sahen ihn pikiert an, woraufhin er rasch seine Mimik unter Kontrolle brachte.

«Oder», redete das blauhaarige Mädchen unverblümt weiter, «gib's mir, Puffel?»

Mike musste auflachen.

35

Angela und Achim schauten ihn noch pikierter an, und er biss sich auf die Lippe.

«Ich denke», sagte Angela, «wir lassen das mit dem Foto bleiben.» Sie wandte sich mit Achim und Mike zum Gehen.

«Pia!», rief ihre Mutter tadelnd, während sich Angela, Achim und Mike entfernten. «Hör endlich auf damit!»

«Warum sollte ich?»

«Wir könnten auf ihre Hilfe angewiesen sein.»

«Okay.»

Und Angela, die dies noch gehört hatte, dachte bei sich: Womöglich bereitete es doch nicht so viel Freude wie gedacht, die Menschen von Klein-Freudenstadt näher kennenzulernen.

7

Der Freiherr trat auf ein kleines Podium, das auf dem Schlossplatz aufgebaut war. Er hatte wieder seinen Ritterhelm aufgesetzt und sprach in ein Mikrophon: «Seid gegrüßt, liebe Untertanen!»

Die Gäste schauten teils irritiert, teils belustigt. Die blecherne Stimme des Freiherrn wurde durch das Mikrophon noch zusätzlich verzerrt, aber auch die Ansprache als Untertanen sorgte für Verwunderung.

«Helm ab!», rief die jetzige Ehefrau ihrem Gatten zu. Ihre Aussprache war bereits ein wenig undeutlich. Ihre Vorgängerin Katharina, immer noch mit Klemmbrett in der Hand, schüttelte missfallend den Kopf. Es war für Angela nicht eindeutig zu erkennen, ob sie es wegen der Rede des Freiherrn oder ihrer mittlerweile angeschickerten Nachfolgerin tat. Vermutlich wegen beidem. Ein paar Meter entfernt stand ihre Tochter und nahm die Rede mit dem Handy auf, gewiss für die Social-Media-Kanäle des Schlosses.

«Verzeihen Sie», sagte der Freiherr in Richtung Publikum, öffnete aber nur das Visier. Dem scharfen Blick nach zu urteilen, den er seiner Frau zuwarf, wollte er ihrem Befehl, den Helm abzusetzen, auf gar keinen Fall nachkommen.

«So wie ich Sie begrüßt habe», las er nun von einem Redemanuskript ab, «hätte mein Urahn und Errichter von Schloss Baugenwitz, Balduin von Baugenwitz, zu Ihnen gesprochen. Und dann vermutlich einige von Ihnen gepfählt, weil Sie Ihren Tribut nicht entrichten konnten.»

Außer dem Redner fand dies keiner amüsant.

«Vielleicht auch gerädert, in eine Eiserne Jungfrau gesteckt oder mit einem Morgenstern dafür gesorgt, dass Sie keinen Abendstern mehr sehen würden.»

Die Zuhörer fühlten sich mittlerweile unwohl.

«Der», raunte Mike leise vor sich hin, «ist ja noch unlustiger als der Sauer.»

Achim schaute ihn pikiert an.

«Hab ich das zu laut gesagt?», fühlte sich Mike ertappt.

Achims Blick gab die Antwort. Und Angela machte sich eine mentale Notiz für das nächste Mitarbeitergespräch. Mike musste darauf achten, dass seine tiefe Stimme auch beim Flüstern weit trug.

«Heutzutage», las der Freiherr weiter vom Blatt, «leben wir ja anders zusammen. Und ich krümme niemandem auch nur ein Härchen. Außer das eine Mal, als ich aus Versehen bei der Jagd unserer Polizistin Fräulein Amadeus mit dem Schrotgewehr einen leichten Streifschuss verpasst habe.»

Jetzt lachten die Leute. Nur die rothaarige Endzwanzigerin in Polizeiuniform, auf die der Freiherr während seiner Rede deutete, hatte ganz offensichtlich schon mal lustigere Sachen gehört. Angela registrierte, dass Mike sie interessiert betrachtete. Anscheinend war sie sein Typ.

«Immerhin», der Freiherr war dank des Gelächters des Publikums wieder ein wenig beschwingter, «bekam ich dafür nur eine Geldstrafe. Während mein Vorfahr Balduin von seiner eigenen Frau mit Schierling vergiftet wurde.»

Und dabei, zählte Angela eins und eins zusammen, hatte Balduin die Rüstung getragen.

«Meine weiteren Vorfahren lebten fortan harmonischer mit ihren Untertanen. Denken wir an Wilhelm den Friedfertigen. Kasimir den Vogelliebhaber. Oder Isidor den Vögelliebhaber.»

Jetzt lachten alle im Publikum. Nur jene Frauen nicht, die mit dem Freiherrn einst oder aktuell verheiratet waren oder von ihm Schrotkugeln verpasst bekommen hatten.

«Wie du!», rief seine betrunkene Ehefrau. Die Gäste waren daraufhin peinlich berührt, nur der Teenie mit den blauen Haaren grinste. Der Freiherr lief rot im Gesicht an, nicht vor Scham, sondern vor Zorn, und sagte: «Es ist vielleicht besser, wenn ich jetzt zum Ende komme. Ich, als Repräsentant des Geschlechts von Baugenwitz, bin sehr glücklich, dass wir nach dreißig Jahren wieder auf unserem Schloss leben dürfen, nachdem es uns von dem sozialistischen Unrechtsstaat weggenommen worden war. So glücklich, dass ich Ihnen hiermit schwöre, es niemals zu verkaufen!»

Die Menge jubelte. Angela drehte sich um, ob der Schwur auch von der Obstverkäuferin und ihren Mitstreitern gehört worden war. Sie hatten die Worte gehört, wirkten jedoch skeptisch, als ob sie der Sache nicht trauten. Der Freiherr verbeugte sich aufgrund der Rüstung ein wenig ungelenk, während seine Frau ihr leeres Glas dem Harlekin-Kellner übergab und ins Schloss eilte.

«Und jetzt Musik!», rief Philipp von Baugenwitz, und die mittelalterliche Kapelle spielte eine recht eigenwillige Version von *Coco Jambo*. Die ersten Paare aus der Menge begannen zu tanzen. Und Achim wippte zur Musik ein wenig mit. Er besaß zwar keinerlei Tanztalent, aber Musik ging ihm immer in die Beine.

Beschwingt vom Erfolg seiner Ansprache, stakste der Freiherr über den Kies des Schlossplatzes geradewegs auf Angela zu und fragte selbstzufrieden: «Und, wie fanden Sie meine Rede?»

«Außergewöhnlich», antwortete Angela und behielt das Wörtchen ‹schlecht›, das sie hinzugefügt hätte, für sich. Sie war geübt darin, eitlen Männern gegenüber diplomatische Halbwahrheiten zu sagen.

«Wenn eine außergewöhnliche Frau wie Sie so etwas sagt, bin ich glücklich.»

Es war ja so leicht, Männern zu schmeicheln.

«Wissen Sie, was mir eine Freude machen würde?»

«Sie werden es mir sicherlich gleich sagen», antwortete Angela.

«Ich würde Sie gerne einmal ausführen.»

«Ausführen?»

«Ja, im Nachbarort gibt es ein wunderbares Restaurant namens *Entre Nous*. Die Tischdekoration dort ist preisverdächtig, sie haben sich auf Candle-Light-Dinner spezialisiert», säuselte der Freiherr mit seinem Zahnpastalächeln, das er offensichtlich auch selbst für charmant hielt. «Was sagen Sie?»

Die ehrliche Antwort wäre ein angewidertes ‹Uääh› gewesen. Aber Angela sagte: «Vielleicht, wenn ich mich etwas mehr eingelebt habe.»

«Ich kann Ihnen beim Einleben helfen», sagte der Schlossherr mit einem Lächeln, das er für noch charmanter hielt als sein vorheriges. «Überlegen Sie es sich.»

Da gab es für Angela nichts zu überlegen. Sie war auch nach Klein-Freudenstadt gezogen, um nie wieder mit reichen und einflussreichen Männern essen zu müssen, die sich für unwiderstehlich hielten. Und da sie wusste, dass diese Art von Männern nur das hörten, was sie auch hören wollten, sagte sie: «Überlegen ist im Leben immer gut.»

«Sie werden es nicht bereuen!», freute sich der Freiherr und ging durch die Menge der tanzenden Gäste ins Schloss, wie seine Frau zuvor.

«Der hat dich angeflirtet», stellte Achim pikiert fest.

«Hat er nicht», erwiderte Angela.

«Und wie er das hat», sagte Mike.

Angela schaute ihn streng an.

Mike machte eine Reißverschlussgeste an seinem Mund.

«Wieso sollte jemand», fragte Angela, «mich jetzt noch anflirten?» Staatsoberhäupter wie Nicolas Sarkozy hatten dies getan in dem lächerlichen Glauben, dass Angela ihnen dann bei den EU-Budget-Verhandlungen entgegenkommen würde. Aber jetzt hatte sie rein gar nichts mehr zu verteilen.

«Ich weiß es nicht», sagte Achim.

«Das ist die falsche Antwort», grinste sie.

«Die falsche?», staunte Achim.

«Die richtige wäre: Weil du eine kluge, hochattraktive Frau bist.»

«Oh ja ja», antwortete Achim hastig, «natürlich bist du das!»

Angela lächelte, wusste sie doch, dass Achim sie tatsächlich für die klügste und schönste Frau auf Erden hielt. Er war immer schon so süß eifersüchtig gewesen. Bereits als sie sich an der Uni kennengelernt hatten. Ein sehr sportlicher Doktorandenkollege hatte, als sie bereits mit Achim ausging, plötzlich um sie geworben. Daraufhin war Achim so zornig geworden, dass er sich vor dem Nebenbuhler aufgebaut hatte: «Wenn du meine Angela nicht in Ruhe lässt, dann …»

«Was dann?», hatte der sportliche Kerl zurückgefragt.

«Werde ich dir eine donnern. Und mich anschließend von dir verprügeln lassen und hoffen, dass Angela sich dennoch für mich entscheidet.»

Und genau so kam es. Denn es gab zwar viele Männer, die sich um eine Frau prügeln würden, aber Achim war ein Mann, der Angela so sehr liebte, dass er sich für sie vermöbeln ließ.

«Du wirst doch mit ihm nicht tatsächlich essen gehen?»

«Puffel, hältst du mich für verrückt?»

«Ist das eine Fangfrage?»

«Nein.»

«Du weißt, dass ich dich für verrückt halte», sagte Achim, der nie so völlig verstanden hatte, warum Angela ihre Wissenschaftlerkarriere aufgegeben hatte.

«Aber ich bin es nicht so sehr, dass ich mit so einem Kerl freiwillig auch nur eine Minute verbringen würde.»

«Nein, so verrückt kannst du gar nicht sein», lächelte Achim erleichtert. Angela blickte nun zu Mike. Der wiederum ließ die junge Polizistin nicht aus den Augen, die sich gerade am Getränkewagen ein Mineralwasser holte.

«Sie können ruhig zu ihr gehen», schlug Angela vor.

«Ähem ... was?»

«Tun Sie nicht so.»

«Ich habe für so etwas keine Zeit. Ich muss auf Sie aufpassen.»

«Und das tun Sie, indem Sie die Polizistin anstarren?», grinste Angela.

Mike fühlte sich ertappt, sah hektisch hin und her, als ob sich unter den mittlerweile *Macarena* tanzenden Gästen ein paar Extremisten befinden könnten.

«Hier besteht keinerlei Gefahr», sagte Angela.

«Wissen Sie, was mein Ausbilder zu solchen Sätzen gesagt hat?»

«Nein.»

«Berühmte letzte Worte.»

«Er war anscheinend ein paranoider Mann.»

«Eher ein stets wachsamer Mann. Eine Eigenschaft, die in der Stellenbeschreibung eines jeden Personenschützers steht.»

«Nun, wenn Sie mich schon bewachen müssen», lächelte Angela verschmitzt, «dann müssen Sie mich ja auch begleiten, wenn ich mir etwas am Getränkestand hole.»

Mike blickte nervös zu dem Stand, an dem die Polizistin nun mit dem Wasserbecher lehnte, und antwortete: «Dahinten ist auch noch einer, da ist weniger los.»

«Ja, aber der ist weiter weg.»

«Ja, das ist er ...», musste Mike einräumen.

«Und deswegen gehen wir zu dem.» Mit diesen Worten machte sich Angela auf den Weg. Mike folgte ihr. Dabei trat ihm ein wenig Schweiß auf die Stirn. Den Draht einer tickenden Bombe zu durchschneiden, hätte ihn vermutlich weniger in Aufregung versetzt. Achim hingegen blieb, wo er war. Er versuchte, sich die Bewegungsabfolge des *Macarena* zu merken, scheiterte daran jedoch so kläglich, wie es nur ein Quantenchemiker konnte.

Als Angela mit Mike den Stand erreicht hatte, sagte sie freundlich «Hallo» zu der jungen Polizistin.

«Hallo», antwortete die durchtrainierte Rothaarige und lächelte. Sie konnte überraschend bezaubernd lächeln.

«Das hier ist Mike, mein Personenschützer.»

«Hallo.» Die blauen Augen der Polizistin funkelten hinreißend. «Ich bin die Lena.»

«M... Mike», antwortete Mike, der mehr Erfahrung damit hatte, verdächtige Personen zu verhören, als mit attraktiven Frauen zu sprechen.

«Mike, erzähle Lena doch, wie wichtig es für einen Personenschützer ist, gut mit der örtlichen Polizei zusammenzuarbeiten.»

«Sehr ... wichtig», antwortete er nervös.

«Gibt es irgendetwas», lächelte die Polizistin freundlich, «was du wissen möchtest?» Die junge Frau wollte es Mike offenbar leichter machen. Anscheinend fand sie ihn trotz seines Stammelns sympathisch. Oder vielleicht sogar gerade deswegen, weil es seine kräftige Statur kontrastierte. Der immer mehr schwitzende Mann suchte verzweifelt nach etwas, was er fragen konnte. Leider fand er nur: «Wo sind denn hier die Toiletten?»

Angela konnte gerade noch den Impuls unterdrücken, sich mit der Hand gegen die Stirn zu klatschen.

Lena antwortete, immer noch freundlich lächelnd: «Dahinten.»

«D... danke», sagte Mike und ging eiligen Schritts davon.

«Er ist nicht immer so», sagte Angela freundlich zu der Polizistin.

«Das will ich doch hoffen», lächelte Lena. In diesem Moment trat

Achim hinzu und sagte: «Ich krieg die Bewegungen dieses Tanzes einfach nicht hin.»

«Du erwartest aber hoffentlich nicht, dass ich sie dir zeige», sagte Angela.

«Natürlich nicht, du bist ja genauso ungelenk.»

«Darf ich vorstellen», wandte Angela sich zu Lena, «mein Mann. Der ehrlichste Mensch der Welt.»

«Lena Amadeus», stellte sich die Polizistin ihm vor. «Aber leider muss ich mich von Ihnen verabschieden. Ich habe Katharina von Baugenwitz versprochen, dass ich mir mal anschaue, ob das Schloss an der Rückseite noch einbruchsicher ist. Und da in vierzig Minuten das Fest zu Ende geht und damit auch mein Dienst, muss ich los. Aber könnten Sie Ihrem Personenschützer noch etwas ausrichten?»

«Gerne.»

«Ich würde ihn gerne morgen Abend in *Aladins Gin* treffen.»

«Wird gemacht», freute sich Angela.

Die junge Polizistin ging davon, und Angela betrachtete sich das Treiben der fröhlichen Menge: Die Menschen tranken und lachten. Kinder tobten fröhlich umher. Einige Paare drehten sich zu *Für mich soll's rote Rosen regnen* im Walzertakt. Und über allem lag das goldene Abendlicht. Angela wurde es warm ums Herz. Vielleicht war dieser Ort doch der richtige für den Rest des Lebens. Ein Leben, in dem sie neue Seiten von sich und Achim kennenlernen könnte. Ihr wurde sogar so warm ums Herz, dass sie beschloss, gleich mal mit den neuen Seiten anzufangen.

«Ich würde», flüsterte sie Achim zu, «gerne mit dir tanzen.»

«Was?»

«Ich möchte mit dir tanzen», wiederholte sie ein wenig lauter.

«Ich kann nicht tanzen.»

«Ich weiß.»

«Und du auch nicht.»

«Für ein bisschen hin und her schunkeln wird es schon reichen.»

«Das hast du 2001 beim Wiener Opernball auch gesagt. Und ich bin dir dabei sieben Mal auf die Füße getreten.»

«Das stimmt.»

«In etwas weniger als fünf Minuten.»

«Das stimmt auch.»

«Und du mir drei Mal.»

«Tut mir leid.»

«Lieben heißt, niemals um Verzeihung bitten zu müssen», zitierte Achim aus seinem Lieblingsfilm *Love Story*. Immer wenn Ryan O'Neal diese Worte am Ende zu Ali MacGraw sagte, musste er weinen.

«Komm», forderte Angela ihn auf, «wenn wir einfach mit den Füßen fest auf dem Boden bleiben, können wir uns auch nicht auf die Füße treten.»

«Das klingt logisch.»

«Also dann …»

«… fordere ich dich jetzt zum Tanz auf», lächelte Achim, nahm ihre Hand, führte sie zu den Tanzenden und schaukelte in der Menge mit Angela auf der Stelle hin und her.

Es war einfach schön. Und Angela fragte sich, warum sie nicht schon viel früher so etwas getan hatten. Vielleicht könnten Achim und sie sogar mal einen Tanzkurs machen? Selbst wenn sie beide mit ihrem geringen Talent den Tanzlehrer möglicherweise dazu bringen würden, über einen Berufswechsel nachzudenken.

Und während sich Angela mit ihrem Achim im Takt wiegte und sich erstmals so richtig wohl in ihrer neuen Heimat fühlte, fiel ihr gar nicht auf, dass alle Klein-Freudenstädter, mit denen sie am heutigen Abend gesprochen hatte, den Schlossvorplatz verlassen hatten: der Freiherr, dessen Ehefrau, seine Exfrau, ihre Tochter, die Obstverkäuferin sowie die Polizistin.

8

Nach dem Tanz spazierten die beiden beschwingt über den Hof. Sie sahen sich das Schlossgebäude an, das bei näherer Betrachtung ziemlich ramponiert wirkte: Die Farbe war an mehreren Stellen abgeblättert, es fehlten auch ein paar Dachziegel. Danach schlenderten sie zum Springbrunnen, in dem traurig wirkende Fische herumschwammen und der dringend mal eine Reinigung benötigte. Alles in allem wirkte es so, als ob es vor langer Zeit viel Geld aus dem Wirtschaftsprogramm Aufbau Ost gegeben hatte, um das Schloss auf Vordermann zu bringen, aber jetzt keins mehr vorhanden war, um alles Notwendige für die Instandhaltung zu veranlassen. Während Angela darüber sinnierte, bewunderte Achim die Rosen, die sich an schönen Bögen rankten, und er staunte über die kleinen weißen Pflanzen, denen es als einzigen erlaubt zu sein schien, zwischen den Rosen zu wachsen.

Einige Kinder kamen zu Angela, um mit ihr Selfies zu machen. Vermutlich waren sie von ihren Eltern, die in etwas Abstand schüchtern winkten, dazu angestiftet worden. Angela ließ sich darauf ein und stellte fest: Wenn es nicht zum Job gehörte, bereiteten ihr solche Selfies sogar Freude. Vielleicht sollte sie gleich mal eins mit Achim machen? Nein, er hasste solche Fotos, war er doch davon überzeugt, dass sein Rücken seine Schokoladenseite war, und sie wollte ihn nicht damit nerven. Beide waren ja gerade entspannt zusammen, wie sie es sonst höchstens mal im Wanderurlaub in Tirol gewesen waren. Nur dass sie sich eben nicht im Urlaub befanden, sondern ein neues Leben begannen. Vielleicht sogar ein besseres als zuvor? Ein ewiger Urlaub, sozusagen?

Kaum hatte Angela dies gedacht, kamen ihr wieder Zweifel. Sie war noch nie eine Frau für lange Ferien gewesen. Ab wann würde es ihr langweilig werden, keine echte Aufgabe zu haben, außer zu backen, zu kochen und Bücher zu lesen? Ab wann würde sie sich nach einer neuen Tätigkeit sehnen, zum Beispiel einem Lehrstuhl an einer Uni? Und wenn es dazu käme, würde Achim gewiss enttäuscht sein. Nein, er würde nicht einfach nur enttäuscht sein, sondern sich von ihr betrogen fühlen, denn sie hatte ihm immer den gemeinsamen Ruhestand in der Uckermark versprochen.

«Ich brauche ein Glas Wein», seufzte Angela. Sie ging mit ihrem Liebsten zum Getränkestand, und die beiden ließen sich ein Gläschen einschenken. Leider war Angela in Sachen Wein durch die letzten Jahrzehnte so verwöhnt worden, dass sie den hiesigen nicht mal mehr für durchschnittlich halten konnte. Aber auch Achim fand ihn unzumutbar.

«Er schmeckt», befand Achim, «als ob in ihm Glykol verarbeitet wurde.»

«Ich befürchte, dass Glykol diesen Wein sogar genießbarer machen würde», scherzte Angela. Achim begann daraufhin laut zu lachen, wie er es nur tat, wenn er Alkohol getrunken hatte. Er klang dabei immer ein wenig wie ein Seelöwe mit Asthma-Problemen.

«Ist ihm nicht gut?», fragte daher der junge Harlekin-Kellner.

«Er lacht nur.»

«Okaaay», sagte der Harlekin. «Wollen Sie vielleicht lieber den Punsch probieren? Ich habe noch genau einen Becher übrig. Dann ist er alle.» Er deutete auf eine so gut wie leere große Glasbowle. In der war noch etwas hellbräunliche Flüssigkeit, auf der wiederum eine traurige Ananasscheibe schwamm.

Angela konnte sich nicht vorstellen, dass die Bowle besser

schmeckte, fragte aber dennoch, um nicht unhöflich oder gar borniert zu wirken: «Was ist denn in dem Punsch?»

«Also, natürlich ein Schuss Baugenwitz-Wein …»

Angela konnte sich noch zurückhalten, ‹Schon mal nicht gut› zu sagen.

«Schon mal nicht gut», sagte Achim.

Es war schön, dachte Angela, dass sie beide nach all den Jahrzehnten noch immer so auf einer Wellenlänge funkten. Auf gar keinen Fall durfte sie diese wunderbare Ehe durch weitere Fluchtgedanken nach Berlin auf die Probe stellen!

«Außerdem», erklärte der Harlekin, «heißer Eierlikör, heißer Amaretto, heißer Karamell-Wodka und obendrauf Zuckerguss und für die Gesundheit noch Ananas.»

«Alles, damit man den Wein nicht schmeckt?», kombinierte Angela.

Achim lachte wieder laut und schnappatmend, was den Harlekin noch mal kurz irritierte, während er den letzten Punsch in einen Becher einschenkte und versprach: «Der letzte Becher bringt Glück!»

«Lass mich erst vorkosten», sagte Achim mit galanter ‹Ich würde für dich sterben›-Geste, nahm den Punschbecher, nahm einen Schluck und schüttelte sich: «Anstatt mit Schierling hätte man den Freiherrn damals auch damit umbringen können.»

«Und ich», sagte der Harlekin pikiert, als Achim den Becher zurückgab, «kann den jetzt wegkippen. Sie haben ja schon daraus getrunken.»

«Verzeihen Sie», entschuldigte sich Achim.

Angela kramte aus ihrer Tasche einen Zehneuroschein und legte ihn dem Harlekin als Trinkgeld hin: «Damit der letzte Becher wenigstens Ihnen Glück bringt.»

«Danke», konnte der Mann wieder lächeln und nahm den Schein gerne an.

Angela schaute sich um. Was wohl der Gastgeber so trieb? Der Mann mit der Rüstung war nirgendwo zu sehen. Viele der Gäste hatten sich bereits auf den Heimweg gemacht, ein paar letzte alkoholbeseelte Partymacher sangen den alten Puhdys-Song *Alt wie ein Baum* mit. Die Obstfrau rollte ihr Transparent ein, den Stand hatten sie und ihre Mitstreiter bereits abgebaut. Auch die Ehefrau des Freiherrn war seit der Rede nicht mehr aufgetaucht. Das Mädchen mit den blauen Haaren hingegen drehte sich am Brunnen einen Joint. Die junge Polizistin schaute ungeduldig auf die Uhr, vermutlich wartete sie auf ihren Feierabend. Und Mike versuchte ebenso krampfhaft wie vergeblich, nicht in ihre Richtung zu starren.

Katharina von Baugenwitz stellte sich auf das Podium, bedeutete den Musikern, mit dem Spielen aufzuhören, und sprach ins Mikrophon: «Meine Damen und Herren, alles Gute muss zu Ende gehen. So auch diese Feier. Wir freuen uns, dass Sie so zahlreich gekommen sind, und freuen uns noch mehr, Sie auch im Herbst wieder zu unserem alljährlichen Erntedankfest begrüßen zu dürfen.»

Die verbliebenen Gäste klatschten. Angela ebenfalls, aber sie wunderte sich: Der Freiherr schien kein Mensch zu sein, der sich eine Gelegenheit entgehen ließ, vor Leuten aufzutreten. Warum hatte er die Verabschiedung seiner Exfrau überlassen?

«Gehen wir nun?», wurden ihre Gedanken von Achim unterbrochen.

«Ja, wir gehen, Puffel.»

«Puffel», kicherte der Harlekin verstohlen.

Angela und Achim beschlossen, ihn zu ignorieren. Gerade als sie Mike ein Zeichen für den Aufbruch geben wollten, eilte die Polizistin Lena an Mike vorbei, ohne ihn eines Blickes zu würdigen. Merkwürdig, dachte Angela, hatte die junge Frau sich doch vor einer knappen Stunde noch mit Mike verabreden wollen.

Plötzlich näherte sich Katharina von Baugenwitz: «Sie wol-

len uns schon verlassen? Ich wollte Ihnen doch noch das Schloss
zeigen.»

«Vielleicht ein anderes Mal», sagte Angela, die keine Lust hatte,
von der Frau eventuell um weitere Gefallen gebeten zu werden.

«Wir haben einen wirklich wunderbaren Weinkeller.»

«Wir haben den hiesigen Wein schon gekostet», konnte Achim
seinen Horror davor, noch einen einzigen weiteren Schluck davon
zu trinken, nur unzureichend verbergen.

«Doch nicht die miese Traube, die mein Exmann an dem Hang
anbauen lässt. Wir haben den besten Weinkeller Ostdeutschlands.
Es gibt Rioja von 1917. Bordeaux von 1929. Cheval Blanc von 1943.»

«Das … sind die besten … Jahrgänge», staunte Achim. «Also für
Wein, für die Menschen waren sie nicht so schön …»

«Wollen Sie nicht vielleicht doch noch eben eine klitzekleine
Weinprobe machen?»

«Warum nicht, dann kriegen wir den unangenehmen Geschmack aus dem Mund.»

«Und den Gedanken an den letzten Becher Baugenwitz-Punsch
aus dem Sinn», ergänzte Angela, worauf Achim wieder laut
schnappend lachte, was Katharina kurz zusammenzucken ließ.
Sie fasste sich jedoch schnell wieder und sagte: «Dann machen wir
uns jetzt auf ins ehemalige Verlies.»

«Verlies?», fragte Angela.

«Balduin, der dieses Schloss errichtet hatte, hielt da unten Ge-
fangene. Lebend heraus kam niemand.»

Angela und Achim folgten Katharina in das Schloss, Mike blieb
immer wenige Schritte hinter ihnen.

Die Eingangshalle des Schlosses hing voller Gemälde, die Freiherren aus den letzten Jahrhunderten – bei der Jagd, beim Fest-
mahl oder einfach nur beim ‹in die Richtung des Malers starren
und sich dabei fragen, wann man sich endlich, endlich, endlich
wieder bewegen darf› – zeigten. Den Gesichtsausdrücken auf den

Bildern nach zu urteilen, schienen sämtliche männlichen Familienmitglieder nicht unter mangelndem Selbstbewusstsein zu leiden. Insbesondere zwei von ihnen nicht.

«Der da muss Balduin sein», kombinierte Angela vor einem Gemälde aus dem 17. Jahrhundert, das einen irre grinsenden Ritter darstellte, der triumphierend auf einem Haufen Leichen stand.

«Ja», bestätigte Katharina.

«Gegen ihn», fand Achim, «wirkt Vlad der Pfähler wie ein ausgeglichenes Kerlchen.»

«Kein Wunder, dass Balduin von seiner Frau vergiftet wurde», sagte Angela.

«Die Freiherren», konnte es sich die Schlossverwalterin nicht verkneifen, «sind alle keine Musterknaben gewesen.» Für Angela klang Katharinas Tonfall, als ob sie ihren Exmann mit einschloss.

Angelas Blick wanderte zu einem Porträt, das einen Mann im Anzug zeigte, wie ihn die Reichskanzler der Weimarer Republik zu tragen pflegten. Er saß an einem Schreibtisch und wirkte auf Angela so, als ob er jemand war, der die Dienstpläne für Pfähler aufstellte.

«Das ist Ferdinand, der Urgroßvater von unserem Philipp. Zu seiner Zeit hatte er großen Einfluss auf Politik und Gesellschaft. Seine Macht ging weit über Brandenburg hinaus nach Berlin hinein. Er war halt um vieles gescheiter als unser Philipp.»

Was allerdings auch ein Leichtes war, fand Angela bei dem Gedanken an den eitlen Clown in der Rüstung. Selbstverständlich sprach sie dies nicht aus, dafür tat es natürlich Achim: «Das ist allerdings auch ein Leichtes.»

«Ja, das ist es», ätzte die Frau, die anscheinend für ihren Exmann nur noch jene Form der Liebe übrig hatte, die sich in Verachtung ausdrückt.

«Das ist ein echt übles Bild.» Achim deutete auf ein Gemälde, das einen Mann in blauem Adelskostüm und Perücke aus dem 18. Jahrhundert zeigte. Er lag mit halb zerfetztem Gesicht verblutend im Gras, während sich ein anderer Mann im rot-gelben Kostüm und mit Muskete in der Hand über ihn beugte.

«Ich hätte da noch ganz andere Worte für als ‹übel›», sagte Mike, dem beim Anblick schlecht wurde – der Personenschützer besaß für einen starken Mann einen ganz schön schwachen Magen.

«Das ist Walter von Baugenwitz», erklärte Katharina. «Er hat das Duell mit Bernhard von Sassen verloren und starb dann über Wochen einen qualvollen Tod.»

«Warum haben die beiden sich denn duelliert?», wollte Achim wissen.

«Walter hatte sich beleidigt gefühlt, weil Bernhard von Sassen ihm gesagt hat, er würde laufen wie eine Ente. Er hat den Watschelgang sogar nachgeäfft. Da hat Walter Satisfaktion verlangt.»

«Aus falschem Stolz zu sterben», schüttelte Achim den Kopf. Und Angela dachte sich, dass dazu nur Männer in der Lage waren.

«Kommen Sie weiter zum Wein», sagte Katharina zu ihren Gästen und durchquerte die Eingangshalle. Dabei stellte Angela fest, dass viele der Bilderrahmen beschädigt waren. Außerdem waren die Läufer, über die sie liefen, verblichen, und wenn man an die Decke sah, erkannte man, dass hier und da schon der Stuck bröckelte. Von innen moderte das Schloss vor sich hin wie eine alternde Diva.

Katharina führte sie durch einen Gang, in dem eine Büste stand, die General Hindenburg darstellte. Angela konnte sich nun sehr gut vorstellen, in welchen Kreisen der Großvater des jetzigen Freiherrn sich in den 30er Jahren bewegt und Einfluss ausgeübt hatte. Außerdem befanden sich in dem Gang drei Vitrinen. In einer lag ein Morgenstern. In der nächsten eine Armbrust. Und in der letzten eine Muskete.

«Ist das die Waffe, die Walter im Duell zog?», fragte Angela.

«Ja», bestätigte Katharina, ohne anzuhalten. Im Vorbeigehen

registrierte Angela, dass die Glasplatte über der Muskete minimal schief auflag. Am liebsten hätte sie das Glas zurechtgerückt, wusste sie doch als Physikerin, dass das Metall der Waffe oxidieren würde. Doch sie hielt sich gerade noch zurück: Es war unhöflich, ungefragt in fremden Häusern aufzuräumen.

Als Nächstes ging es in einen kleineren Nebengang, an dessen Ende nicht nur eine schwere Holztür mit schmiedeeisernem Griff war, sondern auch eine Chaiselongue, auf der Alexa lag und laut vor sich hin schnarchte.

«Diese Champagnerdrossel», beschimpfte Katharina die jetzige Ehefrau des Freiherrn.

«Die schnarcht fast so laut wie du», raunte Achim liebevoll Angela zu.

Mike musste auflachen.

Angela fragte sich noch, wem von den beiden sie als Erstes einen bösen Blick zuwerfen sollte, da sagte Katharina: «Ignorieren Sie die Saufnase einfach.»

«Es wäre leichter», meinte Achim, «wenn ich meine Ohrenstöpsel für die Nacht dabeihätte.»

Mike musste wieder auflachen.

Angela seufzte leise und dachte: In Berlin hatten die Leibwächter nie so viel von ihrem Privatleben mitbekommen. Es fiel wirklich schwer, sich zwischendrin nicht immer mal wieder zurückzusehnen.

Sie schüttelte den Gedanken ab und ging mit den anderen an der schnarchenden Frau vorbei, durch die schwere Holztür hindurch auf eine enge Steintreppe, die in die Katakomben führte. Katharina von Baugenwitz knipste zwar eine Elektrobeleuchtung an, nahm aber dennoch eine mittelalterliche Holzfackel aus einer Halterung und zündete sie an: «Das macht es zünftiger.»

Es ging ungefähr fünfzig Stufen hinab, bis sie in einen niedrigen Gewölbegang traten, in dem der Zweimetermann Mike leicht gebückt gehen musste. Am Ende des Ganges war eine Holztür, die sogar noch massiver wirkte als jene, durch die sie zur Steintreppe getreten waren.

«Voilà, hier ist unser Weinkeller!» Katharina drückte die Klinke runter und wollte die Tür aufdrücken, aber sie ließ sich nicht öffnen. «Merkwürdig.»

«Was ist merkwürdig?», fragte Angela.

«Die Tür ist verschlossen. Das ist sie sonst nie!»

Angela überraschte die plötzliche Panik der Frau.

«Ein Schlüssel könnte helfen», sprach Achim das Offensichtliche aus.

«Es gibt nur einen Schlüssel! Und den hat Philipp! Und er benutzt ihn nie! Wir lassen die Tür immer, immer offen! Da stimmt etwas nicht!» Sie drückte die Klinke noch mal. Und noch mal.

«Wissen Sie», fragte Achim, «was die Definition von Wahnsinn ist? Wenn man immer wieder das Gleiche tut und auf ein anderes Ergebnis hofft.»

«Nicht jetzt, Puffel», bat Angela und wollte die Frau beruhigen, indem sie ihre Hand auf deren Schulter legte, aber die schlug sie nur panisch weg.

«Whao, whao!», sprang Mike dazwischen, um Angela zu beschützen. Leider stieß er sich dabei den Kopf an der Decke des niedrigen Gewölbes: «Au, Mist!»

«Es ist schon in Ordnung», sagte Angela, um die Lage nicht noch mehr eskalieren zu lassen. «Mike, wären Sie so freundlich, die Tür für uns zu öffnen?»

Der Bodyguard packte den Griff, rüttelte daran und hatte ihn plötzlich in der Hand.

«Sie müssen wohl rabiater vorgehen», schlug Angela vor.

«Aufbrechen oder das Türschloss aufschießen?»

«Aufbrechen», sagte Angela hastig. «Aufbrechen ist hervorragend!»

54

«Okay», antwortete Mike und ließ den Griff zu Boden fallen. Er ging ein paar Schritte zurück, rannte dann los und stieß krachend gegen die Tür, deren Schloss nachgab. Anschließend hielt sich Mike die schmerzende Schulter und fluchte: «Shit, aufschießen wäre besser gewesen.»

Katharina von Baugenwitz drückte die Tür auf und stieß sogleich einen Schrei aus. Mike zückte seine Waffe. Achim ging in die Karate-Grundstellung. In den 90ern hatte er es immerhin zum grünen Gürtel gebracht, bevor er feststellte, dass Joggen nicht nur besser für das Herz-Kreislauf-System war, sondern man dabei auch deutlich weniger nackte Füße ins Gesicht bekam. Nur Angela nahm sich geistesgegenwärtig die Fackel von Katharina und leuchtete in den Raum hinein, um zu erkennen, was sie so hatte aufschreien lassen: Zwischen all den Weinfässern und den Regalen voller verstaubter Flaschen saß Philipp reglos an einem massiven Eichentisch. Sein Oberkörper lag zusammengebrochen auf der Tischplatte.

«Warten Sie!», sagte Mike, zückte seine Pistole, ging zu dem Mann in der Rüstung, hob dessen Kopf an, stellte dabei fest, dass dessen Visier offen war, sah ihn sich genau an und verkündete: «Der ist mausetot.»

«Ahh!», schrie Katharina auf und begann, hemmungslos zu weinen. Angela bedeutete ihrem Ehemann mit einer Geste, die Dame herauszuführen. Er nahm galant ihre Hand und führte sie aus dem Gewölbe.

Während Mike seine Pistole zückte und sich umsah, drückte Angela einen Lichtschalter, und das ehemalige Verlies erstrahlte in einem warmen Licht. Sie hängte die Fackel in einen dafür vorgesehenen Halter und ging ebenfalls auf die Leiche zu. Dabei war sie selbst ein bisschen überrascht, dass es ihr gar nichts ausmachte. Bislang waren ihr Tote nur indirekt in Statistiken und Lageberichten begegnet. Vor der Leiche stand ein mittelalterlicher Kelch auf dem Tisch, der noch fast zur Hälfte gefüllt war. Angela betrachtete ihn genauer.

«Sie sollten nichts anfassen», sagte Mike, der mittlerweile überzeugt davon war, dass die Luft im Weingewölbe zwar modrigfeucht, aber ansonsten rein war.

«Ich habe genug Krimis gesehen.»

«Gut», befand Mike und steckte die Pistole wieder in sein Halfter.

«Und deswegen fasse ich den Becher auch nur mit einem Handschuh an», deutete Angela auf ein Paar Lederhandschuhe, das in einem der Weinregale lag.

«Nicht gut», war Mike besorgt.

«Mag sein, aber ich bin Ihre ...»

«... Vorgesetzte», seufzte Mike.

Angela holte die Handschuhe, zog sie an, hob den Kelch hoch und betrachtete ihn genau.

«Der sieht aus», fand Mike, «wie der Heilige Gral in *Indiana Jones 3*.»

«Aber in dem hier ist anscheinend Gift. Auf dem Boden gibt es kleine Ablagerungen.» Angelas Herz klopfte höher. Sie spürte das Adrenalin, das sie immer durchströmte, wenn sie plötzlich vor unvorhergesehene komplizierte Aufgaben gestellt wurde. Sie hatte gedacht, in der Rente würde sich dieses wundervoll belebende Gefühl nie wieder einstellen. Doch jetzt war es da! Und obwohl Angela ganz genau wusste, dass es moralisch nicht in Ordnung war, freute sich ein nicht gerade kleiner Teil von ihr über den vermutlichen Mordfall, wie sie sich bisher über noch rein gar nichts in Klein-Freudenstadt gefreut hatte. Noch nicht mal über den Tanz mit Achim.

«Könnte auch Kork sein», sagte Mike.

«Der Mann hätte den Kork schon beim Einschenken bemerkt.»

«Und Gift nicht?»

«Wenn es unbemerkt nach dem Einschenken hineingeschüttet worden wäre, nicht. Und so oft wie ich heute das Wort Schierling gehört habe, würde es mich nicht wundern, wenn es welcher ist.»

«Sie glauben wirklich, er wurde ermordet?», staunte Mike.

«Auf mich hat er die ganze Zeit nicht wie ein Freiherr gewirkt, der den gleichnamigen Tod sucht.»

«Häh?»

«Den Freitod.»

«Er kann aber gar nicht umgebracht worden sein», widersprach Mike.

«Wieso nicht?»

«Die Tür war von innen verschlossen. Ein Mörder hätte sein Opfer doch von außen eingeschlossen, damit es nicht fliehen kann.»

«Das ist wohl wahr», grübelte Angela. Dabei bemerkte sie, dass auf dem Boden ein zerbrochenes Tintenfass lag. Anscheinend hatte es der um sein Leben ringende Freiherr vom Tisch gestoßen. Zudem lag unweit davon entfernt eine Schreibfeder, deren Spitze noch von Tinte feucht war.

Angela betrachtete den Leichnam noch mal genauer und erkannte, dass unter dem Oberkörper ein kleines Fitzelchen Papier hervorlugte.

«Mike, können Sie den Mann noch mal richtig anheben?»

«Sie wissen schon, dass man so etwas der Polizei überlassen sollte?»

«Ich kann das auch selber machen.»

Mike seufzte, wie so ziemlich alle weisungsgebundenen Beamten, die es mit Angela zu tun gehabt hatten: «In Ordnung.»

Er hob den Oberkörper des Freiherrn an, und die beiden sahen, was der Verblichene mit Feder und Tinte auf das Blatt gekritzelt hatte:

a

«Was soll das bedeuten?», fragte Mike.

«Nun», sagte Angela und hätte in ihrem Leben nicht gedacht, dass sie mal klingen würde wie Sherlock Holmes, und schon gar nicht, dass ihr das so eine Freude bereiten würde, «ich nehme an, das ist ein Hinweis auf den Mörder.»

9

E s tut mir leid, dass ich Ihnen widersprechen muss», sagte Mike mit einem mitleidigen Lächeln, das verriet, wie wenig es ihm wirklich leidtat, «aber es war ganz gewiss ein Selbstmord. Ein merkwürdiger Selbstmord, zugegeben. Aber als Mord wäre es noch merkwürdiger, denn dann», er deutete erneut auf die Tür, «wäre, wie gesagt, die Tür nicht von innen zugesperrt gewesen.»

«Nicht vorschnell urteilen», erwiderte Angela. Sie konnte natürlich nicht hundertprozentig sicher sein, ob sie mit ihrem Verdacht richtiglag, aber im Laufe ihres Lebens hatte sie mehrere Dinge gelernt: 1) Bei nichts auf der Welt konnte man sich hundertprozentig sicher sein. 2) Mit ihren eigenen Ahnungen lag sie in der Regel zu 81,4 Prozent richtig. (Achim hatte das einmal errechnet und ihr ausgerechnet an einem Tag offenbart, an dem sie drei falsche Regierungsentscheidungen getroffen hatte. Und auch wenn er es aufmunternd gemeint hatte, war es der falsche Zeitpunkt gewesen. Beinahe hätte sie ihm genervt geantwortet, dass sie 81,4 Prozent seiner Eigenschaften liebenswert fand und er dreimal raten dürfte, ob sein Hang, solche Berechnungen durchzuführen, dazugehörte.) Und: 3) Wenn sie für jedes mitleidige Lächeln eines Mannes, wie gerade das von Mike, einen Euro bekommen hätte, könnte sie die Energiewende ganz allein finanzieren.

Wie alle Männerlächeln zuvor ignorierte Angela auch dieses. Sie vertraute nicht nur ihrem eigenen Instinkt, sie hoffte insge-

59

heim auch, dass es sich um einen jener 81,4 Prozent der Fälle handelte, in denen sie richtiglag. Ein Mordopfer, das vor seinem Ableben einen Hinweis gekritzelt hatte, war doch viel aufregender als ein Selbstmörder, der sein Ableben miserabel getimt hatte.

Angela zog die Handschuhe wieder aus und beschloss, sich im Weinkeller umzusehen, ob irgendwelche Indizien für einen Mord zu finden waren. Die Flaschen in den Regalen waren chronologisch geordnet. Anfangs konnte man das daran erkennen, dass ihre Etiketten immer ältere Jahrgänge auswiesen, später nur noch daran, dass auf ihnen immer dickere Staubschichten lagen. Angela ging weiter ans Ende des Kellers, dort stand ein riesiges Weinfass. In ihm, dachte sich Angela, könnte sich ein Mörder durchaus verstecken. Sie musste kurz schmunzeln: So verrückte Sachen hatte sie noch nie zuvor gedacht. Gott, es war wirklich anregend!

Sie klopfte gegen das Fass. Es klang leider nicht hohl, wie von ihr gehofft. Plötzlich musste sie noch mehr schmunzeln, denn ihr kam das Bild von einem Menschen in den Sinn, der mit Taucherflossen, Taucherbrille und Sauerstoffflasche im Inneren des Fasses im Rotwein herumschwamm, um sich zu verstecken. Und der sich jetzt krampfhaft bemühte, auf der Stelle zu paddeln, um sich nicht zu verraten. Aber nein, die Vorstellung war viel zu albern! Sie musste ernsthafter an das Problem herangehen und durfte sich nicht zu Phantastereien hinreißen lassen wie jene 2015, als sie ein paar Wochen lang glaubte, die Deutschen würden Flüchtlinge tatsächlich mit offenen Armen in unsere Gesellschaft aufnehmen.

Angela ging um das Holzfass herum und betrachtete eingehend die Wand: War hier vielleicht irgendwo noch eine Tür? Zu einem Gang, durch den jemand hätte fliehen können?

Es war in dieser Ecke schon ein wenig duster. Hätte sie mal die Fackel mitgenommen. So im Halbdunkel waren nur die dicken Gewölbesteine zu erkennen, jedoch keine Tür in der Wand. Nicht mal ein Hebel, den man ziehen, oder ein Knopf, den man drücken konnte, um einen Geheimgang zu öffnen wie jenen im Weißen Haus, durch den so viele Präsidenten ihre Geliebten schmuggelten. Oder Barack Obama die Zigaretten, mit denen Michelle ihn nicht hatte erwischen dürfen.

«Wir sollten langsam mal nach oben», rief Mike durch das Gewölbe. «Die Polizei kommt sicher gleich und benötigt Ihre Aussage. Sie sollten verschwunden sein, bevor die Presse kommt.»

Angela hatte keine Sorge wegen der Presse. In Klein-Freudenstadt lebte kein einziger Journalist. Früher oder später würde allerdings ein Lokaljournalist vom *Uckermarker Boten* aus dem nahe gelegenen Templin aufkreuzen und sich mit der Schlagzeile *Exkanzlerin findet Leiche* einen Namen machen. Und wenn sie gedruckt war, würden die Hauptstadtjournalisten für Wochen hier einfallen, und es wäre vorbei mit der Ruhe.

Angela musste unbedingt mit den ermittelnden Polizisten Diskretion aushandeln. Und die würden ihr im Gegenzug vermutlich klarmachen, dass sie nicht die Hobbydetektivin spielen sollte. Für einen Augenblick war sie traurig darüber. Doch dann riss sie sich zusammen. Expertenarbeit sollte man den Experten überlassen. Sie war nun mal genauso wenig eine echte Detektivin, wie sie noch keine typische Rentnerin war.

Angela ging zurück in Richtung Tür, doch auf der Höhe des Weinfasses flitzte etwas an ihr vorbei. Sie sah hinunter: Es war eine weiße Maus. Da Angela nicht zu den Frauen gehörte, die Angst vor Mäusen hatten, schrie sie nicht auf, sondern analysierte den Laufweg des Nagers. Die Maus kam nicht aus der Richtung der aufgebrochenen Eingangstür. Sie musste also schon länger im Keller gewesen sein. Gab es etwa doch einen Geheimgang? Angela wollte sich wieder umdrehen, um herauszufinden, wohin die Maus gelaufen war, da hörte sie Achim rufen: «Wir haben ein Problem!»

«Welches?», rief Angela zurück.

«Soll ich die Ehefrau des Toten wecken oder nicht?»

Die Ehefrau?

Schlief sie etwa immer noch?

Oder tat sie nur so?

Das, so dachte sich Angela, müsste man doch herausfinden können!

Es schadete ja nichts, Hinweise zu sammeln, die man den Experten von der Polizei überreichen konnte.

10

S ie schnarcht wie eine Weltmeisterin», staunte Angela, als sie oben im Gang vor die Chaiselongue trat. Alexa von Baugenwitz lag immer noch dort wie ein Seemann, der nach seiner ersten Äquatorüberquerung zu tief ins Rumfass geblickt hatte, dann reingefallen war und jetzt darin übernachtete.

«Also streng genommen», wandte Achim ein, «wie eine Vizeweltmeisterin.»

«Ähem was?»

«Im Vergleich zu dir …»

«ACHIM!»

«Ja?»

«Ich liebe dich, aber manchmal möchte ich dich …»

«… ob meiner losen Zunge tadeln?»

«Gut, sagen wir einfach, dass es das war, was ich meinte», antwortete Angela, die eigentlich ‹rhythmisch gegen die Wand schlagen› hatte sagen wollen. Sie sah zu Mike, der sich ausnahmsweise mal nicht über Achims Worte amüsierte. Er ging auf Katharina von Baugenwitz zu, wusste aber nicht, was er ihr Tröstliches sagen sollte. Die Frau nahm Mike ja noch nicht einmal wahr, sie starrte nur apathisch auf den Boden.

Merkwürdig, dachte Angela, Katharina hatte sofort ein ungutes Gefühl gehabt, als sich die Tür nicht öffnen ließ. Irgendwie hatte sie gewusst, dass Philipp von Baugenwitz in Gefahr war. Hatte sie sogar eine Ahnung, wer der Mörder sein könnte, falls es wirklich Mord war?

Angela beschloss, sie nicht darauf anzusprechen. Es wäre nicht nur pietätlos gewesen, die unter Schock stehende Frau zu fragen, sondern auch unnötig. Katharina von Baugenwitz würde dem ermittelnden Kommissar alles erzählen. Es sei denn … sie wäre selbst die Mörderin.

«Sollen wir die Freifrau nun wecken?», unterbrach Achim den aufkommenden Verdacht.

«Ja, das sollten wir.»

«Aber wie? Wir haben doch vorhin gehört, sie nimmt Schlafmittel. Und ich habe schon laut mit ihr gesprochen. Ich habe sie sogar gerüttelt.»

Angela betrachtete die Freifrau, sie stank nach Alkohol und schien zu schlafen. Aber bekanntlich war sie Schauspielerin. Sie könnte das alles vortäuschen. Wenn es wirklich ein Mord gewesen war, dann war sie in der Nähe des Tatgeschehens gewesen und somit eine Hauptverdächtige. Vielleicht hatte sie gerade fliehen wollen, dann jedoch gehört, wie Angela mit den anderen Richtung Weinkeller ging, und in der Eile nur die Möglichkeit gesehen, sich auf die Chaiselongue zu legen und so zu tun, als ob sie einen Rausch ausschlief. Die Zeit war gekommen, das herauszufinden!

«Ich habe eine Idee», sagte Angela.

«Socke ausziehen und vor die Nase halten?», fragte Achim.

«Wir stechen sie mit meiner Broschennadel», verkündete Angela demonstrativ in Richtung der Schlafenden. Sie löste die schöne Blattgold-Brosche, die sie sich vor vielen Jahren von ihrem ersten Ministergehalt gekauft hatte, von dem roten Blazer und näherte sich mit der Nadelspitze der Freifrau.

Die schnarchte jedoch weiter. Entweder schlief sie wirklich tief und fest, oder sie wollte ihre Tarnung keinesfalls auffliegen lassen. Daher legte Angela nach: «Am besten, ich steche ihr in die Wange.»

Das Schnarchen ging unbeeindruckt weiter.

«Ich muss», steigerte Angela die Scharade, «nur aufpassen, dass ich nicht abrutsche und ihr aus Versehen die Nadel ins Auge jage.»

Die Freifrau schnarchte nun sogar noch lauter. Entweder lag Angela mit ihrer Vermutung komplett falsch, oder das Schnarchen sollte heißen: Von dir lass ich mich doch nicht einschüchtern!

Jetzt, wo sie mit der Nadelspitze etwa einen Zentimeter von Alexa von Baugenwitz' Wange entfernt und von der Intensität der Alkoholausdünstungen fast schon ein wenig benebelt war, musste Angela, die eigentlich nur hatte bluffen wollen, sich entscheiden: zustechen oder nicht?

«Hauen Sie ihr die Nadel rein», ertönte eine Stimme. Angela fuhr herum, dort stand Pia. Sie schien kein bisschen traurig zu sein. Wusste sie vielleicht noch nicht, dass der Freiherr tot war? Oder war sie so abgebrüht?

«Wegen ihr hat sich der Sack doch umgebracht.»

Okay, abgebrüht.

«Pia, bitte …», bat Katharina, die aus ihrem Schockzustand erwacht zu sein schien und jetzt zu zittern begann.

«Den beiden war es doch auch scheißegal, wie sie dich behandelt haben!»

Das klang für Angela nach übler Vorgeschichte.

«Bitte nicht …», zitterte Katharina noch mehr.

«Schon gut. Schon gut», murmelte Pia, setzte sich im Schneidersitz auf den Boden, kramte ihr Handy raus und vermittelte fortan den Eindruck, dass alles, was sie auf dem Bildschirm sah, relevanter war als der Tod ihres früheren Stiefvaters.

«Sie …», Katharina blickte zu Angela, wollte erklärende Worte für Pias Verhalten finden, schien aber immer noch viel zu erschüttert, «man tut alles für sie und dann …» Die Tränen traten ihr wieder in die Augen.

Die Frau tat Angela leid. Von allen hier im Schloss schien sie diejenige zu sein, die am ehesten wie ein normaler Mensch reagierte. Ebenso behutsam wie neugierig fragte Angela: «Sie haben etwas geahnt, als sich die Tür nicht öffnen ließ, oder?»

Katharina, die schon vorher kaum Farbe im Gesicht gehabt hatte, wurde nun endgültig weiß und rang nach Worten: «Philipp … er wollte sich das Leben nehmen, weil wir hier so überschuldet waren. Er hat sich so sehr dafür geschämt …»

Auf Angela hatte der Freiherr nicht wie ein Mann gewirkt, der sich schämte. Sie mochte Katharina von Baugenwitz, der nun wieder die Tränen kamen, aber nicht darauf ansprechen. Falls es wirklich ein Selbstmord war, wäre es geradezu unanständig, sie mit weiteren Fragen zu löchern.

«Die Bullen sind da. Yeah!», sagte die blauhaarige Pia. Das ‹Yeah› klang so unenthusiastisch wie damals jenes von Barack Obama, als Angela ihn gefragt hatte, ob auch er bei seinem Chinabesuch in den Genuss einer siebenstündigen Peking-Oper gekommen sei.

Die Polizistin, die Mike so sehr mochte, betrat den Gang in Begleitung eines kleinen, rundlichen Mannes Anfang sechzig, dessen wenige Haare auf dem Kopf wahllos herumlagen. Er sah nicht nur so aus, als ob er gerade aufgestanden war, sondern vermittelte zugleich den Eindruck, als würde er immer so aussehen. Da er keine Uniform trug, sondern nur einen verkrumpelten Anzug, handelte es sich bei ihm, so kombinierte Angela, gewiss um den ermittelnden Kommissar.

Mike ging einen halben Schritt auf die Polizistin zu: «H… hallo.»

Lena schaffte nicht mal, das zu sagen, sie nickte ihm nur angespannt zu, was Mike den halben Schritt wieder zurücktreten ließ und dann noch einen halben und noch einen halben, bis er gegen ein Podest mit einer Vase stieß, die umfiel und von Achim geistesgegenwärtig aufgefangen wurde.

«Das … war gut … », stammelte Mike dankbar. Achim hatte ihn

vor einer Blamage in Lenas Anwesenheit bewahrt und vor einem langen Gespräch mit der Haftpflichtversicherung des Bundes.

«Ich bin selbst ganz erstaunt», antwortete Achim.

«Ein blindes Huhn», sagte das Teenagermädchen, ohne vom Handy aufzublicken, «trinkt auch mal 'nen Korn.»

«Ich hätte jetzt auch gerne einen», seufzte der Kommissar, «aber der verträgt sich nicht mit meinen Tabletten. Die meisten meiner Tabletten vertragen sich ja noch nicht mal mit meinen Tabletten.»

«Sie sind nicht wegen Alkohol, sondern wegen einer Leiche gekommen», stellte Angela fest. Wehleidige Männergespräche über Medikamente erinnerten sie an Kabinettssitzungen.

«Ja», seufzte der kleine rundliche Mann, «wer hat denn die Leiche gefunden?»

«Das war ich», antwortete Angela.

Der Mann schien zu ahnen, was diese Tatsache an Presserummel bedeuten würde, und bemerkte: «Ich hasse mein Leben.»

«Ich werde weg sein, bevor die Presse kommt», versprach Angela.

«Ich hasse mein Leben dennoch.» Der Kommissar war wahrlich kein Ausbund an guter Laune.

«Die Leiche befindet sich unten im Weinkeller», sagte Angela.

«Die feuchte Luft ist Gift für mein Rheuma», seufzte der Kerl noch mehr.

Angela hatte stets die Theorie vertreten, dass jeder Mensch genau eine Sache im Leben besser konnte als jeder andere. Es gab niemanden, der besser dirigieren konnte als Leonard Bernstein, niemanden, der besser malen konnte als Vincent van Gogh, und wohl niemanden, der besser seufzen konnte als dieser Mann vor ihr.

«Wollen Sie sich nicht vielleicht mal vorstellen?», fragte Achim, der schlechtes Benehmen nicht ausstehen konnte, insbesondere wenn es gegenüber seiner Frau stattfand.

«Hannemann, Hartmut Hannemann», antwortete der Mann

in der lustlosesten James-Bond-Manier, die man sich vorstellen konnte. «Leiter des Reviers Klein-Freudenstadt.»

«Wollen wir es jetzt hinter uns bringen?», fragte Lena.

«Von Wollen kann keine Rede sein», seufzte Hannemann. «Aber lass uns runtergehen, dann kann ich in einer halben Stunde wieder in meinem Bett schlaflos an die Decke starren und mich fragen, warum meine Frau mich verlassen hat.»

Angela fielen da auf Anhieb ein paar Gründe ein, aber sie hielt sich zurück. Stattdessen sorgte sie sich, dass der Kommissar den Fall schnell als Selbstmord zu den Akten legen wollte. Dies galt es zu verhindern! Und so sagte sie: «Ich begleite Sie!»»

11

Angela, Hannemann und Lena standen vor dem Tisch, auf dem die Leiche so dalag, wie sie sie vor einer halben Stunde vorgefunden hatten. Nur war jetzt der Zettel mit dem mysteriösen α zu sehen. Mike hielt sich im Hintergrund, vermutlich nicht nur aus Diskretion, sondern weil er sich eine weitere Blamage ersparen wollte. Achim war nicht mitgekommen, er hatte sich angeboten, oben bei den Frauen zu bleiben und Katharina von Baugenwitz ein Glas Wasser mit einer Beruhigungstablette zu organisieren.

«Also», betrachtete Hannemann den Becher mit dem vergifteten Wein, «wenn ich mich umbringe, dann nicht mit Gift.»

«Wie denn dann?», fragte Mike.

«Ich mache einen Flug mit einem Heißluftballon und springe.»

Angela wünschte sich, Mike hätte die Frage nicht gestellt.

«Und zwar genau auf meine Exfrau.»

Da schien sich einer etwas ganz genau überlegt zu haben.

«Wenn sie mit dem Bestatter das Haus verlässt, kann ich den gleich mit erwischen.»

«Den Bestatter?», konnte Angela ihre natürliche Neugier nicht bremsen und wusste im selben Moment, dass es ein Fehler war.

«Sie hat mich für ihn verlassen. Angeblich ist er fröhlicher als ich.»

«Wollen Sie sich nicht der Leiche widmen?», versuchte sie, ihn zum Thema zurückzuführen.

«Wenn ich auf die beiden falle, würden sie auch nicht mehr auf Facebook posten, wie glücklich sie sind.»

«Haben Sie meine Frage gehört?»

«Sie haben Risotto gemacht und fotografiert. Ich musste erst mal nachschlagen, was Risotto überhaupt ist.»

«Bitte …»

«Das ist ganz ordinärer Reis!»

«Ich glaube nicht, dass es ein Selbstmord war!», kam Angela zur Sache.

«Wie kommen Sie denn darauf?» Der Kommissar war schlagartig wieder im Hier und Jetzt.

«Schauen Sie auf den Zettel.»

«Was ist mit dem?» Hannemann nahm das Stück Papier an sich, doch an seinem ratlosen Gesichtsausdruck konnte man ablesen, dass seine grauen Zellen nicht gerade hochtourig arbeiteten.

«Das ist ein Hinweis.»

«Auf was?»

«Den Mörder.»

«Welchen Mörder?»

«Ich habe doch gesagt, dass es ein Mord war.»

«Wie kommen Sie denn darauf?»

«Der Zettel!»

«Was ist mit dem?»

«Wie gesagt, er ist ein Hinweis.»

«Wie kommen Sie denn darauf?»

Angela spürte nicht nur, wie sich das Gespräch im Kreis drehte, sondern auch, wie der Zorn in ihr aufstieg. Sie wollte ihn nicht rauslassen, nicht als arrogante Exkanzlerin auftreten, sondern als besorgte Neubürgerin von Klein-Freudenstadt. Daher blickte sie zu Lena, in der Hoffnung, sie würde es verstehen.

«Der Keller war von innen abgeschlossen», sagte die Polizistin. «Ein Mörder hätte das doch gar nicht tun können.»

«Genau das habe ich auch gesagt», strahlte Mike, weil er mit Lena auf einer Wellenlänge lag. Die nickte ihm leicht zu. Er lächelte sie an. Sie nicht zurück.

«Vielleicht gibt es hier ja einen Geheimgang», sagte Angela. Kaum erntete sie die zweifelnden Blicke der beiden Ermittler plus jenen von Mike, kam sie sich auch schon ein wenig albern vor. Vergaloppierte sie sich etwa?

«Ich habe», sagte Lena, «mir im Rahmen der Prüfung für die Versicherung alle alten Pläne des Schlosses angesehen. Einen Geheimgang gibt es nicht.»

Jetzt kam Angela sich noch alberner vor. Und dennoch ließ sie nicht locker: «So ein Geheimgang wäre doch vermutlich nicht in irgendwelchen Plänen eingezeichnet.»

«Haben Sie denn», seufzte Hannemann, «einen entdeckt?»

«Nein», musste Angela zugeben und hielt dem genervten Blick des kleinen Mannes stand. Dabei half ihr, dass sie mit ihren Händen die Raute bildete. Die erdete sie jedes Mal.

«Und warum müssen wir dann über so etwas reden?», seufzte er.

«Man muss doch die Dinge von allen Seiten betrachten.»

«Sind Sie der Experte oder ich?»

Angela hatte mittlerweile Zweifel, ob es sich bei Hannemann um einen Experten handelte. Falls ja, war er von der Sorte, der man die Expertenarbeit nicht überlassen durfte.

«Wollen Sie nicht wenigstens nach einem Gang suchen?»

«Ich werde Ihnen sagen, was wir machen: Wir lassen die Leiche abholen. Dann machen wir eine Obduktion, wie es sich gehört. Dann schließen wir den Fall ab. Und dann nehmen wir einen freien Tag, um die Überstunden von heute Nacht abzubummeln.»

Angela war klar, dass sie den Kommissar nicht würde überzeugen können. Auch Lena schien nicht darauf erpicht zu sein, sich den Zettel genauer anzusehen. Stattdessen knabberte sie nervös an einem Fingernagel. War sie eingeschüchtert von ihrem Vorgesetzten? Nein. Sie hatte schon zuvor merkwürdig gewirkt, als sie das Fest verlassen hatte. Aber warum …?

Angela rief sich innerlich zur Ordnung. Wenn sie jetzt auch noch anfing, eine Polizistin für ein Verbrechen zu verdächtigen, das womöglich noch nicht mal stattgefunden hatte, übertrieb sie es wohl mit dem Detektivspiel. Dennoch war sie nicht bereit, einfach aufzugeben. Hannemann traute sie nicht für fünf Cents zu, einen Mord aufzudecken. Außerdem hatte sie seit Wochen nicht mehr so eine Freude und Energie gespürt wie vorhin. Daher beschloss sie, auf eine andere Art und Weise am Ball zu bleiben: «Ich möchte gerne bei der Obduktion dabei sein.»

«Was?», fragten Hannemann und Mike gleichzeitig.

«Ich möchte gerne bei der Obduktion dabei sein. Ich habe so etwas bisher nur im Fernsehen gesehen.»

«Kommt überhaupt nicht in Frage!», widersprach der Kommissar.

«Dann bleibe ich doch hier, bis die Presse kommt», bluffte Angela.

«Was?», fragten Hannemann und Mike wieder gleichzeitig.

«Ich kann mit Presse umgehen. Können Sie das auch?»

Jedem im Gewölbe war klar, dass die Vorstellung für Hannemann in etwa ein so großer Albtraum war wie das Risotto-Foto seiner Exfrau.

«Gut, gut, gut … Sie können morgen mitkommen.»

Angela lächelte verschmitzt.

«Jetzt hasse ich mein Leben sogar noch mehr», stieß Hannemann einen weiteren Seufzer aus und verließ den Weinkeller. Dabei steckte er den Zettel ein. Lena folgte ihm. Und Mike wiederum Lena mit Sicherheitsabstand. Angela aber blieb noch kurz stehen und sinnierte über das α: Ist das ein Anfangsbuchstabe? Vielleicht für ein Wort? Oder einen Namen? Etwa von Alexa von Baugenwitz? Aber wäre er dann nicht großgeschrieben?

Angela bildete erneut die Raute und dachte, ganz die Wissenschaftlerin: Für dich, kleiner Zettel, brauche ich noch mehr Informationen, um eine erste Hypothese aufzustellen.

12

Angela lag neben dem schlafenden Achim im Bett und konnte nicht einschlafen. So wie in ihren ersten beiden Wochen im neuen Heim, in denen sie nachts über all die politischen Probleme nachgedacht hatte, für die sie nicht mehr zuständig war. Ständig hatte sie sich gemaßregelt, dass all das sie nichts mehr angehe und sie daher einschlafen könne. Aber wie es halt so ist, wenn man sich selbst mitten in der Nacht gedanklich ausschimpft, man solle endlich schlafen, am Ende ist man noch wacher als zuvor. Erst nach etwa zwei Wochen hatte Angela sich halbwegs an den Gedanken gewöhnt, dass sie nicht mehr die Lösung für die Krisen der Welt finden musste. Doch auch danach hatte sie selten gut schlafen können. Es war so verdammt still! Es gab keinen Großstadtlärm, keine Polizeisirenen, keine lärmenden Nachtschwärmer. Wer sollte dabei ein Auge zukriegen? Doch schließlich hatte sie sich an die Stille gewöhnt. Selbst an den Uhu, der als Einziger mal nachts einen Laut von sich gab. Angela hatte also gerade mal eine Woche regelmäßigen Schlafes hinter sich, da lag sie wieder mit offenen Augen da. Diesmal aber, weil es endlich wieder ein Problem gab, das sie lösen konnte!

Sie griff nach Stift und Block, die auf dem Nachttisch lagen, um sich Notizen zu machen, doch dabei zog sie so an der Decke, dass Achims Füße freilagen. Auch wenn er einen gesegneten Schlaf hatte, wachte er jedes Mal auf, wenn seine Zehen einen Luftzug bekamen. Sein rechter großer Zeh war besonders empfindlich. Mit ihm konnte er Wetterveränderungen besser voraussagen als die meisten TV-Experten.

«Warum schläfst du nicht?», fragte Achim schlaftrunken und nahm dabei seine Ohrstöpsel heraus.

«Ich glaube, der Freiherr wurde ermordet», erklärte Angela, die diese Theorie in Achims Anwesenheit noch nicht geäußert hatte.

«Oha!» Achim wurde schlagartig wach. Im Gegensatz zu allen anderen widersprach er der These nicht. Er ging ja davon aus, dass Angela in 81,4 Prozent der Fälle richtiglag, also war seine Grundeinstellung, dass er sich auf der sichereren Seite befand, wenn er ihren Eingebungen vertraute.

«Wir haben einen Zettel gefunden, da hat er kurz vor seinem Tod das hier draufgeschrieben.» Sie kritzelte auf den Notizblock das α. «Was glaubst du, was das bedeutet?»

«Tja …», sagte Achim das, was er immer sagte, wenn er nachdachte.

Angela wartete.

«Tja …»

Angela wartete weiter.

«Tja …»

Der Eindruck verfestigte sich bei Angela, dass nichts Gehaltvolles mehr kommen würde.

«Weißt du was?»

«Was?», fragte Angela aufgeregt.

«Ich glaube, morgen Nachmittag wird es regnen. Ich spür's in meinem Zeh.»

«Du hast also auch keine Ahnung, für was der Buchstabe steht.»

«Tut mir leid, Puffeline.» Achim nannte seine Angela in der Regel dann Puffeline, wenn er das Gefühl hatte, sie enttäuscht zu haben. So zum Beispiel, als er es nicht rechtzeitig geschafft hatte, sie zu den Wagner-Festspielen zu begleiten, weil er gedacht hatte, bei der Deutschen Bahn müsste eine Umsteigezeit von 40 Minuten reichen, um den Anschlusszug zu erreichen.

Angela fand, dass er nie Puffeline sagen müsste. Nicht etwa, weil sie den Namen nicht mochte – sie konnte ja schlecht was dagegen sagen, wenn sie ihn selbst Puffel nannte –, sondern weil er sie noch nie enttäuscht hatte. Genervt, ja. Manchmal wütend gemacht, natürlich. Aber enttäuscht? Dazu war dieser wunderbare Mensch einfach nicht fähig.

«Vielleicht», sagte sie, «erfahren wir bei der Obduktion mehr.»

«Obduktion?»

«Wir gehen morgen zum Aufschneiden der Leiche», lächelte Angela.

«Was für eine schöne Verabredung», lächelte Achim zurück.

«Mal was anderes.»

«Wir spielen also Detektiv?»

«Sherlock Holmes und Doktor Watson.»

«Ich hätte nie gedacht», lächelte Achim, «dass du mal mein Doktor Watson bist.»

«Ich deiner?», sagte Angela mit nur halb gespielter Empörung.

«Du darfst gerne ein Buch schreiben über meine Deduktionen.»

«Also, wenn einer Sherlock ist, dann wohl ich.»

«Na ja, aber hör mal», grinste Achim, «ich bin Quantenchemiker, du nur eine einfache Physikerin.»

Angela nahm ein Kissen …

«Und selbst die bist du schon seit Jahrzehnten nicht mehr.»

… und schlug es ihm liebevoll auf den Kopf. Achim musste lachen. Sie auch. Von dem Trubel wachte Putin auf, der am Fußende schlief. Der Mops sprang auf, und die beiden mussten bei seinen vergeblichen Versuchen, auf das Bett zu hüpfen, noch mehr lachen, bis Angela zu dem Kleinen sagte: «Komm, mein Hase. Ich helfe dir.»

Sie hob Putin hoch ins Bett, was ihn sofort beruhigte.

«Kombiniere, das ist kein Hase, Doktor Watson», stellte Achim fest und hielt dabei pantomimisch eine Pfeife.

«Wie Sie das herausgefunden haben! Sie sind ein herausragender Detektiv, Sherlock.»

«Ich bin also wirklich Sherlock?», staunte er.

«Von mir aus», lächelte Angela, die ja wusste, wer die Ermittlungen wirklich führen würde: Sherlockine!

«Wir können ja beide Sherlock sein», bot Achim an, «Sherlock und Sherlockine.»

Angela grinste breit, weil sie eben genau denselben Gedanken hatte. Egal wie sie sich auch nannten, eins hatten sie mit den beiden berühmten Figuren von Arthur Conan Doyle gemeinsam: Achim und sie waren die besten Gefährten, die man sich vorstellen konnte!

13

Selbstverständlich fand die Obduktion nicht in Klein-Freudenstadt statt. In dem Ort gab es keine Pathologie. Nur einen Landarzt und einen Dentisten, der kurz vor der Pensionierung stand und nur noch halbtags geöffnet hatte. Dringende Fälle konnten ihn ab Mittag auf einem 40 Kilometer entfernten Golfplatz erreichen, wo er allerdings die Nachrichten auf seinem Notrufhandy erst abhörte, wenn er zu Loch 18 schlenderte.

Die Obduktion fand in der Pathologie des Krankenhauses in Templin statt. Angela, Achim und Mike fuhren in dem Dienstwagen vor, der ihr als Exkanzlerin zur Verfügung gestellt wurde. Angela hatte sich das Modell selbst ausgesucht, es war das günstigste und damit auch kleinste E-Auto, das in Deutschland auf dem Markt war. Angela stieg als Erste aus dem Wagen, sie hatte sich mit einer schwarzen Langhaar-Perücke und einer Sonnenbrille im Stile der 70er Jahre getarnt. Nur die schwarze Hose und der orangerote Blazer verrieten sie ein wenig. Ebenso wie die dazu passende große orange-rote Handtasche von *Longchamp*. Mops Putin war allein zu Hause, und das bedeutete, dass sie in etwa zwei Stunden zurück sein musste. Denn sonst bestrafte sie der Mops mit einem Häufchen auf dem Läufer vor dem Bett. Wenn er abends alleine zu Hause gelassen wurde, machte er so etwas nicht, da schlief er lieber. Ein Umstand, der Angela zu der Schlussfolgerung brachte, dass auch dieser Putin renitent war.

Achim war der Ansicht, dass Angela in ihrer Tarnung aussah wie der Filmstar Gina Lollobrigida. Natürlich wusste sie, dass diese Einschätzung fern jeder Realität war, dennoch fand sie es schmeichelhaft. Als Achim ihr aus dem Auto folgte, war er unverkleidet. Warum sollte er jetzt erkannt werden, wo doch all die Regierungsjahre kaum ein Mensch wusste, dass er überhaupt existierte? Diese Tatsache hatte zu jenem denkwürdigen Vorfall beim G7-Gipfel geführt, als man ihn nicht ins Tagungshotel zum Dinner einlassen wollte. Auf seinen Hinweis, er sei Angela Merkels Ehemann, antwortete einer der Sicherheitsmänner nur: «Klar, und ich bin Seehofers Lover.» Achim hatte dann im angrenzenden Park auf einer Bank die Sonne genossen, dabei ein leckeres Schnitzelbrötchen verzehrt und gedacht: Ich hätte nicht erwartet, dass der Abend so schön wird.

Zu guter Letzt schälte sich der Zweimetermann Mike aus dem E-Auto. Als er den Wagen vor sechs Wochen das erste Mal gesehen hatte, hatte er mehr zu sich gemurmelt: «Na ja, ich werde mich schon an die Öko-Karre gewöhnen.» Bisher war ihm das allerdings noch nicht gelungen. Sie gingen zu dritt zum Hintereingang des Krankenhauses, wo Kommissar Hannemann bereits auf sie wartete. Seine Begeisterung, Angela zu sehen, hielt sich in engen Grenzen. Mike wiederum schien enttäuscht zu sein, dass Lena nicht mitgekommen war.

«Dann bringen wir es mal hinter uns», seufzte Hannemann, was Achim, den dieser respektlose Umgang mit seiner Angela störte, dazu brachte, «Ihnen auch einen guten Tag» zu sagen. Hannemann ignorierte die Spitze, öffnete die Tür und führte sie alle durch ein Treppenhaus in die untere Etage. Angela nahm dabei Sonnenbrille und Perücke ab, steckte beides in ihre große Tasche und atmete den sterilen Krankenhausgeruch ein, der sie ein wenig an das Eau de Toilette von Papst Benedikt erinnerte.

Im unteren Geschoss angekommen, betraten sie den Obduktionsraum, der so aussah, wie man es aus Polizeiserien kannte: Neonlicht, riesige Schubladenfächer, in denen vermutlich die Leichen gelagert wurden, und ein paar Seziertische, von denen jetzt allerdings nur einer in Benutzung war. An ihm stand eine ältere Frau im weißen Kittel, die mit ihrem Körperumfang die Sicht auf die Leiche verdeckte. Dennoch war klar, dass es der Freiherr sein musste, denn die Rüstungsteile lagen daneben auf einem Beistelltisch.

«Doktor Radszinski», begrüßte Hannemann die Pathologin. Bisher hatte Angela gedacht, dass vor allem dünne Frauen verhärmt aussehen, aber diese Frau bewies das Gegenteil. Vermutlich bekam man so ein von Falten zerfurchtes Gesicht, wenn man sein Leben lang Leichen aufschnitt.

«Hannemann», antwortete die Pathologin mit einer Stimme, die klang, als würde sie sich von Alkohol, Zigaretten und Reibeisen ernähren, «ich dachte, du bist noch krankgeschrieben.»

«Wollten die nicht verlängern», antwortete er.

«Na ja, du siehst aber immer noch aus wie schon mal gegessen.»

Mit Sensibilität war die Frau nicht gerade gesegnet. Beinahe hätte Angela Mitgefühl mit dem Kommissar empfunden. Aber auch nur beinahe, denn er seufzte: «Und du siehst immer noch aus wie der Hauptdarsteller von *Free Willy*.»

«Haben Sie», unterbrach Angela das Gespräch, «die Leiche schon obduziert?»

«Gerade frisch aufgeschnitten», sagte Radszinski und gab den Blick auf den Toten frei. Mike wurde bleich.

«Ich wollte gerade die Organe rausnehmen. Zuerst die Milz.» Sie legte das wabberige Teil auf ein Metalltablett. Mike wurde noch bleicher.

«Jetzt die Leber.»

Mike wurde grünlich.

«Nun das Herz.»

80

Tiefgrün.

«Sie», wandte sich Angela fürsorglich an Mike, «können gerne draußen warten.»

Mike, der als Personenschützer den harten Mann mimen musste, stammelte: «Nein, nein, ist schon … in … Ord…»

«Und nun den Darm.»

«…nnnunnggg», wurde Mike endgültig übel.

«So ein Ding kann schon mal sechs Meter lang sein.»

Mike begann zu wanken.

«Wenn mir der Typ gleich auf die Leiche kotzt …», sagte die Frau Doktor mit Blick auf den schwankenden Hünen.

Dieses Bild hatte der arme Mike in seiner Phantasie nicht auch noch gebraucht. Er hielt sich die Hand vor den Mund.

«Puffel», wandte Angela sich an Achim.

«Ja?»

«Bitte begleite Mike nach draußen.»

«Er hat doch gesagt, es sei in Ordnung für ihn.»

«Sieht er etwa in Ordnung aus?»

Mike stützte sich mittlerweile auf Hannemanns Schulter ab.

«Nicht wirklich.»

«Und wenn er jetzt in Ohnmacht fällt … oder spucken muss …»

«Ich bring ihn schon raus!»

Der kleine Achim hakte den großen Mike unter und führte ihn aus dem Raum, während Doktor Radszinski den Darm auf die anderen Organe klatschte.

«Nicht umdrehen, Mike, nicht umdrehen», hörte Angela Achim noch sagen, bevor er den bemitleidenswerten Personenschützer aus der Tür hinaus in Sicherheit brachte. Dann wandte sie sich an Radszinski: «Die Organe herauszuholen, ist für die Ermittlung doch gar nicht notwendig, nicht wahr?»

«Nein», sagte die Pathologin, «aber ich mag es, wenn starke Männer schwach werden.»

Angela wusste, dass sie das Verhalten der Ärztin eigentlich hätte missbilligen müssen, aber sie empfand selbst immer eine gewisse Freude daran, wenn Machos in Krisensituationen zu zittern begannen. So fragte sie nur: «Was hat denn nun Ihre Untersuchung ergeben?»

«Der Mann hat Schierlingssaft geschluckt.»

«Wie ich vermutet habe!», freute sich Angela und versuchte schnell wieder, ihren Stolz darüber zu verbergen. Es gelang ihr nicht völlig.

«Es war dennoch kein Mord», seufzte Hannemann.

«So einen Schluck kann man aber zu sich nehmen, ohne es zu bemerken, oder?», wandte sich Angela an die Pathologin.

«Ein Schluck alleine», erklärte die, «reicht nicht. Dem Verdünnungsgrad mit dem Wein nach zu urteilen, hat er mindestens drei getrunken.»

«Aber kann er den Schierling dennoch nicht bemerkt haben?»

«Nun, der Geschmack ist anfänglich süß …»

«Dann fällt er bei einer süßen Traube im Wein nicht weiter auf.»

«Ja, aber im Nachgang ist er scharf. Er hätte es in jedem Falle bemerkt.»

«Auch wenn er schnell getrunken hätte?»

«Wohl auch dann.»

«Ein Mörder», sagte Hannemann, «hätte sowieso gleich ein völlig geschmackloses Gift genommen.»

«Nicht, wenn er damit ein Ausrufezeichen setzen wollte», widersprach Angela.

«Was denn für ein Ausrufezeichen?»

«Eines, das sich auf seinen Vorfahren Balduin bezieht, der im 17. Jahrhundert ebenfalls mit Schierling vergiftet wurde.»

«Ich hätte nicht gedacht, dass ausgerechnet Sie so eine ausschweifende Phantasie haben», sagte der Kommissar verächtlich.

Angela hatte keine Lust, weiter mit ihm zu diskutieren. Eher würde sie Mike dazu bringen, mit den Organen zu jonglieren, als diesen Mann dazu, eine Mordermittlung einzuleiten. Deswegen fragte sie die Pathologin: «Gab es sonst noch etwas Auffälliges an der Leiche?»

«Sie meinen außer, dass er ein Tattoo hat, wo er seine ewige Liebe zu Katharina von Baugenwitz eingeritzt hat?»

«Zu seiner Exfrau?»

«Ja, wollen Sie mal sehen, es ist auf seinem Hint…»

«Ich will es nicht sehen!»

«Es gab tatsächlich etwas Merkwürdiges.»

«Und was?»

«Seine Rüstung.»

«Was ist mit der?»

«In dem rechten Handschuh ist eine merkwürdige Ausbuchtung.»

«Was denn für eine Ausbuchtung?»

«Kommen Sie, ich zeig sie Ihnen.»

Die Pathologin ging zu dem Tisch mit den Rüstungsteilen und deutete auf den Handschuh. Da sah Angela es auch: Die Innenfläche hatte eine Art flachen Metallaufsatz, der mit ihm verschmolzen war. Er besaß die Form eines Hexagramms.

«Vielleicht», mutmaßte Radszinski, «irgendein Satanskram?»

Das wäre möglich, dachte Angela. Aber ihr erster Gedanke ging in eine andere Richtung: Für sie wirkte die Ausbuchtung wie eine Art Schlüssel, den man in die dazu passende Form drücken musste, damit sich eine Tür öffnete. Zum Beispiel zu einem Geheimgang. Durch den ein Mörder fliehen konnte. Aber wenn ein Mörder auf diese Art geflohen wäre, könnte der Handschuh nicht an der Hand der Leiche gewesen sein. Oder war der Täter nach dem Öffnen des Ganges zurückgelaufen und hatte den Handschuh dem toten Freiherrn wieder angezogen, um zu verschleiern, dass es diesen Gang gab?

Angela war nun ganz aufgeregt: Die Ausbuchtung könnte nicht nur der Schlüssel zu einem Geheimgang sein, sondern auch zu dem Rätsel des Todesfalls. Um herauszufinden, ob sie recht hatte oder ob es sich um einen jener 18,6 Prozent der Fälle handelte, in denen sie falschlag, musste sie, das wurde ihr jetzt klar, den Handschuh aus der Pathologie entwenden.

Der Kommissar wäre dabei wohl kein Problem, lieber würde Hannemann eine Diebin laufen lassen, als sich mit dem Papierkram einer Anzeige zu befassen. Die Pathologin zu überlisten, dürfte schwieriger werden.

«Ich glaube», säuselte Angela in einem Tonfall, von dem sie wusste, dass unsichere Möchtegern-Alphamännchen wie Hannemann sich von ihm geschmeichelt fühlten, «Sie haben recht.»

«Ich?», staunte Hannemann, dem vermutlich 1995 eine Frau gesagt hatte, dass er recht habe, und die sich dabei gewiss geirrt hatte.

«Nun, Sie sind der Experte. Ich habe mich da in etwas verrannt.»

«Jemand wie Sie gibt zu, dass ich es besser wusste?» Hannemann konnte es nicht fassen.

«Ja», sagte Angela, die durchaus geübt darin war, in den richtigen Situationen nicht zu zeigen, wie stolz sie war.

«Sie haben also nicht so einen Durchblick wie ich?»

«Nein, habe ich nicht.»

«Ich bin also klüger als Sie.»

«Überreizen Sie es nicht.»

«Okay.»

«Fein.»

«Können wir jetzt endlich gehen?», fragte Hannemann.

«Ich möchte gerne noch ein wenig hierbleiben und mit Doktor Radszinski über ihre Arbeit sprechen.»

«Sie können mir auch helfen», sagte Radszinski, «die Organe wegzuräumen.»

Angela begeisterte die Vorstellung, beim Aufräumen zu helfen, genauso wenig wie Hannemann, noch länger bleiben zu müssen. Sie sagte zu ihm: «Ich komme hier auch alleine zurecht. Sie haben sich eine Auszeit redlich verdient.»

«Und wie ich das habe», seufzte Hannemann und verließ die Pathologie, ohne sich zu verabschieden.

«Können Sie den Darm», fragte Radszinski, «in das Eisfach dahinten tun?»

Angela hätte nicht gedacht, dass sie in Rente noch mal so unter Zeitdruck geraten würde bei der Suche nach einer Lösung. Sie betrachtete die dicke Ärztin und musste an einen Streich denken, den die anderen Minister Peter Altmaier gelegentlich gespielt hatten. Dieser Scherz war menschlich nicht korrekt, aber hier ging es um eine Mordermittlung, von daher schien es Angela vertretbar: «Sie haben da was auf Ihrem Schuh.»

«Was denn?» Radszinski versuchte, auf ihre Schuhe zu blicken, was ihr genauso wenig gelang wie früher Peter Altmaier, wenn ihm dieser Streich gespielt wurde. Besonders Sigmar Gabriel hatte sich da hervorgetan, obwohl es bei ihm kaum besser war.

«Sieht aus wie ein Teil vom Wurmfortsatz des Freiherrn», sagte Angela. «Schauen Sie sich das besser mal im Spiegel an.»

Radszinski ging zu dem Spiegel, der an der Wand am anderen Ende des Raumes hing. Jetzt musste Angela schnell handeln. Sie schnappte sich den Handschuh und ließ ihn in ihrer Handtasche verschwinden. Jetzt hieß es: Nichts wie weg.

«Da ist nichts auf meinen Schuhen», bemerkte die Pathologin, während Angela bereits auf dem Weg zur Tür war.

«Dann war das wohl nur ein Lichtreflex.» Angela drückte bereits die Türklinke.

«Ich dachte, Sie wollten mir helfen?», staunte Radszinski.

«Mir ist gerade eingefallen, dass ich noch einen anderen Darm habe, um den ich mich kümmern muss», lächelte Angela.

«Ach ja?»

«Der von meinem Mops.»

Während Radszinski noch missmutig grummelte, eilte Angela schon die Treppen hoch. Sie hatte noch nie etwas geklaut, in ihrem ganzen Leben nicht. Es erschreckte sie jedoch nicht sonderlich, gab ihr aber auch keinen freudigen Adrenalinschub. Es erstaunte sie eher, wie sie als Physikerin erstaunt gewesen war, wenn ein Experiment unvorhergesehene Ergebnisse geliefert hatte. Und das Ergebnis in diesem Fall lautete: Das Leben als Rentnerin schien sie zu verändern.

14

Putin hatte gemacht. Und er saß demonstrativ neben seinem Häufchen auf dem Schlafzimmerteppich. Angela hob den Hund hoch und sagte lieb: «Wir hätten dich nicht so lange alleine lassen dürfen, mein Hase.»

«Er ist kein Hase», sagte Achim, während er mit Hilfe eines Tütchens den Haufen entfernte.

«Aber das weiß er nicht», grinste Angela.

«Er wird eine Identitätsstörung bekommen», scherzte Achim zurück.

«Oder zu einem Hasenmops werden.»

«Ich werde mal den Teppich reinigen», sagte Achim tapfer.

«Hach, wir hätten vielleicht doch keinen Flokati kaufen sollen.»

«Wirf den Teppich auf die Terrasse, wir machen das später. Erst mal gehen wir zum Schloss.»

«Wieso?»

«Ich habe einen Hinweis, Sherlock.»

«Und das macht mich neugierig, Sherlockine, aber ich muss dir leider sagen: Wir können jetzt nicht zum Schloss.»

«Wegen des Teppichs?»

«Nein, Mike ist verpflichtet, dir bei allen Ausflügen nicht von der Seite zu weichen. Und ich bezweifle, ob er dazu schon in der Lage ist.»

Angela musste ihm recht geben. Die ganze Rückfahrt über hatte

Mike auf dem Rücksitz gesessen und seinen großen Kopf aus dem Fenster gehalten, um sich frische Luft um die kreideweiße Nase wehen zu lassen. Jetzt lag er auf seinem Bettsofa im Gartenhaus, das zur Dienstwohnung ausgebaut worden war.

«Wir schauen mal nach ihm», sagte Angela, setzte Putin auf dem Boden ab und drückte die Glastür auf, die direkt vom Schlafzimmer in den traumhaften, von Rhododendren umsäumten Garten führte.

«Und außerdem», sagte Achim, «haben wir eine Verabredung mit der Fremdenführerin.»

Angela seufzte: Das kam davon, wenn man jahrzehntelang eine Büroleiterin hatte, die einem den Kalender führte: Man vergaß, selbst auf Termine zu achten. Bei allem Enthusiasmus, mit Hilfe der Rüstungshand vielleicht eine Geheimtür zu finden, mochte Angela dennoch nicht die Schwangere versetzen. Das wäre außerordentlich unhöflich gewesen. Außerdem wollte sie ja mehr über Klein-Freudenstadt erfahren und hatte sich darüber hinaus vorgenommen herauszufinden, was die junge Frau bedrückte. Vielleicht würde sie ihr helfen können.

«Dann schau ich erst mal nach Mike.» Angela trat durch die Terrassentür in den Garten und atmete den süßen Duft der Rhododendronblüten ein. Sie ging vorbei an Achims Hobbit-Gartenzwergen Frodo, Bilbo, Samweis und einem Gollum mit Zipfelmütze. Ihn pinkelte Putin besonders gern an. Kein Wunder also, dass der Zipfelmützengollum so schlecht gelaunt aussah. Als Angela das Gartenhäuschen erreicht hatte, klopfte sie an die Holztür.

«Herein», stöhnte Mike mehr, als er rief.

Angela trat ein und staunte, wie viel Unordnung ein einzelner Mann in einer so kleinen Wohnung verursachen konnte. Sie staunte, weil sie mit dem korrekten und ordentlichen Achim verheiratet war. Eine normale Ehefrau hätte sich über die auf dem Boden herumliegenden Schuhe und Klamotten genauso wenig gewundert wie über das nicht abgewaschene Geschirr in der Spüle und den leeren Milchkarton auf dem Tisch, aus dem anscheinend direkt getrunken wurde. Eine normale Ehefrau hätte sich wiederum, im Gegensatz zu Angela, über die Pistole gewundert, die im Halfter über einem Stuhl hing. Mike setzte sich tapfer auf und fragte mit leicht zittriger Stimme: «Was kann ich für Sie tun?»

«Eigentlich wollte ich, dass Sie mit uns zu der Fremdenführung gehen, aber Sie sollten sich lieber ausruhen.»

«Meine Aufgabe ist es, Sie überallhin zu begleiten», sagte Mike und schlüpfte mit seinen schwarz besockten Füßen in die stets blank gewienerten schwarzen Schuhe – wenn es um seine Dienstkleidung ging, war der Personenschützer akkurat.

«Aber wenn Sie sich doch nicht wohlfühlen …»

«Ist das einerlei. Es ist meine Pflicht, Sie zu beschützen. Und meine Freude.»

«Freude?»

«Meine Pflicht zu erfüllen, ist meine Freude.»

Das konnte Angela nachvollziehen, war es ihr doch auch stets so gegangen. Und dennoch wollte sie, dass Mike sich ein wenig erholte. Sie fühlte sich schuldig, er war ja nur ihretwegen in dieser Lage. «Bleiben Sie ruhig hier. Was soll mir in Klein-Freudenstadt schon groß passieren?»

Angela wollte gerade gehen, da hörte sie Mike sagen: «Berühmte letzte Worte.»

Der Personenschützer stand und wirkte so ernst, wie sie ihn noch nie gesehen hatte. Er sagte mit fester Stimme: «Sie gehen doch davon aus, dass der Schlossbesitzer umgebracht worden ist.»

«Aber Sie sind nicht dieser Meinung.»

«Was ich meine, glaube oder denke, ist egal. Etwas dazu zu sagen, steht mir ohnehin nicht zu. Aber ich weiß, dass Sie nicht lockerlassen werden.»

Lockerlassen gehörte in der Tat nicht zu Angelas Stärken.

«Und sagen wir mal, angenommen, es gibt wirklich einen Mörder. Dann wird diese Null von Kommissar ihn wohl kaum finden.»

«Nicht in diesem Jahrtausend.»

«Und wer ist dann die einzige übrig gebliebene Gefahr für den Mörder?» Mikes Stimme war nun fest, die Farbe in sein Gesicht zurückgekehrt und sein Blick entschlossen.

«Ich?»

«Sie», bestätigte Mike und schnallte sich sein Halfter mit der Pistole um.

In diesem Augenblick begriff Angela: Detektiv zu spielen war kein Spiel.

15

Die Sonne strahlte über dem Markt von Klein-Freudenstadt, als wollte sie Angela, die ihre *Longchamp*-Tasche mit der Rüstungshand bei sich trug, sagen: «An so einem idyllischen Fleckchen Erde kann doch gar kein Mord stattfinden.»

Als sie an dem Obststand vorbeikam, bemerkte sie, dass die Obstfrau das Transparent gegen den Verkauf des Schlosses an ihrem Stand befestigt hatte. Neugierig blieb Angela stehen: Warum hing es da? Das Thema hatte sich doch erledigt.

«Heute ist es noch nötiger als gestern», sagte die Obstverkäuferin, als könne sie Angelas Gedanken lesen.

«Warum?», fragte Angela, während Mike die Umgebung noch gründlicher als sonst abcheckte und Achim mit Putin über den Markt schlenderte. Dabei las der kleine Mops mit seiner Plattnase die neuesten News, die die anderen Hunde mit ihren Markierungen hinterlassen hatten. Achim nannte dies immer: Social Media für Hunde.

«Jetzt», erklärte die Obstverkäuferin, «erbt Alexa von Baugenwitz das Land, auf dem wir ernten. Und die wird bestimmt den ganzen Besitz verkaufen.»

«Sind Sie da sicher?»

«Die wollte hier nie wohnen. Das war ihr alles zu provinziell. Und sie hat Philipp immer zum Verkauf gedrängt, um sich was Schickes in London, Paris oder sonst wo zu holen.»

«Und gestern», begriff Angela, «hatte der Freiherr vor allen Leuten versprochen, nicht zu verkaufen, und Alexa wäre für immer hier gefangen gewesen.» Ihre weiteren Gedanken behielt sie jedoch für sich: Wenn jemand also ein Motiv hatte, dann die Alleinerbin. Und das a konnte, ganz naheliegend, für Alexa stehen.

«Das hat Philipp nur gesagt, weil es gut ankommt», meckerte Obst-Angela. «Der wollte sich auch vom Acker machen!»

Angela staunte. Nicht so sehr, dass der Freiherr den Leuten eine Lüge aufgetischt hatte, sondern dass Obst-Angela ihn nun schon zum zweiten Male Philipp genannt hatte.

«Standen Sie und der Freiherr sich näher?», fragte Angela und war für einen Augenblick stolz. Das erste Mal in ihrem Leben hatte sie wie eine richtige Detektivin geklungen. Doch die Freude währte nur kurz: «Wissen Sie, was Sie das angeht?»

«Einen feuchten Kehricht?»

«So ist es. Und das ist noch vornehm ausgedrückt.» Die Verkäuferin begann zornig, Obst zu sortieren, das man gar nicht sortieren musste. Angela konnte sich in diesem Augenblick des Gedankens nicht erwehren, dass a auch für diese Angela stehen könnte. Schließlich verlor die Frau bei einem Schlossverkauf ihre Einkommensgrundlage. Andererseits: Wenn sie den Freiherrn tatsächlich umgebracht hätte, müsste sie aus dem gleichen Motiv als Nächstes dessen Frau umbringen.

Nichtsdestotrotz, dachte Angela, eine richtige Ermittlerin würde die Obstverkäuferin jetzt so etwas fragen wie: Wo waren Sie zum Zeitpunkt des Mordes? Die Angela vor ihr war auch auf dem Gelände gewesen und hätte sich von ihrem Stand zwischenzeitlich unbemerkt entfernen können, um den Mord zu begehen. Aber es gab zwei Gründe, diese Frage nicht zu stellen. Erstens würde die Mörderin kaum sagen: Na ja, ich bin in den Weinkeller gegangen und habe dem Freiherrn Schierling in den Becher getan. Und zweitens machte die Frau einen ziemlich gewaltbereiten Eindruck, womöglich würde sie der Exkanzlerin mit voller Wucht einen Apfel ins Gesicht werfen.

«Wollen Sie etwas kaufen oder weiter blöde Fragen stellen?», wurde Obst-Angela noch ungehaltener.

‹Blöde Fragen stellen› wäre die ehrliche Antwort gewesen, zumal ihre Abwehrreaktion die Landwirtin umso verdächtiger machte.

«Nein, heute wird mal nicht gebacken», sagte Angela. «Wir haben gleich einen Termin mit der Fremdenführerin.»

«Ach, mit Marie?», lächelte Obst-Angela auf eine unangenehme Art und Weise.

«Ja.»

«Die wird heute aber seeeeehr traurig sein.»

«Wieso?»

«Na, drei Mal dürfen Sie raten, wer der Vater von ihrem kleinen Schoko ist.»

Da reichte natürlich einmal: der Freiherr. Doch anstatt darüber nachzudenken, was dies für ihre Ermittlung bedeutete, war es nun Angela, die am liebsten einen Apfel ins höhnische Gesicht der Obstverkäuferin geworfen hätte. Stattdessen sagte sie: «Glauben Sie, dass ‹Schoko› ein angemessenes Wort ist?»

Es war erstaunlich: Gestern noch hatte Angela gedacht, sie könne sich mit dieser Frau anfreunden. Wie hatte sie nur so danebenliegen können? In ihrem Beruf hatte sie doch eine gute Menschenkenntnis bewiesen. In der normalen Welt schien das schwieriger zu sein.

«Schokomischung besser?», kam es frech zurück.

Vielleicht zumindest eine Pflaume?

«Bongo-Bongo?»

Das wäre in Ordnung!

Angela war kurz davor, sich mit Obst zu bewaffnen, da hörte sie hinter sich Mike raunen: «Was für eine Bitch.»

Es war das erste Mal, dass Angela sich nicht an Mikes zu lautem Flüstern störte.

«Was haben Sie da gesagt?», fragte sie.

«Von mir aus», lächelte Angela Mike an, «können Sie es ruhig wiederholen.»

Mike wollte es gerne tun.

«Ich habe schon verstanden», zischte die Obstfrau.

«Das freut mich», lächelte Angela maliziös und verließ den Stand. Die Verkäuferin rief ihr noch hinterher: «Ich bin so froh, dass ich Sie nie gewählt habe!»

Angela hielt sich wie immer, wenn ihr jemand so etwas zurief, zurück. ‹Es ging auch gut ohne Ihre Stimme› zu antworten, wäre überheblich gewesen. Stattdessen lächelte sie nur, weil Mike ihr sagte: «Wenn die Ihnen zu nahe gekommen wäre, hätte ich auf ihrem Kopf Bongo-Bongo gespielt.»

Angela erfreute sich kurz an der Vorstellung, aber dann wurde sie ernst: Wenn diese zornige Frau etwas mit dem Mord zu tun hätte, bestand in der Tat Gefahr, dass sie gegenüber einer Hobbydetektivin handgreiflich werden würde.

16

Angela, Achim, Mike und Putin standen mitten auf dem Dorf-
platz und warteten.

«Vielleicht kommt die Fremdenführerin gar nicht», mutmaßte
Mike. «Also falls die Bitch recht hat.»

«Bitch?», fragte Achim.

«Die Obsttante.»

«Ich meinte, was ist eine ‹Bitch›?»

Mike sah ihn an wie ein Auto.

Angela fand es immer süß, wie wenig ihr Ehemann vom normalen Leben so mitbekam. In Sachen Jugendsprache war er noch
nicht einmal auf der Höhe der neunziger Jahre.

«Ist das auch ein Sänger?», fragte Achim.

«Sänger?» Der arme Mike war verwirrt über den Verlauf des Ge-
sprächs.

«Wie bei *Dave Dee, Dozy, Beaky, Mick und Tich.*»

«Mick und Tich?», fragte nun Mike, der nicht auf der Höhe der
Sechziger war.

«*Zabadak*», begann Achim, den berühmtesten Song der Band zu
singen, «*Karakakora, kakarakak, shai, shai, skagalak …*»

Jetzt sah Mike ihn an wie ein ganzes Autokino.

«*Zabadak …*» Achim war kein guter Sänger, aber wenn ihm eins
seiner Lieblingslieder in den Sinn kam, war er nicht zu bremsen.
Besonders schlimm war es bei *Daydream Believer, Angie* und *I was*

made for loving you. Auch Putin kam durch Achims Gesang in Fahrt und hüpfte freudig an seinem Bein hoch.

«Karakakora, kakarakak ...»

«Was für ein Kak?», fragte Mike.

«Kakarakak.»

«Das macht es nicht klarer.»

«Das ist ein Nonsens-Wort in diesem groovigen Lied.» Achim gehörte zu den wenigen noch lebenden Personen, die die Worte *Nonsens* und *groovig* benutzten. Und gewiss war er der Einzige, der den Songtext von *Zabadak* noch auswendig konnte. Inklusive Dave Dee, Dozy, Beaky, Mick und Tich.

«Verzeihen Sie», sagte eine Stimme hinter ihnen, «dass ich zu spät bin.»

Alle drehten sich zu der schwangeren Frau um. Ihre Augen waren verquollen, als habe sie die Nacht durchgeweint und nun mit jeder Menge Schminke vergeblich versucht, das zu kaschieren. Wenn die Bitch – Angela benutzte solche Worte in Gedanken nur, wenn sie zutrafen – die Wahrheit gesagt hatte und nicht nur irgendein Gerücht weitergetratscht hatte, dann war die junge Frau erschüttert über den Tod des Vaters ihres ungeborenen Kindes.

Für einen kurzen Augenblick fragte Angela sich, ob etwa die Schwangere den Freiherrn umgebracht hatte. Etwa weil er seine Ehefrau Alexa nicht für sie verlassen hatte? Auf dem Fest war die junge Frau jedenfalls nicht zu sehen gewesen. Hatte sie gestern auf die Frage, ob sie auch zum Fest käme, so abwehrend reagiert, weil sie den Mord bereits geplant hatte?

Dagegen sprach, dass die schwarze Frau Marie Horstmann hieß. Weder Vor- noch Nachname begannen also mit *a*.

Moment mal, in dem Namen Marie war doch ein kleines ‹a› ...

Unsinn, widersprach Angela sich in Gedanken gleich selber, warum sollte der Freiherr seine Nachricht mit dem zweiten Buchstaben des Täternamens beginnen? Der erste war ja wohl kaum ausradiert oder sonst wie beseitigt worden. Um ganz sicherzugehen, hätte Angela jetzt gerne den Zettel noch einmal gesehen, der vermutlich mittlerweile bei Kommissar Hannemann in einer Schublade lag und von ihm nie wieder hervorgekramt würde. Wie ärgerlich, dass Angela kein Foto von dem Papier gemacht hatte. Dazu hätte sie ja ein Smartphone benötigt, aber nach all den Regierungsjahren hatte sie beschlossen, nur noch ein Handy bei sich zu tragen, das weder WhatsApp noch Mails empfangen konnte. Ein Telefon, mit dem man nur telefonieren konnte, was für eine geniale, Zeit und Nerven schonende Erfindung! Nur leider konnte Angela mit ihrem alten Nokia-Handyknochen eben auch nicht mysteriöse Hinweise auf Zetteln fotografieren.

«Wollen wir loslegen?», fragte die junge Frau.

Angela betrachtete Marie Horstmann, die tapfer versuchte, ihren Kummer zu verbergen. Da erkannte sie noch einen Grund, warum ihr Verdacht Unsinn war: Es handelte sich bei ihr um eine ganz normale, freundliche Frau. So eine würde nie den Vater ihres Kindes töten, egal wie sehr er sie auch verletzt hatte.

In ihrem Beruf hatte es Angela genutzt, dass sie von jeder Person, der sie begegnete, erst einmal annahm, dass sie keinen guten Charakter besaß, und ehrlich gesagt wurde sie auch nur selten widerlegt. Aber für ein normales Leben – selbst wenn sie Detektivin spielte – war so eine Einstellung nicht nur nicht angebracht, sie war geradezu deformierend.

«Ja, lassen Sie uns gerne loslegen», lächelte Angela in der Hoffnung, dass Marie auch lächeln würde. Dazu war die junge Frau jedoch nicht in der Lage. Stattdessen führte sie ihre Gruppe vor die Kirche zu einem großen schwarzen Stein, der sich von den viel kleineren, grauen Steinen des Pflasters abhob. Sie erklärte: «Dieser Stein ist der sogenannte *Stein der Tränen*. Er ist der ersten Frau von Balduin von Baugenwitz, Adelheid, gewidmet.»

«Warum dies?», fragte Achim.

«Sie hat die Bewohner von dem Tyrannen befreit, indem sie ihn mit Schierling vergiftete …»

Angela dachte daran, dass Alexa von Baugenwitz ihren Ehemann ebenso vergiftet haben könnte.

«… aber Adelheid konnte mit ihrer Schuld nicht leben und hat sich vom Glockenturm gestürzt …»

Alle sahen hoch.

«… und ist genau auf dieser Stelle hier aufgekommen.»

Alle schauten wieder runter. Angela musste schlucken, Mike verzog das Gesicht, und Achim zog eine Augenbraue hoch.

«Deswegen haben die Dorfbewohner diesen Trauerstein gelegt. Dieser Stein hingegen», Marie deutete auf einen anderen großen Stein, der sehr viel heller wirkte als die grauen um ihn herum, «ist der *Stein der Schande*. Seit Jahrhunderten zeigen hier die Bewohner von Klein-Freudenstadt ihre Verachtung für Balduin, der seine verzweifelte Frau erst zur Mörderin und dann zur Selbstmörderin gemacht hatte.»

«Und wie zeigen die Bewohner das genau?», wollte Achim wissen.

«Indem sie auf ihn spucken», schlussfolgerte Angela aus der hellen Färbung des Steines.

«Wollen Sie auch mal?», fragte Marie.

Alle schauten sich an.

«Tun Sie sich keinen Zwang an», lächelte die Fremdenführerin zum ersten Male. Zwar nur ganz leicht, aber immerhin. Und damit ihr Lächeln noch etwas größer wurde, sagte Angela «In Ordnung!» und spuckte auf den Stein.

«Sehr gut!», lächelte Marie ein ganz kleines bisschen mehr. Und Angela freute sich darüber.

«Darf ich auch», fragte Mike, «an jemand anderen beim Spucken denken?»

«Von mir aus.»

«Bitch», sagte Mike und spuckte.

«Ich würde mir auch jemand anders vorstellen wollen», sagte Achim.

«In Ordnung.»

Achim spuckte ebenfalls.

«An wen», fragte Angela neugierig, «hast du denn gedacht?»

«An alle Menschen, die dich jemals geärgert haben.»

Angela hätte nie gedacht, dass sie mal gerührt sein würde vom Spucken ihres Ehemannes.

«Wenn Sie mir jetzt alle folgen würden», ging Marie nun weiter.

«Wann kommt denn das Baby auf die Welt?», fragte Achim mit Blick auf ihren Bauch.

«Der errechnete Termin ist in zwei Wochen.»

«Und hat der Papa schon eine Wiege gebastelt?»

Marie antwortete nicht. Das konnte, dachte Angela, darauf hindeuten, dass der tote Freiherr tatsächlich der Kindsvater war.

«Ach, ist er handwerklich nicht so geschickt?», fragte Achim, der Maries Schweigen nicht zu deuten wusste.

«Er hat sich dafür entschieden, nicht an unserem Leben teilhaben zu wollen», antwortete Marie. Dass sie dabei bitter und nicht erschüttert wirkte, konnte zweierlei bedeuten. Entweder, dass sie kein bisschen traurig über Philipp von Baugenwitz' Tod und somit tatverdächtig war. Oder dass es sich bei dem Freiherrn gar nicht um den Vater handelte, sondern jemand anderes sie mit der Schwangerschaft sitzengelassen hatte.

«Oh, verzeihen Sie», sagte Achim. «Ich nehme mal eben meinen Fuß aus dem Fettnapf.» Genau dies tat er pantomimisch, indem er seinen Fuß im hohen Bogen aus einem imaginären Napf hob. Putin entfernte sich irritiert ein paar Mopsschritte von Achim. Vermutlich dachte er, dass sein Herrchen auch gleich das Bein heben würde, um eine Markierung zu hinterlassen.

«Schon in Ordnung», sagte Marie, blieb stehen und wechselte

das für sie so unangenehme Thema, indem sie auf die kleine Kirche deutete: «Auch in der St. Petri Kirche hat Balduin von Baugenwitz Spuren hinterlassen.»

«Lassen Sie mich raten», sagte Achim. «Er hat da drinnen Nonnen, Priester und Mönche gepfählt.»

«Nein.»

«Nein?»

«Er hat sie gekreuzigt.»

Angela sah aus dem Augenwinkel, wie sich Mike flüchtig bekreuzigte.

«Außerdem», fuhr Marie fort, «hat der Tod von Adelheid von Baugenwitz über hundert Jahre später den Pastor Egidius Gleim sein Leben lang beschäftigt. Er hatte die Theorie, dass sie sich nicht selbst umgebracht hatte, sondern von jemandem heruntergestürzt wurde.»

«Noch ein Mord?», staunte Achim.

«War Egidius ein weiser Mann?» Angela fragte sich, ob es sich bei dem Pastor auch um eine Art Sherlock Holmes gehandelt hatte.

«Ja, aber auch ein wenig wunderlich.»

«Inwiefern?»

«Man sagt, er habe mit Vorliebe nackt und betrunken die Turmglocke geläutet.»

«Das ist ein *wenig* wunderlich?»

«Für Pastoren in jenen Zeiten schon.»

«Und wer», fragte Angela neugierig, «soll laut Egidius die Frau vom Kirchturm gestürzt haben?»

«Die erste Frau des Freiherrn von Baugenwitz.»

Angela stellte sich vor, wie heutzutage die Ex Katharina von Baugenwitz ebenfalls ihre Nachfolgerin vom Kirchturm schubste. Dann verdrängte sie schnell dieses Bild aus ihren Gedanken. Für ihren eigenen Geschmack entwickelte sie als Sherlockine eindeutig zu viel Phantasie. Anstatt weiter über historische Todesfälle zu reden, fragte sie entschlossen: «Wollen wir nun gemeinsam zum Schloss? Ich würde gerne mehr darüber erfahren und den Familienmitgliedern mein Beileid ausdrücken.» Angela hoffte, dass die in der Historie bewanderte Marie vielleicht wüsste, wo sich im Weinkeller ein Geheimgang befand.

«Ich …», die Fremdenführerin wirkte zögerlich, «ich möchte nicht dorthin gehen.»

«Warum nicht?», fragte Angela.

«Ich bin dort aufgewachsen.»

«Ach, wirklich?», sprach Achim aus, was auch Angela dachte.

«Zu DDR-Zeiten war das Schloss ein Kinderheim.»

Also war die arme Marie eine Waise.

«Ich war ein Findelkind.»

Angela blickte sie mitfühlend an.

«Das mag schlimm klingen. Aber ich hatte da eine gute Zeit. Die Leiterin des Heims, Thea, war ein Engel.» Marie lächelte traurig, wie jemand lächelt, der an einen geliebten Menschen denkt, den er verloren hat.

«Was ist mit ihr geschehen?»

«Nach der Wende hat die Familie von Baugenwitz das Schloss zurückverlangt. Wir Kinder wurden 1994 auf verschiedene Heime in Brandenburg verteilt. Ich war da sechs Jahre alt. Und Thea wurde arbeitslos. Sie hat sich davon nie wieder erholt und sich sieben Jahre später das Leben genommen. An der Zugstrecke in Richtung Berlin.»

«Und deswegen wollen Sie nicht mehr zum Schloss», zeigte Angela Verständnis.

«Ich hasse die Familie von Baugenwitz», bestätigte Marie.

Angela kombinierte, dass es unwahrscheinlich war, dass der Kindsvater ausgerechnet ein Mitglied der Familie von Baugenwitz sein sollte. Allerdings könnte Marie ein anderes Motiv haben, den

Freiherrn umgebracht zu haben: Rache für den Tod ihrer geliebten Ziehmutter. Und auch wenn Angela sich selbst tadelte, dass es ungehörig war, eine freundliche, liebenswerte und ganz klar an ihrer augenblicklichen Lebenssituation leidende Frau eines Verbrechens zu verdächtigen, gab es mit einem Mal einen kleinen Teil in ihr, der ihr zuflüsterte: «In einem Mordfall ist es wie bei Bankvorständen: Es gilt für jeden erst mal die Schuldvermutung.»

17

Du verdächtigst ernsthaft eine schwangere Frau?», fragte Achim, als er mit Angela und Mike die Auffahrt zum Schloss hochging. Die Führung war vor etwa einer Stunde zu Ende gegangen, und die drei hatten noch weitere interessante Dinge über die Historie von Klein-Freudenstadt erfahren. Im Wesentlichen ging es dabei um Pastor Egidius Gleim, der nicht nur gerne nackt an Seilen baumelte, sondern auch nackt den Hungeraufstand von 1769 gegen den Adel anführte. Beinahe hätte der Nackedei dafür gesorgt, dass die Bauern der gesamten Uckermark Rechte an den Ländereien der Herrscher erhalten hätten. Doch der damalige Freiherr Walter von Baugenwitz – der zwanzig Jahre später im Musketen-Duell verstarb – engagierte Söldner, die Egidius in einer Nacht-und-Nebel-Aktion in den Dumpfsee warfen. Beschwert mit Jesus-Statuen aus seiner Kirche.

«Nun, in einem Mordfall …», begann Angela.

«Man darf nicht jeden verdächtigen. Wir sind nicht in der Politik. Nicht jeder hat zwei Gesichter», sagte Achim.

«Nein, natürlich nicht …», begann Angela sich zu schämen.

«Für mich», sagte Achim, «kann es nur Alexa von Baugenwitz gewesen sein. Sie wollte immer das Schloss verkaufen, und jetzt gehört es ihr. Ein glasklares Motiv für einen Mord.»

«Ja, das scheint naheliegend», räumte Angela ein, allerdings gab es im Leben nun mal selten simple Lösungen.

«Es gibt eine noch naheliegendere Erklärung», mischte sich Mike ein.

«Ja?», staunte Achim.

«Meinen Sie vielleicht Katharina von Baugenwitz?», fragte Angela. «Sie und Philipp müssen sich mal unfassbar geliebt haben.»

«Ist das so?», staunte Achim.

«Er hatte ein Tattoo mit ihrem Namen.»

«Woher weißt du das?»

«Von der Obduktion.»

«Und wo hatte er es?»

«Auf dem Hintern.»

«Du hast seinen Hintern gesehen?»

«Und wenn es so wäre, wäre es kein Grund, eifersüchtig zu sein.»

«Grmpf», grummelte Achim.

«Sie», staunte Mike, «sind doch nicht wirklich eifersüchtig auf einen toten Hintern?»

«Natürlich nicht», grummelte Achim wenig überzeugend.

«Ich habe ihn aber nicht angesehen, Puffel.»

«Dann ist gut», hörte Achim auf zu grummeln.

«Jedenfalls», sagte Angela, «könnte es auch sein, dass Katharina es nie verwunden hat, dass ihr Mann sie für Alexa verlassen hat.»

«Na, wenn dem so ist», sagte Achim, «wird sie ihre Nachfolgerin vielleicht auch noch vom Kirchturm stürzen.»

«Meinst du?», fragte Angela, die diese Phantasie bei der Führung ebenfalls entwickelt hatte.

«Vielleicht wiederholen sich die Morde, die vor Hunderten von Jahren geschehen sind.»

«Das wäre zumindest originell.»

«Wenn wir das ernsthaft annehmen», sagte Achim, «müssten wir dann nicht Alexa von Baugenwitz warnen?»

«Aber wenn du recht hast und sie es doch selber war, die ihren

Mann getötet hat», erwiderte Angela, «würden wir ihr damit nur zeigen, dass wir in der Angelegenheit herumschnüffeln.»

«Ein echtes Dilemma», fand Achim.

«Das meinte ich alles nicht», sagte Mike.

«Womit?»

«Als ich eben gesagt habe, dass es eine noch naheliegendere Erklärung gibt.»

«Ach, und was meinten Sie dann?», fragte Angela, während sie alle ans Schlosstor traten.

«Dass es eben doch ein Selbstmord war. Es gibt bisher keinerlei Beweise für das Gegenteil.»

«Nun», lächelte Angela, «wir sind ja hier, um einen zu finden.»

«Ich dachte, wir sind hier», staunte Achim, «weil du dein Beileid bekunden möchtest?»

«Das eine tun und das andere nicht lassen.»

«Verzeihen Sie», fragte Mike, während Angela den Klingelknopf drückte, «aber wie genau wollen Sie einen Beweis dafür finden, dass es ein Mord war?»

Als Antwort nahm Angela ihre Umhängetasche ab, holte den Rüstungshandschuh heraus und deutete auf den Metallaufsatz in Hexagramm-Form: «Das könnte der Schlüssel zu einem Geheimgang sein.»

«Du hast den Handschuh geklaut?» Achim war zu vier Fünftel erstaunt und zu einem Fünftel empört.

«Ich erzähle dir von einem möglichen Geheimgang, und du fragst, ob ich was gestohlen habe?»

«Ja!» Jetzt war Achim nur noch zu einem Fünftel erstaunt und dafür zu vier Fünftel empört.

«Was regt dich das so auf?»

«Weil es nicht zu dir passt.»

«Wir sind in einer Mordermittlung.»

«Du veränderst dich, seitdem wir hier sind», stellte Achim fest.

Angela hielt inne und musste zugeben, dass sie das auch schon festgestellt hatte.

«Und», sagte Achim nun zu keinem Fünftel mehr empört, sondern zu fünf Achteln verwirrt und drei Achteln enttäuscht, «ich weiß nicht, ob mir das gefällt.»

Bevor Angela eine Antwort finden konnte, öffnete sich das elektrische Tor. Sie packte die Rüstungshand wieder in die Umhängetasche und dachte erstmals seit dem Leichenfund nicht an den Fall. Hatte Achim Angst, dass sich ihre Ehe verändern würde, wenn sie sich veränderte? Müsste sie davor etwa auch Angst haben?

18

Auf der Treppe zum Springbrunnen saß das Teenagermädchen Pia und starrte auf ihr Handy. Achim betrachtete sie und fragte: «Ob die jemals von dem Ding aufschaut?»

«Sie ist halt ein Kind unserer Zeit», stellte Angela fest. «Bis sie in die Pubertät kommen, lesen sie Bücher, von da an gibt es nur noch den Bildschirm.»

«Da bin ich aber froh, dass ich das Kind einer anderen Zeit war.»

Alles ist relativ, dachte Angela und sinnierte über ihre Jugend in der DDR. Auch wenn heutzutage nicht alles Gold war, was glänzte, glänzte das meiste in ihren Augen doch mehr als damals. Und immer wenn ihr dieser Gedanke kam, empfand sie für einen kurzen Moment Stolz, dass sie vielleicht mit ihrer Arbeit ein wenig Anteil an der etwas glänzenderen Welt hatte. Und wie immer, wenn sie so dachte, wurde der Moment gleich wieder von der Realität verdrängt.

«Hallo, Puffel», begrüßte Pia sie, ohne vom Handy aufzuschauen.

«Ich bin Puffel», sagte Achim.

«Hallo, Puffel», begrüßte sie nun ihn, immer noch, ohne vom Handy aufzuschauen.

«Sie ist Puffeline», erläuterte Achim. Wenn er mal am Korrigieren war, musste es stets allumfassend sein.

«Hallo, Puffeline», schaute das Mädchen nun auf und grinste frech.

Angela wünschte sich, Achim hätte dies nicht erläutert.

«Ist der dann», deutete Pia auf Mike, «Ihr kleines Puffel-Baby?»

«Das ist Mike Franz, unser Personenschützer.»

«Hallo, Puffel-Baby.»

Mike starrte sie als Antwort nur einschüchternd an. Dieser Blick hätte einer normalen Person das Blut in den Adern gefrieren lassen, aber Pia grinste einfach weiter.

«Und ist das da», Pia zeigte auf Putin, der sich, von dem ganzen Spaziergengehen erschöpft, zu Angelas Füßen legte, «der Bruder von Puffel-Baby?»

«Na, hör mal!», protestierte Mike. Doch bevor er weiterreden konnte, hob Angela, ihm Einhalt gebietend, die Hand und sagte zu Pia: «Herzliches Beileid.»

«Wegen Philipp?»

«Ja, es muss dich sehr schmerzen», mutmaßte Angela, schließlich war der Freiherr doch für einige Zeit der Stiefvater des Mädchens gewesen. Bis zu seiner Scheidung von Katharina.

«Ich hab schon mal mehr gelitten», sagte Pia. «Zum Beispiel als mein Handy runtergefallen ist und das Display zersplittert war.»

«Du hast ihn nicht gemocht?»

«Krass, sind Sie da von ganz alleine draufgekommen?»

Achim hob an, weil er den Teenie maßregeln wollte, aber Angela reagierte schneller und bat ihn: «Puffel, ich glaube, Putin hat Durst.»

«In Ordnung.» Achim begann, seine Wasserflasche im Brunnen zu füllen. Angela überlegte, ob sie ihm sagen sollte, dass es keine gute Idee war, den Mops aus derselben Flasche trinken zu lassen, aus der er auch selber trank, aber da fragte Pia amüsiert: «Der Mops heißt Putin?»

«Genau.»

«Originell. Nennen Sie seine Zecken Orban und Assad?»

Angela musste auflachen. Das Mädchen war politisch gebildet

und hatte Humor. «Ich nenne sie ‹Verschwörung› und ‹Theoretiker›.»

Da musste auch Pia lachen. Ein unerwarteter Augenblick der Nähe entstand zwischen den beiden, und Angela wollte ihn nutzen, um mehr über die Adelsfamilie zu erfahren: «Warum konntest du Philipp nicht ausstehen?»

«Können Sie sich das nicht denken?»

«Weil er deine Mutter für Alexa verlassen hat und sie darunter litt?»

«Auch.»

«Auch?»

«Als sie mit ihm verheiratet war, hat er mich mit dem Arsch nicht angeguckt», antwortete Pia. «Ich war ihm immer egal. Er hat mich nie richtig als seine Stieftochter angenommen. Und nachdem er Mama verlassen hat, hat der Idiot so getan, als ob es mich in seinem Leben niemals gegeben hat!»

«Wie alt warst du da?», fragte Angela voller Mitgefühl. Pia hielt alle zehn Finger hoch, stöpselte sich AirPods in die Ohren und starrte wieder auf ihr Handy. Angela stand nun etwas hilflos vor ihr. Zu gern hätte sie tröstende Worte gefunden, doch offensichtlich wollte Pia sie nicht hören.

«Was führt Sie denn hierher?», hörte Angela nun Alexa von Baugenwitz rufen. Sie drehte sich um und erwartete für einen Moment, die Schauspielerin wieder mit einem Champagnerglas in der Hand zu sehen. Aber stattdessen stand die Witwe stocknüchtern vor dem Schloss in Trauerkleidung: graue Bluse, schwarzer Langrock und dazu eine passende schwarze Jacke. Ihre Augen waren weder vor Tränen aufgequollen, noch schien sie sonderlich verkatert. Sie wirkte gefasst. Wie eine Aristokratin, die die Verantwortung für ein Schloss trug, das ihr mit einem Male gehörte.

«Also», flüsterte Mike leise, «wenn wirklich einer den Alten ermordet hat, dann die da.»

109

Angela vermutete dies nun ebenfalls, auch wenn sie andere Worte gewählt hätte. Als Erbin war die Witwe eben die Hauptverdächtige. Sie trat auf Alexa zu und sagte: «Wir wollten unser Beileid aussprechen.»

«Dann tun Sie das.»

«Ihr Verlust muss furchtbar sein …»

«Geht das auch schneller?»

«Unser Beileid», sagte Angela, erstaunt über die Grobheit. War das die Angespanntheit einer Witwe? Oder die einer schwarzen Witwe?

«Dann können Sie ja jetzt gehen.»

Natürlich konnte Angela das nicht, sie wollte ja den Geheimgang finden, ihn mit der Hilfe der Rüstungshand öffnen und anschließend mit ihrem patentierten süffisanten Lächeln verkünden: Seht ihr, es war in der Tat ein Mord! Daher antwortete sie: «Ich würde gerne auch Katharina von Baugenwitz mein Beileid aussprechen.»

«Die vertrocknete Schachtel …», hob Alexa an, aber Pia, die trotz ihrer Kopfhörer anscheinend alles hören konnte, stand auf und unterbrach sie: «Nenn meine Mutter nicht so!»

«Wie bitte?»

«Die Einzige, die sie so nennen darf, bin ich.»

«Du nennst sie noch ganz andere Dinge.»

«Und dennoch kannst du ihr nicht den Gin Tonic reichen. Du bist ja nicht mal eine richtige Adelige.»

Aus dieser Aussage schloss Angela, dass Pias Mutter oder Pias bei einem Autounfall verstorbener Vater adelig war – vielleicht sogar beide – und Pia als ihre Tochter somit auch blauen Blutes war.

Alexa kochte vor Wut, zwang sich aber dazu, nicht weiter auf die Vorwürfe einzugehen, und ranzte Angela an: «Machen Sie doch, was Sie wollen. Aber eins muss Ihnen klar sein, Katharina ist schuld an seinem Tod!»

19

S ie ist schuld?», staunte Angela und war zugleich aufgeregt, denn
Alexa schien damit zu bestätigen, dass es sich tatsächlich um
einen Mord handelte.

«Ja klar.»

«Hat sie ihn ermordet?»

«Ermordet?», stieß Pia aus. «Jetzt wird's vollends gaga.»

«Kann man schon so sagen», antwortete Alexa, ohne das Mädchen eines Blickes zu würdigen.

«So sagen?», wunderte sich Angela über die Formulierung.

«Katharina wollte den Schierling, mit dem er sich umgebracht
hat, nie entfernen lassen.» Alexa deutete auf ein Beet, das nur mit
den kleinen weiß blühenden Pflanzen bestückt war, die Achim
während des Weinfestes betrachtet hatte. «Sie sagte immer: ‹Der
gehört zur Geschichte dieses Schlosses.› Geschichte, Geschichte,
an was anderes denkt die Kuh ja nicht!»

«Können ja nicht alle», warf Pia ein, «ständig nur an Kohle denken.»

«Kohle ist mir scheißegal», platzte es aus Alexa heraus.

«So einen Mist kannst du vielleicht Puffel erzählen …»

«Puffel?», fragte Alexa verwirrt.

«Das bin ich», sagte Achim, dann deutete er auf Angela: «Sie
nennt mich so, und ich nenn sie …»

«Das ist jetzt egal», fand Angela.

«Denke ich auch», sagte Alexa verächtlich.

«Und mir wird das hier alles zu blöd», stöhnte Pia, erhob sich und ging, ohne sich zu verabschieden, in Richtung Schlosstor. Wo sie hingehen wollte, konnte Angela nicht mal erahnen. Was tat dieses Mädchen, wenn sie nicht hier auf dem Gelände mit ihrem Handy rumdaddelte?

Anstatt weiter darüber nachzugrübeln, wandte Angela sich wieder an die Witwe: «Wo kann ich denn Katharina finden?»

«Sie wollte die Weininventur machen», schnaubte Alexa. «Selbst an so einem Tag denkt sie nur an das Geschäft.»

Katharina war also in jenem Gewölbe, in dem der Leichnam gefunden worden war, das passte gut zu Angelas Wunsch, den Geheimgang zu finden.

«Warum lächeln Sie?», fragte Alexa.

Angela fühlte sich ertappt. Wenn sie wirklich eine gute Detektivin sein wollte, müsste sie ein Pokerface aufsetzen, wie sie es zum Beispiel getan hatte, wenn Gaddafi in ihrer Anwesenheit von seinen sexy Leibwächterinnen geschwärmt hatte. Ernst antwortete sie: «Verzeihen Sie mir bitte. Ich habe nur an Ihren exzellenten Wein denken müssen.»

«Ich habe Ihnen das Beileid ohnehin nicht abgenommen.»

«Wieso das denn nicht?», staunte Angela, deren Beileid zwar wirklich nicht ganz echt gewesen war, aber von dem sie gedacht hatte, es wäre passabel geheuchelt.

«Sie schauen doch genauso auf mich herab wie die ganzen Blaublüter», erwiderte Alexa. Es schien nicht viel zu fehlen, und sie hätte auf die schönen weißen Kiessteine gespuckt. Sie ließ es jedoch bleiben und sagte, wieder etwas ruhiger: «Ich muss jetzt mit dem Investor sprechen, er ist gerade in Berlin gelandet und auf dem Weg hierher.» Sie nahm ihr Handy aus ihrem Handtäschchen und stöckelte in Richtung Schlosspark, ebenfalls ohne sich zu verabschieden.

«Mit Manieren», merkte Achim an, «haben die es hier nicht so.»

«Und mit Selbstbewusstsein hat es Alexa nicht so», stellte Angela fest.

«Die ist definitiv die Mörderin», fand Mike.

«Sie glauben jetzt auch», fragte Achim, «dass es ein Mord war?»

«Nun, wie die Frau sich verhält, schon!»

«Lasst es uns herausfinden!», nahm Angela die Rüstungshand aus der Umhängetasche und winkte fröhlich damit.

«Was machen Sie da», rief Katharina von Baugenwitz hinter ihnen, «mit der Hand von Philipps Rüstung?»

Alle drei drehten sich um und schauten betreten zu Katharina von Baugenwitz, die aus dem Schloss auf sie zueilte. Ganz besonders zerknirscht sah Angela aus.

20

Wenn Politiker ertappt werden, haben sie unterschiedliche Techniken, damit umzugehen. Deutsche Minister würden in so einer Situation erklären: «Ich werde mich zu gegebener Zeit in dem zuständigen Untersuchungsausschuss zu der Rüstungshand äußern.» Russische Premiers würden erwidern: «Mal sehen, ob du dich im Gefängnis auch noch so sehr für die Rüstungshand interessierst.» Und ein ehemaliger US-Präsident würde sagen: «Rüstungshand? Das ist keine Rüstungshand! Du bist selber eine Rüstungshand!»

Angela hatte in solchen Fällen immer ihren Pressesprecher nach vorne geschickt, der einst als smarter Mann in sein Amt gestartet war und inzwischen so graugesichtig wirkte, dass man denken könnte, er stamme aus einem Schwarz-Weiß-Film. Beim Abschied vor sechs Wochen hatte er ihr noch zugemurmelt, dass er sich einem Schweigeorden anschließen wolle. In Ermangelung eines Pressesprechers entschloss sich Angela, die Flucht nach vorne anzutreten: «Ich glaube, dass diese Rüstungshand besonders ist.»

«Besonders?», fragte Katharina. Nicht abwehrend, wie es vermutlich jemand tun würde, der genau wusste, was es mit der Hand auf sich hatte, sondern eher neugierig.

«Schauen Sie sich diese Ausbuchtung an.»

Katharina betrachtete sich die Rüstungshand genauer: «Ein Hexagramm. Das passt zu Balduin, dem Folterer. Aber was soll es bedeuten?»

«Ich glaube, es ist der Schlüssel zu einem Geheimgang.»

«Was denn für ein Geheimgang?» Katharina wirkte aufrichtig erstaunt.

«Vielleicht einer, der in den Weinkeller führt. Anfangs wurde der doch als Verlies genutzt. Und womöglich nutzte Balduin so einen Gang, um unbemerkt im Schloss ein und aus zu gehen.»

«Sie sind echt beeindruckend», sagte Katharina.

Angela hatte in der Politik schnell gelernt, dass Schmeicheleien nur dazu da waren, jemanden einzuwickeln. So hatte Helmut Kohl beim ersten Treffen ihre Frisur gelobt. Und kaum hatte sie daraufhin freudig gelächelt, hatte er ihr schon aufgedrückt, sich um die Atommüllendlager zu kümmern. Doch jetzt war Angela keine Politikerin mehr, sondern eine Hobbydetektivin, und als solche fühlte sie sich für ihre Kombinationsgabe geschmeichelt. Und da sie selbst – wie die meisten Menschen, die ein Lob bekommen – noch weitere hören mochte, fragte Angela: «Inwiefern beeindruckend?»

Sie hoffte, etwas in der Richtung zu hören von: Die Nachfahren von Balduin von Baugenwitz leben hier seit Jahrhunderten und haben nie etwas von einem Geheimgang bemerkt. Aber Sie sind so klug und finden ihn direkt.

Doch Katharina antwortete: «Die Nachfahren von Balduin von Baugenwitz leben hier seit Jahrhunderten und haben nie etwas von einem Geheimgang bemerkt. Aber Sie glauben ernsthaft, uns mit so einem Blödsinn kommen zu können?»

«Na ja …» Angela war peinlich berührt.

«Und das auch noch an einem Tag der Trauer?»

«Nun …» Jetzt war Angela noch peinlicher berührt. Fast so sehr wie in jenem Moment, in dem sie begriffen hatte, dass Helmut Kohl es mit dem Lob für ihre Frisur gar nicht ernst gemeint hatte.

«Und das auch noch, ohne auch nur einmal ‹Herzliches Beileid› gewünscht zu haben!»

«Ich habe das bei Ihrer Tochter und bei Alexa von Baugenwitz getan, und natürlich möchte ich auch Ihnen mein aufrichtiges Beileid aussprechen …»

«Hören Sie auf mit Ihrem Gerede!», platzte es aus Katharina heraus, und dabei kamen ihr die Tränen. «Mein Philipp ist gestorben!»

Ihr Philipp?

Sie hegte noch Gefühle für ihn?

Jedenfalls war sie die Einzige, die um ihn zu weinen schien. Pia und Alexa waren ja eben nicht gerade vor Trauer zerflossen.

«Mein Beileid», sagte Achim aufrichtiger, als Angela es eben getan hatte.

«Beileid», murmelte auch Mike.

«Schon gut, schon gut …», beruhigte sich Katharina wieder und blickte auf ihren Ärmel wie eine Frau, die darin hineinschnäuzen möchte, als Adelige jedoch wusste, dass sich dies nicht ziemt. Angela hätte ihr gerne ein Taschentuch gegeben, hatte aber nur ein Kackertütchen bei sich. Sie blickte zu Achim, der ihre Gedanken las, aber in Ermangelung von Taschentüchern nur mit den Schultern zuckte. Es war ausgerechnet Mike, der ein Tuch hervorholte, gar eines mit einem eingestickten Monogramm. Angela wusste, dass es sich dabei um das Putztuch für seine Dienstwaffe handelte. Der Bodyguard gab es Katharina, und die schnäuzte laut und wenig elegant hinein und gab das Tuch dann wieder zurück. Mike hatte auch schon mal begeisterter ausgesehen.

Angela blickte auf die Rüstungshand, die sie immer noch in der Hand hielt. Sollte sie Katharina darum bitten, im Verlies nach einem Geheimgang zu suchen? Nein, dafür war die Schlossverwalterin viel zu aufgewühlt. Außerdem trat Alexa von Baugenwitz wieder hinzu und sagte zu Katharina: «Der Investor kommt in zwei Stunden.»

«Damit du mit ihm in die Kiste steigen kannst? Philipp ist noch keine 24 Stunden tot.»

«Ich lasse mich von dir nicht provozieren», hielt Alexa dagegen.

«Du hast dir doch Philipps Tod gewünscht, damit du all das hier verscherbeln kannst.»

«Ich lass mich von dir nicht provozieren», wiederholte Alexa, durchaus provoziert.

«Du hast Philipp gehasst!»

«Er hat mich ja auch nach Strich und Faden betrogen!»

Angela musste unwillkürlich an die schwangere Marie denken. Es fiel ihr leider viel zu schwer, den Verdacht komplett abzuschütteln, dass sie eine der Liebhaberinnen des Freiherrn gewesen sein könnte.

«Jetzt weißt du wenigstens, wie sich das anfühlt», konterte Katharina.

«Aber ich hab ihm nie den Tod gewünscht. So wie du, als er dich für mich verlassen hat!»

«Werte Damen, wollen Sie beide sich nicht ein wenig beruhigen?», mischte sich Achim ein. Er hasste Konflikte. Daher beschäftigte er sich beruflich auch lieber mit Quanten als mit Menschen. Die verhielten sich zwar genauso rätselhaft, waren aber keineswegs so streitsüchtig.

Beide Freifrauen von Baugenwitz warfen Achim den gleichen ‹Nein, wir wollen uns nicht beruhigen›-Blick zu. Doch Achim, der sehr viel besser Quantendiagramme lesen konnte als menschliche Gesichter, redete weiter: «Sie trauern doch beide.»

Jetzt warfen sie ihm einen ‹Ich hoffe, du hast eine gute Zahnversicherung›-Blick zu.

Bevor Achim auch den falsch lesen konnte, mischte Angela sich ein: «Ich denke, wir werden uns jetzt besser verabschieden.» Sie dachte, es würde eine andere Gelegenheit kommen, nach dem Geheimgang zu suchen. Es war vielleicht ohnehin besser, sich erst mal zurückzuziehen und in Ruhe sämtliche Informationen und Hinweise zu sortieren.

«Gute Idee», antwortete Katharina und hob dabei arrogant die Nase.

«Eine bessere habe ich heute noch nicht gehört», fügte Alexa hinzu.

«Wir lassen Sie jetzt trauern», antwortete Angela und wandte sich mit ihrer kleinen Truppe zum Gehen. Doch da sagte Katharina: «Die Rüstungshand bleibt gefälligst hier!»

Angela drehte sich wieder um. Da sie das gute Stück für ihre Ermittlungen dringend benötigte, hätte sie am liebsten jetzt auch gesagt: Rüstungshand? Welche Rüstungshand? Du bist selber eine Rüstungshand!

«Sie denkt», erklärte Katharina der Witwe, «dass die Hand der Schlüssel zu einem Geheimgang ist.»

«Geheimgang?», staunte Alexa. «Was für ein Blödsinn!»

«Das habe ich auch gesagt.»

Beide Frauen grinsten Angela nun überheblich an. Es war auch nicht schön, wenn sie sich mal verstanden.

«Und jetzt her mit der Hand», befahl Alexa. Und da Angela zögerte, feuerte sie gleich ein «Wird's bald?» hinterher.

«Geht es auch ein wenig höflicher?», fragte Achim.

«Wird's bald, bitte?»

«Das war wirklich nur ein wenig höflicher.»

«Bitte», gab Angela sich geschlagen und händigte die Hand aus.

«Und jetzt, auf Wiedersehen!»

Angela, Achim, Mike und Putin wandten sich erneut zum Gehen. Doch von Schritt zu Schritt ärgerte sich Angela mehr, dass sie sich ohne etwas Greifbares vom Schlosshof trollte. Richtige Detektive gingen nie ohne eine neue Spur davon. Typen wie Inspektor Columbo überrumpelten sogar Zeugen und Verdächtige genau in jenem Augenblick, in dem sich diese schon entspannten, weil sie dachten, sie wären ihn los. So müsste sie es doch auch machen können: Einfach mit einer überraschenden Frage kommen. Und Angela wusste auch genau, welche Frage das sein sollte!

Sie drehte sich um, sah, wie Katharina und Alexa zu verschiedenen Eingängen des Schlosses gingen – anscheinend wollten sie keine Sekunde länger nebeneinanderstehen –, und rief: «Entschuldigen Sie? Ich habe da noch eine Kleinigkeit.»

Beide Damen hielten genervt inne. Angela ging wieder auf sie zu, gefolgt von Achim und Mike, die sich wunderten, was nun kommen mochte. Sie baute sich vor den Frauen auf und fragte: «Wer ist a?»

«A?», staunte Katharina.

«Sind Sie jetzt Quizmoderatorin?», ätzte Alexa.

«Schauen Sie», Angela ging zu einem der kleinen Zierbäume, brach einen Ast ab und malte das a so gut es ging in den Kies. «Das hier hatte der Freiherr als Letztes auf einen Zettel geschrieben, bevor er starb.»

Beide Frauen wurden bleich.

«Wissen Sie, was es bedeutet?»

«Nein», stammelten die beiden gleichzeitig.

«Dann will ich Sie nicht weiter stören.» Angela drehte den beiden den Rücken zu und ging frohgemut davon. Sie war sich dank der Reaktion sicher, dass sowohl Alexa als auch Katharina sehr genau wussten, wofür das a stand. Und dies bedeutete mit an Sicherheit grenzender Wahrscheinlichkeit: Eine von den beiden war die Täterin. Und die andere wusste nun, dass sie neben einer Mörderin stand.

21

Zu Hause saßen Angela und Mike am rustikalen Esstisch, und sie sah zu, wie er genüsslich ihren frisch gebackenen Butterkuchen aß, während Achim versuchte, Putin Kunststücke beizubringen: «Gib Pfote. Gib Pfote. Gib Pfote …»

«Puffel, wie oft willst du noch ‹Gib Pfote› sagen?»

«Bis er die Pfote gibt. Gib Pfote …»

Achim hockte sich auf alle viere und machte es dem Mops vor. Der schaute nur verwirrt drein und dachte sich höchstwahrscheinlich: Herrchen hat nicht mehr alle Hundekekse in der Dose.

Mike hatte ein extragroßes Stück Butterkuchen gefuttert, schaute auf den Rest und rang mit sich. Sein Verstand schien ihm zu sagen: Das ist nicht gut. Und sein Appetit schien zu antworten: Verstand, du gehst mir gehörig auf den Geist!

«Nehmen Sie doch noch ein Stückchen», lockte Angela.

«Das wäre das vierte …»

«Viermal ist Uckermärker Recht.»

«Ich bin mir ziemlich sicher, dass das keine echte Volksweisheit ist.»

«Aber die hier ist eine: Alles Käse mit der Askese.»

Angela tat ihm ein großes Stück Butterkuchen auf. Mike ließ es zu, nahm aber noch nicht wieder die Gabel in die Hand.

«Ein bisschen Sahne?», fragte Angela, die wusste, dass Mike Schlagsahne sogar noch mehr liebte als Kuchen, und tat ihm einen großen Klacks davon auf. Der Anblick ließ allen Widerstand zusammenbrechen, und sein Appetit übernahm das Sprachzentrum: «Ach, ich lass es heute krachen!»

Angela freute es, ihn so essen zu sehen. Nur eins betrübte sie dabei: Nach dem Streit mit der Obstverkäuferin hatte sie das erste Mal in Klein-Freudenstadt keinen Früchtekuchen backen können. Aus Prinzip würde sie wohl oder übel in Zukunft das Obst in dem kleinen Dorfladen kaufen müssen. Eher übel als wohl, denn der Marktleiter verkaufte keine Früchte, die nicht mindestens tausend Kilometer Fahrt hinter sich hatten. Wenn Angela also wieder einen Obstkuchen backen sollte, würde der nicht mehr so gut schmecken. Und sie würde sich darüber hinaus über die CO_2-Bilanz ärgern. Das machte Angela wieder etwas wütend auf die Landwirtin. Hach, wie gerne hätte sie ihre Namensvetterin in den engsten Kreis der Verdächtigen aufgenommen. Das Motiv, dass Philipp ihre Existenz gefährdet hatte, war zwar kein schlechtes, aber nach der Begegnung vorhin im Schlosshof waren Alexa und Katharina nun mal die Hauptverdächtigen. Alexa war die Erbin, und vermutlich deutete das α auf ihren Namen hin. Ihr Alibi, dass sie betrunken und mit Tabletten vollgepumpt auf der Chaiselongue geschlafen hatte, war auch eher schwach.

Doch was war mit Katharina? Anscheinend hatte sie nie verwunden, dass Philipp sie verlassen hatte. In jedem Fall schien es ihr unerträglich zu sein, dass er das Schloss verkaufen wollte. Andererseits sprach gegen sie als Täterin, dass Alexa das Schloss erbte. Nie und nimmer hätte Katharina das gewollt. Es war höchstens möglich, dass sie Philipp im Affekt den Schierling in den Becher getan hatte. Der Schierling, von dem sie darauf bestand, dass er auch weiterhin auf dem Schlossgelände wuchs.

Wie war es eigentlich um ihr Alibi bestellt? Sie hatte kurz vor dem Mord mit der Polizistin Lena noch eine Begehung für die Versicherung gemacht. War Lena die ganze Zeit an Katharinas Seite gewesen? Sollte sie die Polizistin mal danach fragen?

Nein. Es war viel besser, wenn Mike das tat!

«Mike?»

«Nicht noch ein Stück!», wehrte er ab.

«Das wollte ich gar nicht anbieten.»

«Uff», stieß er erleichtert aus.

«Aber ich tu Ihnen gerne noch das letzte auf», grinste Angela. Und während Mike seufzte und Achim im Hintergrund «Ich hab gesagt ‹Gib Pfote›, nicht ‹Heb das Hinterbein›» rief, sich den Mops schnappte und mit ihm in den Garten eilte, servierte Angela auch schon den Butterkuchen. Dabei fragte sie: «Sagen Sie mal, Mike, was haben Sie heute Abend vor?»

«Ich wollte meine Waffe putzen, aber jetzt muss ich erst mal das Putztuch reinigen. Ansonsten werde ich meine Lieblingsserie 24 schauen und eine Fastenkur beginnen», antwortete er und führte sich mit der Gabel etwas Butterkuchen in den Mund.

«Wollen Sie sich nicht mit Lena treffen?»

Mike verschluckte sich fast am Kuchen.

«Ich sollte von ihr ausrichten, dass sie sich gerne mit Ihnen heute Abend in der Gin-Bar treffen will.»

Jetzt kämpfte Mike damit, keine Kuchenkrümel aus seinem Mund purzeln zu lassen.

Angela war zwar nicht mehr hundertprozentig sicher, dass die Polizistin das noch wollte, hatte sie sich doch später am Abend recht merkwürdig benommen. Fast so, als ob sie irgendetwas von dem Mord mitbekommen hatte. Oder war sie am Ende selbst darin verwickelt …?

Philipp hatte sie ja bei der Jagd aus Versehen angeschossen. Reichte so etwas für einen Mord? Vielleicht, wenn die Verletzung chronische, unerträgliche Schmerzen hinterlassen hatte. Oder gehörte die junge Polizistin etwa zu den Frauen, die ebenfalls etwas mit dem Freiherrn gehabt hatten? Es war ja immer noch nicht klar, mit wem genau Philipp seine Alexa betrogen hatte.

Wie dem auch sei, in jedem Fall könnte die Polizistin sagen, ob sie in der Tatzeit bei Katharina gewesen war. Und wenn dem so war, wäre dies zugleich auch ein Alibi für sie selbst.

«Lena», Mike hatte es geschafft, auch den letzten Krümel herunterzubekommen, «hat das wirklich gesagt?»

«Das hat sie.»

«Ich …», stammelte Mike, «habe aber keine Zeit.»

«Sie haben mir eben doch erzählt, dass Sie nur Fernsehen schauen wollen.»

«Oh … ähem … das ist eine Art Fortbildung …»

«Fortbildung?»

«Nun, der Jack Bauer in der Serie ist ein Agent, und von dem kann man sich schon was abschauen, zum Beispiel …», Mike bemerkte, wie Angela grinste, und ergänzte geschlagen, «nicht so eine unglaubwürdige Ausrede wie ich zu benutzen.»

«Es wird Ihnen guttun, jemanden Neues kennenzulernen», sagte Angela. Sie hoffte sehr, dass Lena nichts mit dem Mord zu tun hatte. Mike würde noch lange in Klein-Freudenstadt ihr Personenschützer sein, da benötigte er soziale Kontakte zu den Einheimischen. Kontakte, die Angela selbst, trotz ihrer bisherigen Bemühungen, leider noch nicht gefunden hatte. Vielleicht war sie einfach nicht der Typ Frau, der gut Freundschaften schließen konnte?

«Warum», fragte Mike, «schauen Sie mit einem Male so traurig drein?»

Angela fühlte sich ertappt und war zugleich von sich selber erstaunt: Sie hatte doch über Jahrzehnte trainiert, sich ihre Emotionen nicht anmerken zu lassen. Der Einzige, der bisher ihre Gefühle hatte lesen können, war Achim. Was sagte er zu dem Thema gern? «Ich habe als Teenager jede *Raumschiff Enterprise*-Folge mindestens zwanzigmal gesehen und mit Spock meine Erfahrungen gesammelt.» Anscheinend hatte sie sich bereits nach sechs Wochen in Klein-Freudenstadt so verändert, dass selbst Mike in ihrem Gesicht lesen konnte. Und nicht nur das war anders als zuvor: Sie hatte sich jahrzehntelang keine Gedanken darüber gemacht, ob sie jemals eine Freundin finden könnte. Und nun machte es ihr etwas aus, keine zu haben?

Sie versuchte, den Gedanken abzuschütteln, indem sie sich schüttelte.

«Alles in Ordnung?», fragte Mike.

«Ja», rang Angela sich ein wenig überzeugendes Lächeln ab. Mike schien ihr nicht zu glauben – verdammt, dieses Klein-Freudenstadt ließ ihr Pokerface wirklich schlechter werden –, fragte aber nicht weiter nach. Er hatte ganz andere Probleme: «Lena ist bestimmt fünfzehn Jahre jünger als ich.»

«Es kommt auf das Alter der Seelen an», erwiderte Angela.

«Ich bin aber nicht so gut, wenn es darum geht, mit Frauen zu reden.»

‹Wäre mir so nicht aufgefallen›, hätte Angela beinahe geantwortet. Andererseits hatte sie selbst auch nicht so eine genaue Vorstellung, über was man heutzutage bei einem ersten Date so redete. Weil Angela nichts Besseres einfiel, schlug sie Mike vor: «Reden Sie über Ihre Hobbys.»

«Stricken von wollenen Schalldämpferhüllen?»

«Okay, reden Sie nicht über Ihre Hobbys.»

«Ich habe auch schon die Erfahrung gemacht, dass das besser ist.»

«Sie könnten ihr Komplimente machen.»

«Dass sie ein wunderschönes breites Kreuz hat?»

«Andere.»

«Dass ihr leichtes Schielen süß ist?»

«Ganz andere.»

«Dass ihre blauen Augen mich an das Wasser des Dumpfsees erinnern?»

«Schon besser. Nur würde ich auf den Namen ‹Dumpf› verzichten.»

«Und dass ich gerne gut singen können möchte.»

«Was für ein Kompliment soll das sein?»

«Dann könnte ich ihr vorsingen, was für eine wunderbare Erscheinung sie ist.»

«Na, das hat durchaus Charme», fand Angela. Sie mochte diese Mischung aus Aufrichtigkeit und Unbeholfenheit. Wenn Lena nach einem ehrlichen Menschen für das Leben suchte und keinen Blender, also genau das Gegenteil von dem Freiherrn, mit dem sie was hatte oder auch nicht, dann wäre Mike genau der Richtige.

«Mir kam gleich dieses eine Lied von Céline Dion in den Sinn …»

«Nicht singen!»

«Natürlich nicht. Ich treffe jede Fliege aus fünfzig Meter Entfernung. Aber keinen einzigen Ton. Selbst wenn mein Leben davon abhängen würde.»

«Sie werden schon die richtigen Worte finden», versuchte Angela, ihm Mut zu machen.

«Meinen Sie?»

«Er hat es bei mir auch geschafft.» Sie zeigte auf Achim, der im Garten Putin demonstrierte, wie man alle viere nach oben streckte.

«Na», lachte Mike, «dann kriege ich das auch hin!»

«Und wenn Sie das Eis gebrochen haben …»

«Ja?»

«Dann könnten Sie Lena fragen, ob sie die Stunde vor dem Tod die ganze Zeit mit Katharina zusammen war.»

«Ich soll mich mit Lena treffen, um sie in Ihrem Auftrag auszufragen?», staunte Mike.

«Das eine tun und das andere nicht lassen», grinste Angela.

«Wissen Sie was?»

«Was?»

«Sie sind die merkwürdigste Chefin, die ich je hatte.»

«Sie sind nicht der Erste, der das sagt», grinste Angela noch mehr.

«Dann mache ich mich jetzt mal schick für den Abend», stand Mike auf, «und hoffe, dass ich noch eine Hose finde, in die ich reinpasse.»

Er verließ den Raum, aufgeregt und happy, wie Angela ihn noch nicht gesehen hatte. Sie gönnte ihm jedes Glück der Welt. Doch dann sorgte Angela sich sogleich: Hoffentlich würde Lena ihm nicht das Herz brechen. Zum Beispiel, indem sie doch in den Mord verwickelt war.

22

Die Abendsonne ging über dem Marktplatz unter. Wäre Mike nicht so nervös gewesen, hätte er den Anblick genießen können. Tief im Inneren war er nun mal ein Romantiker. Er liebte Sonnenuntergänge, Liebeslieder und die Natur. Als er sich mit seiner Exfrau Nicole den Film *Titanic* angesehen hatte, hatte Mike mehr weinen müssen als sie. Überhaupt hatte er mehr weinen müssen. Das war allerdings auch nicht so überraschend, denn verglichen mit Nicole war ein Whitewalker aus *Game of Thrones* eine Heulsuse. Nach ihrer ungeplanten Schwangerschaft war Nicole davon ausgegangen, mit Mike einen starken Kerl geheiratet zu haben. Doch dann hatte sie schnell feststellen müssen, dass sie, um es mit ihren Worten zu sagen, nicht einen Wikinger, sondern einen von Wickies Männern aus Flake zum Mann hatte. Kurz nach der Geburt der gemeinsamen Tochter Lilly hatte Nicole die Scheidung eingereicht und vom Gericht das Sorgerecht zugesprochen bekommen. Mikes unregelmäßige Arbeitszeiten verbunden mit den vielen Auslandsreisen hatten den Richter zu diesem Schluss gebracht. Jetzt, da Mike endlich einen ruhigeren Job hatte, hoffte er, den Kontakt zu seiner Tochter nach und nach wieder aufbauen zu können.

Mike war nur noch wenige Meter von *Aladins Gin* entfernt und blieb noch einmal stehen. Saß alles korrekt? Anzug, Schlips, Socken. Er hatte sich in seine beste Schale geworfen, die man jedoch kaum von seinem sonstigen Aufzug unterscheiden konnte. In Mikes Schrank hing sieben Mal das gleiche Outfit, eins für jeden Tag der Woche. Und eine Mickymaus-Unterhose, die Töchterchen Lilly ihm vor fünf Jahren zum Geburtstag geschenkt hatte.

Nervös zuppelte Mike sich die Hemdärmel unter der Anzugjacke zurecht, am liebsten wäre er umgedreht und nach Hause gelaufen. Seit seiner gescheiterten Ehe vertraute er seinem Frauengeschmack nicht mehr. Lieber mit *Netflix* alleine bleiben, als noch einmal so verletzt zu werden. Aber da er von seiner Chefin für heute Abend einen Auftrag erhalten hatte, kam Kneifen nicht in Frage. Er konnte wohl kaum ohne Ergebnis in das kleine Fachwerkhäuschen zurückkehren. Nachher würde ihm seine Dienstherrin vor lauter Ärger keinen Kuchen mehr backen.

Mit diesen Gedanken betrat Mike das *Aladins Gin*. Die Bar sah in etwa so aus, wie sich deutsche Barbesitzer eine Gin-Bar in New York vorstellten: Lederbänke, Edelholztresen und Regale voller Flaschen mit englischen Etiketten. Und es war voll hier. Überall saßen Paare, Freunde, auch Teenager – mit dem Jugendschutz nahm man es hier anscheinend nicht so genau. Mike sah sich um, und da, an einem kleinen Tisch in der Ecke, saß Lena.

Sie trug ein dezentes rotes Kleid, über den Schultern eine grüne Lederjacke. Sie sah wunderschön aus. Mike fühlte, wie er bei ihrem Anblick zu einer Salzsäule zu erstarren drohte, aber Lena winkte ihm so freundlich zu, dass er es doch schaffte, einen Fuß vor den anderen zu setzen.

«Schön, dass du gekommen bist», begrüßte sie ihn.

«Hmm», antwortete Mike zustimmend. Mehr bekam er nicht heraus. Er betrachtete ihr sommersprossiges Gesicht, ihre wundervollen roten Haare …

«Wollen wir was bestellen? Die haben hier einen tollen Basilikum-Smash-Gin. Oder lieber den Gurken-Smash?»

«Hmm» … die unglaublichen Augen …

«Das ist nicht wirklich eine Antwort, die mich bei der Bestellung weiterbringt», schmunzelte Lena.

«Hmm.» … Augen, die auf so niedliche Art und Weise ganz leicht schielten …

«Wenn ich jetzt sage: ‹Kannst du auch etwas anderes sagen?›, antwortest du dann auch mit ‹Hmm›?»

Mike war sich bewusst, dass er etwas anderes erwidern musste. Doch was? Was hatte Angela gesagt, er solle Lena Komplimente machen?

«Deine Augen schielen süß.»

«Wie bitte?» Lena schien nicht ganz zu wissen, ob sie geschmeichelt oder beleidigt sein sollte.

«Sie sind so schön wie der Dumpfsee.»

«Ähem», fragte Lena, «Komplimente sind wohl nicht so deine Stärke, oder?»

«Deine Schultern sind beeindruckend breit.»

«Definitiv nicht.»

«Entschuldige, ich höre schon auf», stammelte Mike peinlich berührt.

«Aufhören musst du nicht. Nur die Qualität der Komplimente verbessern», lächelte sie freundlich.

«Du bist lieb», sagte Mike.

«Na bitte, geht doch», lächelte Lena noch mehr. «Ich hole uns jetzt mal einen Gin.» Sie stand auf und ging zur Bar. Mike schaute ihr fasziniert hinterher. Sie war so anders als seine Exfrau Nicole. Viel freundlicher. Gut, die Köter beim mexikanischen Hundekampf waren freundlicher als Nicole, aber dennoch.

Lena beugte sich an die Bar, und Mike sah, dass sie plötzlich schmerzvoll das Gesicht verzog. Gleich darauf hielt sie sich die von der Lederjacke bedeckte Schulter. Hatte sie sich verletzt? Der merkwürdige Freiherr hatte ja den Streifschuss erwähnt. Genau danach würde er Lena gleich fragen. Und damit eine echte Konversation starten! Doch vorher müsste er noch den Auftrag seiner Dienstherrin erfüllen und nach Katharinas Alibi forschen.

Lena nahm zwei Basilikum-Smashs vom Barkeeper entgegen und kehrte lächelnd zum Tisch zurück. Mike bemühte sich, trotz aller Nervosität zurückzulächeln.

«An dem Lächeln arbeiten wir noch», sagte Lena so nett, dass Mike etwas offener lächelte. «Na siehst du, wird schon besser.»

Mike lächelte nun so richtig.

«Lass uns anstoßen», schlug sie vor. «Auf einen schönen Abend.»

«Auf einen schönen Abend.»

Die beiden stießen an. Der Gin floss durch Mikes Kehle und machte ihn gleich lockerer.

«Gestern Abend …», hob er an.

«Ja?»

«… warst du doch mit Katharina von Baugenwitz zusammen, um die Prüfung für die Versicherung zu machen?»

«Ausgerechnet das ist der erste Satz, den du herausbringst?»

Mike registrierte, wie Lenas zauberhaftes Lächeln Skepsis wich. Er musste die Alibi-Ermittlung schnell hinter sich bringen, damit der Abend noch ein Erfolg werden konnte.

«Sie konnte also nicht beim Freiherrn sein, als er starb?»

«Nein, konnte sie nicht», sagte Lena.

Lena war also das Alibi für Katharina von Baugenwitz. Das reichte Mike als Information für seine Chefin. Jetzt konnte der Abend privat werden.

«Warum willst du das eigentlich wissen?», fragte die junge Frau. «Was interessiert dich der Tod von diesem Sausack?»

«‹Sausack›?», staunte Mike. «Was ist damals eigentlich genau passiert bei dem Unfall?»

«Er hat mich angeschossen.»

«Ich dachte, der Schuss hätte dich nur gestreift.»

«Das behauptet er gerne. In Wahrheit hat er mein Schulterblatt mit Schrot durchsiebt. Und damit meine Sportlerkarriere beendet.»

«Au Mann! Was hast du für einen Sport gemacht?»

«Bogenschießen. Ich war sogar ganz gut, hatte mich für die Olympischen Spiele qualifiziert.»

«Olympia, whao!» Mike war beeindruckt.

«Aber daraus wurde dann nichts», sagte Lena traurig. «Wegen der Verletzung konnte ich nicht hinfahren.» Sie trank einen Schluck, ihre Stimme war nun voller Bitterkeit. «Wenn ich noch mal auf mein altes Niveau kommen will, muss ich eine Spezial-Operation machen. In Fort Lauderdale, bei Doktor Hickman. Zu dem geht auch Serena Williams.»

«Und wann machst du die Operation?»

«Drei Jahre zu spät.»

«Ich verstehe nicht ganz.»

«Weil die verdammte OP 25 000 Euro kostet. Und die habe ich erst jetzt zusammen.» Lena nahm wieder einen Schluck.

«Aber die hätte der Freiherr doch bezahlen müssen. Als Entschädigung!», empörte sich Mike.

«Hätte er, hat er aber nicht.»

«Warum nicht?»

«Weil er bessere Anwälte hatte als ich. Man hat mir nur 875 Euro zugesprochen.» Lena trank ihren Gin in einem Zug aus. Mike spürte, dass sie unglaublich wütend auf den toten Mann war. Und sie hatte in Mikes Augen auch alles Recht dazu. Drei Jahre Schmerzen. Die Sportlerkarriere vermutlich zerstört.

«Ich hätte mich nie darauf einlassen dürfen. Ich war eine solche Idiotin.» Lenas Augen füllten sich mit Tränen.

Mike hätte sie jetzt am liebsten in den Arm genommen.

«Tut mir leid», sie wischte sich mit dem Ärmel die Tränen weg, «dass ich beim ersten Date gleich losflenne …»

«Das muss es nicht. Wir können über alles reden. Auch und besonders, wenn zu ‹alles› dein Schmerz gehört. Und wenn du nicht darüber reden willst, dann reden wir über etwas anderes, denn ich rede sehr, sehr gerne mit dir.»

«Whao.»

«Whao?»

«Wenn du mal ein paar Sätze aneinanderreihst, sind es wirklich gute», lächelte Lena durch die Tränen.

Mike lächelte nun ebenfalls.

«Ich mag dein Lächeln», fand Lena.

Mike wurde warm ums Herz.

«Und deswegen», redete Lena weiter, während sie sich die Nase schnäuzte, «sollten wir …»

«… uns noch einen Gin bestellen?»

«Genau. Und wie alle vernünftigen Menschen beim ersten Date reden wir ab jetzt nur noch über Musik und Fernsehserien. Die seelischen Wunden kommen erst bei Date Nummer fünf. Zwei Dates nach dem ersten Sex.»

«S… S… S…», stammelte Mike.

«Genau ‹S… S… S…›», konnte Lena jetzt sogar wieder ein wenig lachen.

23

Angela versuchte, sich auf eine Shakespeare-Biographie zu konzentrieren, aber es gelang ihr nicht. Zum zwölften Male las sie den Satz *Einige Historiker vertreten die Ansicht, es handele sich bei Shakespeare in Wahrheit um eine Frau namens Emilia Bassano*, ohne auch nur ansatzweise über die Implikationen dieser These hinsichtlich der Liebessonette nachzudenken. Nicht nur, dass Angela die ganze Zeit über ihren Fall nachdachte, im Hintergrund spielte auch noch ihr Ehemann mit seinem Freund Tommy seine wöchentliche Partie Scrabble via Skype. Diesmal juchzte Achim besonders oft vor Freude, da er an den Buchstaben P, der auf *Dreifachem Wortwert* ruhte, bereits drei Worte hatte anlegen können: ‹Paläontologe›, ‹Philanthrop› und ‹Pipimann›. Angela hingegen legte in Gedanken an den Buchstaben a die Namen ‹Alexa von Baugenwitz›, ‹Angela, die Obsttante› und auch ‹Amadeus, Lena› an, denn Amadeus hieß die Polizistin mit Nachnamen.

«Präpotenz», jubilierte Achim.

Wenn er und Tommy sich mal so richtig im Scrabble-Rausch befanden, konnte es Stunden dauern. Anstatt weiter in ihr Buch zu starren und sich noch mehr P-Wörter anzuhören, schnappte sich Angela den Mops für den abendlichen Gassi-Gang.

Kaum war sie mit Putin auf der Straße, fühlte sie sich wunderbar. Die letzten Strahlen der untergehenden Sonne tauchten die Welt in ein goldenes Licht, darüber hinaus war sie ohne Personenschutz unterwegs. Das erste Mal seit über 16 Jahren! Befreiend. Hach, dachte Angela, könnte sie nur tanzen wie Julie Andrews in *Mary Poppins*, sie würde leichtfüßig mit Putin über das Pflaster wirbeln. Aber da man weder ihr noch dem Mops nachsagen konnte, leichtfüßig zu sein, ging Angela einfach nur beschwingt die kleine Straße hinunter in Richtung Marktplatz, wo die letzten Läden schlossen und die Klein-Freudenstädter an den Tischen vor den Cafés allmählich von Cappuccino auf ein Bier oder eine Weinschorle umstiegen.

«Hey, Puffeline, was geht?», hörte Angela jemanden rufen. Sie drehte sich um: An einem Café-Tisch saß Pia von Baugenwitz mit ihrem Handy. Angela fühlte, wie ihre gute Laune angesichts des blauhaarigen Teenies einen kleinen Dämpfer bekam.

«Mir geht es gut und dir?»

«Super, ich habe ein Bier und einen Joint und etwas zu feiern.»

Sie schien wirklich ganz und gar nicht zu trauern.

«Was gibt es denn zu feiern?»

«Ich habe 300 000 Follower auf meinem Instagram-Account.»

Angela war zwar selbst nie ein Social-Media-Profi gewesen. Für ihre eigenen Kanäle hatte sie ihre Leute gehabt. Immerhin wusste Angela so viel über die Netzwelt, dass sie sagen konnte: «300 000 ist ziemlich gut.»

«Sogar sehr geil, wenn man die richtigen hat.»

«Und hast du die?»

«Lauter wohlbehütete, reiche Kids, die sich unverstanden fühlen und sich all die Sachen kaufen, die ich empfehle.»

«Du verdienst mit Werbung Geld?»

«40 000 im Monat.»

Angela staunte: Das war sehr viel mehr, als sie in ihrem alten Job bekommen hatte.

«Meine ‹Ich bin eine rebellische Adelige›-Nummer läuft krass gut. Da bin ich ein Vorbild für die Weicheier.»

«Nummer?»

«Na, ich färbe mir die Haare nicht blau, weil ich es geil finde.»

«Sondern weil es besser für deine Marke als Rebellin ist?», begriff Angela.

«Ich sage nicht ‹Marke›, sondern ‹Brand›, aber Sie haben recht.»

«Gehst du noch zur Schule?»

«Hey, ich verdiene 40 000 im Monat.»

«Gut, du gehst nicht mehr zur Schule.»

Angela wusste nicht, ob sie von Pia beeindruckt oder angewidert sein sollte. Gewiss aber war das Mädchen eine wertvolle Informationsquelle. Und um die für sich zu gewinnen, schlug Angela vor: «Wenn du willst, können wir für deinen Account ein Selfie zusammen machen.»

«Nö.»

«Nö?» Angela war so eine Antwort nicht gewohnt. Wenn sie ein Selfie anbot, stand normalerweise gleich eine ganze Traube an Menschen um sie herum. Nahm etwa ihre Popularität als Rentnerin von Woche zu Woche ab? Und wenn dem so war, würde ihr das gefallen? Sie dachte von sich selbst gerne, sie wäre uneitel, war aber klug genug zu wissen, dass dem nicht so war.

«Für meine Follower sind Sie zu alt.»

«Verstanden.»

«Und auch nicht stylish genug.»

«Verstanden.»

«Mit so einem Foto würde ich bestimmt ein paar hundert Follower verlieren.»

«Ich habe gesagt, ich habe verstanden.»

Pia grinste breit. Sie hatte für Angelas Geschmack viel zu viel Spaß an der Provokation.

«Sag mal», fragte Angela, die erkannt hatte, dass sie die freche Göre nicht für sich einnehmen konnte, «verkauft Alexa jetzt also das Schloss an den Höchstbietenden?»

«Der Ami ist eben schon angerauscht.»

«Du findest also auch, dass sie gierig ist.»

«Total geldgeil.»

Angela fühlte sich in ihrem Verdacht bestätigt.

«Aber die dumme Nuss», sagte Pia, «lässt das ganz große Geld liegen.»

«Wie meinst du das?»

«Alexa gibt sich mit den zwanzig Millionen aus dem Schlossverkauf zufrieden. Und Philipp war genauso blöd. Als Mama noch mit ihm verheiratet war, wollte er nie, dass sie ihren Plan durchzieht, mit dem man das Schloss hätte sanieren können.»

«Welchen Plan?»

«Die von Baugenwitz haben nicht nur das Schloss nach dem Krieg an die Kommunisten abgeben müssen, sondern noch viel mehr. In jedem zweiten Brandenburger Museum hängt Kunst, die aus dem Besitz der Familie stammt und von der DDR beschlagnahmt wurde. Im Wert von mindestens 200 Millionen.»

«Und die wurden nach der Wende nicht zurückgegeben?»

«Nein, weil der alte Ferdinand von Baugenwitz angeblich mit den Nazis zusammengearbeitet hat.»

«Und Erben eines Kollaborateurs», ergänzte Angela, «haben vom Gesetz her keinen Anspruch mehr auf die beschlagnahmten Werte.»

«Exakt.»

«Du sagst: Ferdinand von Baugenwitz hat ‹angeblich› mit den Nationalsozialisten kollaboriert? Stimmt das gar nicht?»

«Natürlich hat er das getan. Aber so was von.»

«Dann ist es doch nicht ‹angeblich›.»

«Kommt darauf an, wie man es sieht.»

«Ich verstehe nicht ganz.»

«Mama hatte ein paar Historiker gefunden, die ihr gegen Kohle das Gegenteil in ein Gutachten geschrieben hätten.»

«Und mit solchen Gutachten gibt es gute Chancen, die Kunst wiederzubekommen, wenn es vor Gericht geht.»

«Und schon wieder sage ich: exakt.»

«Aber Philipp wollte lieber das Schloss loswerden und von hier mit Alexa verschwinden», kombinierte Angela, «und nicht jahrelang oder gar jahrzehntelang Prozesse um die Kulturgüter führen. Lieber die zwanzig Millionen in der Hand als die zweihundert Millionen auf dem Dach.»

«Und exakt zum Dritten!» Pia schwang einen imaginären Auktionshammer. «Aber an Ihren Metaphern müssen Sie noch arbeiten.»

Angela ging auf diese Spitze nicht ein, sie dachte nach: Katharinas Zorn auf ihren Exmann wurde demnach aus zwei Quellen gespeist: Er hatte sie für die junge Alexa verlassen und bereits während der Ehe hintergangen. Außerdem war er gegen Katharinas Plan gewesen, die Kunstwerke aus dem Familienvermögen in langen gerichtlichen Auseinandersetzungen zurückzuholen und das Schloss wieder in altem Glanz erstrahlen zu lassen. Wenn die Ehe nicht gescheitert wäre und er auf Katharina gehört hätte, wäre sie nun eine enorm reiche Frau. Nun war Angela noch mehr gespannt, was die Ermittlungen von Mike hinsichtlich ihres Alibis ergaben. Und apropos Alibi: «Was hast du eigentlich gemacht, als Philipp starb?»

«Echt jetzt? Sie wollen wissen, ob ich ein Alibi habe? Für seinen Selbstmord?»

«Ich möchte doch nur wissen, ob du ihn kurz vor seinem Tod gesehen hast», spielte Angela die Frage herunter.

«Nein. Ich habe einen Instagram-Livestream für meine Follower gemacht. Ihnen gezeigt, wie peinlich so ein Weinfest in der Provinz ist. Ich habe also ein paar hunderttausend Zeugen.»

«Das ist gut», fand Angela, die lieber Verdächtige von der Liste streichen als hinzufügen wollte.

«Wollen Sie mal sehen?»

«Ist schon in Ordnung.»

«Hier», hörte Pia nicht auf sie. «Ich hab's anschließend auf YouTube gestellt.» Sie zeigte das Video, das zu Angelas Überraschung schon einige zehntausend Klicks hatte. Angela sah, wie Pia sich über die Gäste lustig machte: Den Tanz zu *Macarena* nannte sie «arhythmische Sportgymnastik». Über ihren einstigen Stiefvater in Ritterrüstung sagte sie: «So was kommt nach Jahrhunderten der Inzucht raus.» Und zum Abschluss ihres Videos beugte sie sich über eine halbvolle Schale mit Punsch und urteilte: «Ballermann-Sangria ist ein Traum dagegen, Ich weiß schon, warum ich mich mit Dom Perignon betrinke. Solltet ihr auch! Und immer dran denken: Anarchie ist machbar, Herr Nachbar!»

Die ganzen Sprüche interessierten Angela wenig, aber der Timecode des Videos bewies in der Tat, dass Pia bis zum Zeitpunkt des Mordes damit beschäftigt war, für ihre Anhänger vom Weinfest zu berichten.

«Wenn Sie schon andeuten, dass Philipp ermordet worden ist, und ich sag mal, der Sack hätte es voll verdient, dann sollten Sie die mal nach ihrem Alibi fragen.» Pia deutete in Richtung Marktplatz auf die schwangere Marie, die gerade mit zwei vollen Stoff-Einkaufstaschen aus dem Supermärktchen trat.

«Die», fuhr Pia fort, «trägt nämlich einen Bastard von Philipp mit sich herum …»

«Noch so ein abwertendes Wort …» Angela sah das Mädchen mit einer Drohmiene an, die sie sich für Silvio Berlusconi antrainiert hatte.

«Was dann?»

«Dann lass ich auf meinen Social-Media-Kanälen verbreiten, dass du für deine Follower nur eine Show abziehst», bluffte Angela. In Wahrheit ruhten alle ihre Accounts, seit sie das Amt an ihren Nachfolger übergeben hatte.

Pia betrachtete Angela und versuchte einzuschätzen, ob sie bluffte oder nicht. Das Risiko für ihr Geschäftsmodell erschien ihr dann aber doch offensichtlich zu groß: «Na, dann noch einen schönen Abend. Und grüßen Sie Ihren Puffel von mir.»

Angela hätte das Mädchen jetzt noch gerne mit der Miene angesehen, die sie 2015 für den griechischen Finanzminister Varoufakis reserviert hatte, aber Pia blickte schon wieder auf ihr Handy. Marie hatte Angela noch nicht bemerkt. Sollte sie jetzt zu dieser freundlichen Frau gehen und nach einem Alibi fragen? Das würde sich einfach nur schäbig anfühlen. Nein, sie würde sie in Ruhe lassen. Aber Putin hatte offenbar das genaue Gegenteil beschlossen, er lief geradewegs auf Marie zu oder besser gesagt auf deren Einkaufstaschen, in denen er anscheinend etwas erschnüffelt hatte. Wurst oder Käse. Oder Heringshappen in Dill, die er aus unerfindlichen Gründen besonders mochte. Angela folgte ihrem Mops und entschuldigte sich bei Marie: «Der Kleine liebt halt Essen.»

«Dann sind wir schon zu zweit», antwortete Marie und stellte die Taschen zu Boden, um eine Scheibe Kochschinken herauszuholen, «mein dicker Bauch kommt nicht alleine von der Schwangerschaft.»

Angela haderte mit sich, ob sie die Frau nun doch nach der Vaterschaft fragen sollte. Eine echte Detektivin würde so etwas tun, egal wie schofelig sie sich dabei fühlen würde. Vermutlich waren deswegen so viele Spürnasen in den Romanen kühle analytische Wesen. Sherlock Holmes und Hercule Poirot kamen ihr in den Sinn. Angela brachte es nicht übers Herz, so zu sein. Dennoch wollte sie sich die Gelegenheit nicht entgehen lassen, in den Ermittlungen wenigstens etwas voranzukommen, ohne Marie mit einem Verdacht zu konfrontieren. Deshalb fragte sie die Fremdenführerin, die gerade Putin streichelte: «Als Kind haben Sie bestimmt im ganzen Schloss Verstecken gespielt?»

«Und in den Gärten, am See, sogar auf den Ländereien.»

«Haben Sie irgendwo einen Geheimgang gefunden?»

«Klar!», grinste Marie.

Angelas Herz schlug höher: «Und von wo ging der aus?»

«Vom Bootshaus am See hinter dem Schloss. Dort gibt es im Boden eine Luke, auf der damals ein giftgrüner Teppich lag.»

«Und wo führte der Gang hin?» Angela wurde nun immer aufgeregter.

«Irgendwohin ins Schloss.»

«Irgendwohin?»

«Wir kamen immer nur bis zu einer Metalltür, die verschlossen war.»

«War in der Tür vielleicht eine Ausbuchtung, in die man ein Hexagramm hätte einfügen müssen?»

«Ja», staunte Marie, «woher wissen Sie das?»

«Die Ritterrüstung hat so eine», grinste Angela stolz. Sie hätte jetzt gedacht, dass Marie sich über diese Erkenntnis freuen würde, schließlich hatte Angela ein Geheimnis aus ihrer Kindheit gelöst. Aber weit gefehlt, die schwangere Frau wirkte eher ertappt: «Das … ist ja … ein Ding.»

Wäre Marie so unsympathisch gewesen wie Alexa, Katharina, Pia oder die Obstverkäuferin, hätte Angela sie jetzt in den Kreis der Verdächtigen aufgenommen, auch wenn sich zwischen ihrem Namen und dem Buchstaben a keine Verbindung herstellen ließ. Aber wie hatte Achim doch gesagt: Wir sind hier nicht in der Politik! Nicht jeder Mensch hat zwei Gesichter!

«Au!», stöhnte Marie auf.

«Was ist?», fragte Angela.

«Der Kleine tritt gegen meinen Bauch.»

«Soll ich Ihnen helfen, die Taschen nach Hause zu tragen?», bot Angela an. Sie fühlte mütterliche Gefühle in sich aufkommen. Oder waren es großmütterliche? Jedenfalls waren sie ungewöhnlich. Und irgendwie auch schön. Wenn sie schon keine Freundin in

Klein-Freudenstadt finden konnte, dann vielleicht jemanden, den sie im Leben ein wenig unterstützen könnte? Sie staunte über sich selber: Auf was für Ideen man kam, wenn man sich nicht den lieben langen Tag mit Politik beschäftigte.

«Das ist lieb von Ihnen, aber es ist nicht nötig», und dann: «Wenn ich wirklich Hilfe brauche», versprach Marie, «würde ich es sagen.»

Angela fragte sich, wer bei Marie sein würde, wenn das Kind zur Welt kam. Der Vater, falls es wirklich Philipp von Baugenwitz war, war tot. Oder zumindest abwesend. Marie selbst war ein Waisenkind und ihre Ersatzmutter, die Heimleiterin, schon lange verstorben. Also gab es vermutlich auch niemanden aus der älteren Generation, der ihr beistehen konnte, oder? Da Angela sich selber keine Antwort geben konnte, fragte sie Marie: «Begleitet Sie jemand zu der Geburt?»

«Meine beiden besten Freundinnen sind wegen Jobs in den Westen gegangen», antwortete Marie traurig. «Ich habe auch mal zwei Jahre in Wiesbaden gelebt. Da habe ich mit meinem Bachelor in Touristikmanagement eine Stelle in einem Reisekonzern bekommen. Aber ich hab mich da nicht wohlgefühlt. Die Uckermark ist nun mal meine Heimat.»

«Hach, eine Mutter sollte bei einer Geburt nicht alleine sein», wollte Angela lediglich ihr Mitgefühl ausdrücken, aber Marie missverstand und fragte verblüfft:

«Wollen Sie etwa?»

«Ähem, wer, was ich …?», stammelte Angela. Es war selten, dass sie so sprachlos war. Das letzte Mal, als Achim vor sechs Wochen zu ihr sagte: «Schau mal, hier ist ein Hund für dich.» Damals hatte sie gedacht, was soll sie mit einem Mops, und jetzt konnte sie ohne ihren ‹kleinen Hasen› nicht mehr sein.

«Entschuldigen Sie», sagte Marie, «das habe ich wohl missverstanden. Es klang wie ein Angebot.»

Angela hätte jetzt ganz leicht ‹Ja, genau, es ist ein Missverständnis› antworten können. Aber sie tat es nicht.

«Ich wollte nicht, dass Sie sich bedrängt fühlen», entschuldigte sich Marie.

«Das ... das tue ich nicht.»

«Wirklich nicht?»

«Nein.»

«Gut.»

«Und wenn Sie wollen ...», hörte Angela sich sagen.

«Ja?»

«... dann begleite ich Sie gerne bei der Geburt.» Angela konnte selbst kaum glauben, dass sie das gesagt hatte. Und dass es sich sogar gut anfühlte.

«Wirklich?», musste Marie auflachen. Nicht auf eine spöttische Art, sondern auf eine erleichterte, fröhliche. «Das wäre echt schön. Ich hab voll Schiss davor, mit der Hebamme allein zu sein. Die ist so streng. Und fast zwei Meter groß. Und hat eine Stimme wie Chewbacca.»

«Chew... wer?» fragte Angela.

«Der Wookiee.»

«Der was?»

«Der Freund von Han Solo.»

«Was für ein Hahn?»

«Aus *Star Wars*.»

«Ah, nie gesehen.»

«Da haben Sie echt eine Kulturlücke.»

Angela bezweifelte das, behielt ihre Zweifel aber für sich.

«Wissen Sie was? Sie kommen morgen Abend zu mir, und wir schauen uns bei Chips und Cola den Film an.»

«Oh ...» Angela war überrascht. So eine Einladung hatte sie schon lange nicht mehr bekommen. Eigentlich nie.

«Natürlich nur, wenn Sie wollen.»

«Ich will gerne.»

«Prima!»

Die beiden lächelten sich an, und Angela freute sich: Es schien, als ob sie doch einen vertrauten Menschen in Klein-Freudenstadt finden könnte. Und dazu bald noch ein kleines Baby, dem sie jede Menge Sachen schenken konnte. Und zu dessen späteren Geburtstagen sie auch den Geburtstagskuchen backen könnte. Mit jeder Menge Schoko. Und Smarties. Einen, der jeden Diabetiker umbringen würde.

«Dann machen wir es uns morgen zu dritt gemütlich», sagte Marie, nahm ihre Taschen und ging los. «Bis dann!»

«Zu dritt?», fragte Angela irritiert.

«Mit dem Baby!»

«Ach ja», lachte Angela.

«Der kleine Adrian liebt Actionfilme. Da tritt er besonders gerne gegen den Bauch!», rief Marie noch über den Platz, bevor sie in eine kleine Seitengasse verschwand. Und aus Angela wich die Vorfreude wie das Helium aus einem Ballon, der eine Nadel im Heuhaufen gefunden hatte. Adrian …

a

24

Wie schnell Hochgefühle doch verfliegen und betrübten Gedanken weichen können. Hercule Poirot und Sherlock Holmes hatten es bei ihren Ermittlungen definitiv einfacher, so ganz ohne Gefühle. Angela war so mit sich beschäftigt, dass sie nicht einmal mitbekam, wie Putin noch niedergeschlagener war als sie. Keine Heringshappen für den Mops. Erst ein donnerndes «Was machen Sie denn hier ganz allein?» riss Angela aus ihren Gedanken. Mike kam von *Aladins Gin* her auf sie zu und rief: «Ich muss bei Ihnen sein, wenn Sie ausgehen!»

«Ich bin ja nicht allein», deutete Angela auf Putin, der den Personenschützer treudoof ansah.

«Wollen Sie sich jetzt auch noch über mich lustig machen?»

Angela merkte, wie sehr Mike sich in seiner Berufsehre gekränkt fühlte, und versuchte zu deeskalieren: «Mir ist ja nichts passiert.»

«Aber es hätte Ihnen etwas passieren können!»

Jetzt spürte sie, dass es Mike nicht nur um die Ehre ging, sondern auch um sie als Mensch. Ihre früheren Personenschützer hatten sie wie ein Fabergé-Ei behandelt, das nicht kaputtgehen durfte, weil dies nun mal schlecht für die eigene Karriere wäre. Mike aber interessierte sich nicht mehr für seine Karriere. Ihre Sicherheit war ihm aus genau den richtigen Gründen wichtig. Das war rührend.

«Versprechen Sie mir, dass Sie das nie wieder machen!»

«Es tut mir leid», lenkte Angela ein.

«Sie sollen es versprechen!»

«Na gut, wenn es Ihnen dann bessergeht, ich verspreche es.»

«Gut.»

Mike schwieg und schaute weiter grimmig drein.

«Was ist?», wollte Angela wissen.

«Mir geht es nicht besser.»

«Dann kann ich auch nicht mehr tun.»

«Oh doch, das können Sie.»

«Und wie?»

«Sie schwören es.»

«Ist das Ihr Ernst?»

«Mein voller.»

«Sie übertreiben.»

«Mag sein, ist aber nicht so.»

Für Angela klang diese Antwort nur bedingt logisch. Außerdem wollte sie sich von Mike nicht vorschreiben lassen, was sie zu schwören hatte und was nicht. Und schon gar nicht das hier. Es hatte ihr ja eben sehr gefallen, mal ohne Begleitung unterwegs zu sein. Andererseits sollte Mike sich beruhigen. Sie dachte daran, dass so einige Politiker frei nach Konrad Adenauer handelten: Was schert mich mein Schwur von gestern? Sie war jedoch anders. Jedenfalls bei echten Schwüren. Mit unechten war sie jedoch bereits als Jugendliche gegenüber ihren Eltern locker umgegangen. So kreuzte sie das erste Mal seit fünfzig Jahren hinter dem Rücken die Finger, sodass es nur der Mops sehen konnte, und sagte: «Na gut, ich schwöre es.»

Mike atmete durch. Und das ließ auch Angela verschnaufen. Doch kaum hatte sie dies getan, musste sie wieder an Marie denken. Ihr Baby sollte Adrian heißen. Da lag es im Reich des Möglichen, dass der Freiherr als Hinweis den Namen seines unehelichen Kindes aufgeschrieben hatte.

Angela wollte Marie aber partout nicht als mögliche Täterin in Betracht ziehen. Daher konzentrierte sie sich mit aller Macht auf die anderen Verdächtigen und fragte: «Hat Katharina nun ein Alibi?»

«Lena war die ganze Zeit bei ihr.»

«Aha», nickte Angela und fragte dann: «Gab es sonst noch irgendwelche neuen Erkenntnisse?»

«Dass normale Menschen beim dritten Date Sex haben», freute Mike sich.

Angela schaute ihn erstaunt an.

«Verzeihen Sie.»

«Schon geschehen.» Angela freute sich mit ihm. Katharina würde sie nun aus dem Kreis der Verdächtigen streichen können. Und auch Lena, die ja damit automatisch ebenfalls ein Alibi besaß. Es sei denn, die beiden hätten gemeinsam …

… nein, es war komplett unwahrscheinlich, dass sie Komplizen waren. Also blieben als Verdächtige nur Marie und Alexa übrig.

Es musste einfach Alexa sein!

Und um festzustellen, wie genau sie die Tat vollbracht hatte, galt es zu beweisen, dass man durch den Geheimgang, von dem Marie erzählt hatte, in den Weinkeller gelangen konnte. Und dazu musste man selbst einmal durch diesen Gang gehen. Am besten gleich noch heute Nacht!

«Was», staunte Mike, «lächeln Sie so?»

«Nichts, was mit Ihnen zu tun hat.»

«Wirklich?»

«Ich schwöre es.»

Und nur Putin sah, wie Angela ihre Finger erneut hinter dem Rücken kreuzte.

25

«Was zum Teufel machen wir hier?», keuchte Achim.

«Du glaubst doch nicht an den Teufel», keuchte Angela.

«Was zum Trump machen wir hier?»

«Wir gehen durch die niedrigste Stelle des ausgetrockneten Schlossgrabens.»

«Das weiß ich!» Achim mochte den lakonischen Humor seiner Frau nicht immer. «Sag jetzt bloß nicht ‹Warum fragst du dann?›, denn dann leuchte ich mit der Taschenlampe nur noch mir selbst den Weg, und du kannst sehen, wie du hier bei Nacht und Nebel wieder herauskommst.»

«Es gibt keinen Nebel», wandte Angela ein.

«Ach nein, wirklich?», grinste Achim.

Angela kraxelte den Schlossgraben an der flachsten Stelle wieder hoch. Sie hatte einen solchen Spaß bei dieser Nacht-und-Nebel-Aktion ohne Nebel.

«Wenn Mike das erfährt, wird er einen Tobsuchtsanfall bekommen.»

«Er schläft bestimmt noch im Gartenhaus, wenn wir wieder nach Hause kommen. Und außerdem bin ich seine Vorgesetzte.»

«Mag sein. Dennoch wird er einen Tobsuchtsanfall bekommen.»

«Nur wenn er es erfährt, was nicht der Fall sein wird. Denn wie heißt es doch so schön: Nicht tobsüchtig sind die selig Nichtsahnenden.»

«Es gibt viel zu viele tobsüchtige Nichtsahnende auf der Welt», widersprach Achim. «Also noch einmal, was machen wir hier? Warum gehen wir nicht einfach tagsüber in das Bootshaus?»

«Weil Alexa von Baugenwitz uns das nicht erlauben wird», erklärte Angela, die mittlerweile die andere Seite des Grabens erklommen hatte. Sie reichte ihrem Mann die Hand und half ihm hoch.

«Was wir hier machen, ist Hausfriedensbruch.»

«Was wir hier machen, ist den Beweis erbringen, wie Alexa unbemerkt aus dem verschlossenen Weinkeller hinausgelangen konnte, nachdem sie ihrem Mann den Schierling in den Becher getan hatte. Und dazu müssen wir da rein.» Angela deutete zum Bootshaus, das etwa dreißig Meter von ihnen entfernt lag.

«Du bist dir jetzt also total sicher, dass sie es war?»

«Ja», antwortete Angela und steuerte entschlossen ihr Ziel an, gefolgt von Achim, der nicht lockerließ: «Dann kann ich es etwa zu 81,4 Prozent sein.»

«Was kann ich tun, um dich restlos zu überzeugen?»

«Mit mir reden, als ob du eine echte Sherlockine wärst und nicht einfach nur eine Frau, die auf einmal Spaß daran hat, sämtliche Regeln zu brechen.»

Angela fühlte sich ertappt. Es bereitete ihr tatsächlich Freude, Regeln zu brechen, wie als Jugendliche in der FDJ-Freizeit, als sie mit einigen anderen um drei Uhr nachts heimlich nackt baden gegangen war.

«Also gut, Puffel, wenn du willst, gehen wir alle Verdächtigen noch ein letztes Mal systematisch durch. Katharina erbt nichts von dem Schloss. Also hat sie rein gar nichts von Philipps Tod.»

«Aber er hat sie betrogen.»

«Dieser Roger Moore für Arme hat auch Alexa betrogen.»

«Das ist kein Argument. Katharina könnte dennoch einen Mord aus Eifersucht begangen haben.»

«Dann hätte sie ihn doch gleich getötet, nachdem sie von ihm mit Alexa hintergangen wurde, und nicht ein paar Jahre gewartet.»

«Das hingegen ist ein Argument», musste Achim eingestehen.

«Dann gehen wir jetzt die weiteren Möglichkeiten durch: Die kleine Pia …»

«Du verdächtigst eine Minderjährige?», staunte Achim.

«Nein, ich wollte sie ausschließen. Sie hatte zum Zeitpunkt des Todes jede Menge Follower im Instagram-Livestream.»

«Ich weiß nicht genau, was diese Worte bedeuten.»

«Dass sie ein Alibi hat.»

Angela blickte durch die Fenster des Bootshauses. Sie hatte erwartet, Ruderboote zu sehen, aber es standen dort nur drei Tretboote, die aussahen wie Schwäne. Drum herum verstreut einiges an Gerümpel und hinten in einer Ecke, wie von Marie geschildert, lag ein giftgrüner Teppich. Unter dem musste die Luke versteckt sein!

«Was ist denn mit der Bitch?», fragte Achim. «Ist die Obstfrau nicht auch eine Mordverdächtige?»

«Dass du mal solche Worte sagst.»

«Mordverdächtige?»

«Bitch.»

«Es klingt so schön lautmalerisch.»

«Ich glaube, du weißt nicht einmal, was Bitch bedeutet.»

«Nun, ‹itch› heißt ja jucken, und vermutlich hängt das dann zusammen.»

«Du meinst also, es ist jucken mit einem B davor?»

«Irgendwie so.»

«Bjucken?»

«Na ja …»

Angela überlegte kurz, ob sie Achim aufklären sollte, ließ es aber bleiben, denn es war wichtiger, weiter systematisch zu arbeiten und die Obstfrau als Verdächtige auszuklammern: «Mit dem

Schlossverkauf verliert sie zwar das gepachtete Land und ihren Lebensunterhalt. Aber jetzt nach seinem Tod tut sie es auch.»

«Vielleicht hat sie das nicht geahnt.»

«Das ganze Dorf hat gewusst, dass Alexa das Schloss verscherbeln will, also wusste sie es auch.» Angela betrat das muffig riechende Bootshaus, gefolgt von Achim, der nicht lockerließ: «Was ist, wenn Bjucken …»

«Sag bitte nicht Bjucken.»

«… die Bitch auch was mit dem Freiherrn hatte? Der Kerl hatte mit so vielen Frauen etwas. Warum nicht auch mit ihr?»

«Bisher wissen wir nur sicher von Alexa und Katharina.» Angela sah sich im Bootshaus um, als Achim ergänzte: «Und es gibt Hinweise auf Marie. Er hat sie vielleicht sogar geschwängert.»

«Das wissen wir nicht», wehrte Angela ab

«Hast du sie denn nach einem Alibi gefragt?»

«Nein.»

«Was macht dich dann so sicher, dass sie unverdächtig ist?»

«Du hast doch selbst gesagt, dass ich keine Schwangere verdächtigen soll!»

«Ich sage aber auch, dass wir hier nicht herumlaufen sollen, und du hörst nicht auf mich.»

«Was Marie betrifft, habe ich so eine weibliche Intuition.»

«Weibliche Intuition?»

«Ja, warum sollte ich keine weibliche Intuition haben?», protestierte Angela.

«Das habe ich nie bestritten.»

«Aber?»

«Seit wann kommst du zu einer abschließenden Schlussfolgerung ohne konkrete Fakten?»

Das war eine gute Frage.

«Und seit wann verlässt sich eine echte Sherlockine nur auf ihre Intuition?»

«Es gab bisher keine echte Sherlockine, ich bin die erste», versuchte Angela abzuwehren.

«Du weißt, was ich meine.»

Angela wusste es. Und sie fühlte sich in ihrer Detektivehre gekränkt.

«Du musst diesen Mordfall analytisch lösen.»

Angela schaute ihren Mann an. Er war der einzige Mensch auf der Welt, von dem sie Kritik akzeptieren konnte. Nicht gerne. Aber sie konnte es. «Gut, Marie kommt wieder auf die Liste der Verdächtigen.»

«Schon besser.»

Von diesem Augenblick an ging es für Angela nicht mehr nur darum, eine Mörderin zu überführen. Es galt auch, Maries Unschuld zu beweisen!

26

U nd noch eins», sagte Achim.

«Ich kann kaum erwarten zu hören, was es ist», sagte Angela spitz.

«Wenn du den Fall wirklich lösen willst, besinne dich auf deine Qualitäten.»

«Mein gutes Aussehen?», versuchte Angela, spielerisch mit der Kritik umzugehen.

«Das meine ich nicht.»

«Was dann?»

«Deinen scharfen Verstand. So ein Fall braucht die alte Angela, nicht eine Jugendliche auf FDJ-Freizeit.»

Achim kannte sie so gut.

«Es macht aber nun mal so viel Spaß.»

«Ja», musste nun auch Achim grinsen, «das macht es wirklich.»

Lächelnd nahm Angela ihm die Taschenlampe aus der Hand, richtete den Lichtstrahl auf den giftgrünen Teppich und stellte aufgeregt fest: «Da liegt kein Staub drauf!»

«Ja, und?»

«Das heißt, der Teppich wurde in letzter Zeit mal bewegt. Und das wiederum spricht dafür, dass der Geheimgang noch benutzt wird!»

«Von dem oder der Täterin!»

«Bitte heb den Teppich an, Puffel.»

«Dein Wunsch ist mir Befehl», hob Achim mit einem Ruck den Teppich hoch. Es hätte sehr elegant wirken können, wenn er dabei nicht vor lauter Schwung beinahe hintenübergefallen wäre. Nachdem er die Balance wiedergefunden hatte, rief Angela aus: «Eine Luke!»

In der Tat, da war genau jene Luke, von der Marie erzählt hatte. Sie war aus Holz, und an ihr waren in der Mitte zwei Griffe befestigt. Angela und Achim packten sich jeweils einen davon, klappten die Luke zu beiden Seiten auf und blickten in ein schwarzes Loch. Erst als Angela es mit der Taschenlampe erhellte, erkannten sie ein paar extrem rostige Metallstiegen, die nach unten führten.

«Gut, dass wir gegen Tetanus geimpft sind», befand Achim.

«Das hilft aber auch nicht, wenn die rostigen Dinger durchbrechen und wir …», Angela leuchtete tief in das Loch hinab, «… fünf Meter runterfallen.»

«Du glaubst doch, dass der Gang von dem Täter oder der Täterin benutzt wurde?»

«Ja.»

«Dann werden wir genauso wenig wie der Mörder durchbrechen», sagte Achim und begann sogleich mit dem Abstieg. Angela sorgte sich um ihren Mann, in Gefahr wollte sie ihn nicht bringen. Wenn er sich bei dieser Aktion verletzte, würde sie es sich nicht verzeihen.

«Unten!», rief Achim. «Kommst du?»

«Ich kann nicht …», stellte Angela etwas fest, das sie gerne etwas früher bemerkt hätte, «… gleichzeitig klettern und die Taschenlampe halten.»

«Du brauchst die Taschenlampe nicht.»

«Nein?»

«Hier gibt es elektrisches Licht!»

«Was?», staunte Angela. Achim drückte einen Schalter und stand plötzlich im Neonlicht, wie man es aus Tiefgaragen kennt.

«Du kannst runterkommen.»

Angela legte die Taschenlampe auf den Teppich und kletterte die Sprossen hinab. Vorsichtig. Ganz, ganz vorsichtig.

«Wenn du fällst, fange ich dich auf!», versprach Achim.

«Wenn ich falle, bist du platt!»

«Du bist doch leicht wie eine Feder.»

«Sollst du lügen?»

«Für mich bist du es.»

«Alter Charmeur», grinste Angela, als sie die letzte Stufe nahm.

«*Alter* Charmeur?»

«Gut, sagen wir: junggebliebener Charmeur.»

«Klingt schon viel besser», lächelte Achim, und die beiden machten sich auf den Weg durch den Gang, in dem sie aufrecht gehen konnten. Aber nur, weil sie eben keine großen Menschen waren.

«Marie hat von den Lampen nichts erwähnt», sagte Angela. «Vermutlich sind sie erst später eingebaut worden.»

«Damit der Freiherr immer schön unbemerkt von der jeweiligen Ehefrau zu seinen Techtelmechteln gehen konnte, ohne sich dabei die Haxen zu brechen.»

«Außer dir verwendet niemand mehr die Begriffe ‹Haxen brechen› und ‹Techtelmechtel›.»

«Glaube ich nicht.»

«Aber garantiert bringt niemand die beiden Wörter in einem Satz unter.»

«Damit könntest du allerdings recht haben.»

«Der Gang», staunte Angela, «geht immer leicht bergauf.»

«Wann müssten wir denn beim Schloss sein?»

«In etwa fünfzig Metern, schätze ich. Aber wenn es nicht bald wieder abschüssig wird, landen wir nicht im Weinkeller.»

Doch auch nach fünfzig Metern wurde der Gang nicht abschüssig, auch nicht nach hundert oder zweihundert, stattdessen wurde er noch ein kleines bisschen steiler.

«Wo kommen wir nur raus?», fragte Achim.

«Keine Ahnung, auf jeden Fall nicht im Weinkeller», sagte Angela, die damit ihre Theorie vom durch den Geheimgang fliehenden Mörder ad acta legen konnte.

Wie hatte sie nur so falschliegen können?

Indem sie einen Mord wie einen großen Spaß behandelte.

Achim hatte recht: Sie musste das hier alles wirklich ernster nehmen!

27

Der Gang endete vor einer Metalltür. Statt eines Schlosses hatte sie eine Ausbuchtung in der Form eines kleinen Hexagramms.

«Deine Hypothese mit der Rüstungshand ist damit bestätigt», stellte Achim fest.

«Und die hätte ich jetzt wirklich gern dabei», ärgerte sich Angela.

«Hättest du nicht.»

«Hätte ich nicht?»

«Nein, denn dann hättest du jetzt eine Metallhand überstreifen müssen, in der zuletzt ein Toter steckte.»

«Hätte ich nicht.»

«Hättest du nicht?», staunte Achim.

«Nein, als vollendeter Kavalier hättest du die Hand übergestreift.»

«Hätte ich nicht!»

«Hättest du nicht?»

«Nein, du bist doch die, die Gleichberechtigung lebt.»

«Stimmt», bestätigte Angela, die sich nun auf das vorliegende Problem konzentrierte: Sollten die beiden jetzt einfach unverrichteter Dinge umkehren? Oder zurück ins Freie und an einer anderen Stelle ins Schloss einbrechen, die Rüstungshand klauen und mit ihr zur Tür zurückkehren?

Das klang nicht nur zeitaufwendig, sondern auch riskant. Es

war das eine, in ein verlassenes Bootshaus einzudringen, um am Ende in einen Weinkeller gelangen zu wollen. Ein Einbruch hingegen könnte viel eher bemerkt werden. Zumal das Schloss gerade auf seine Sicherheit hin überprüft worden war. Die Schlagzeilen, die nach ihrer Verhaftung in den Zeitungen stehen würden, mochte Angela sich nicht einmal ausmalen. Die Rüstungshand zu stehlen, kam also nicht in Frage.

Wie aber sonst die Tür aufbekommen? Angela beugte sich hinunter und kratzte mit der Hand über den Boden. Er machte einen lehmigen Eindruck. Vielleicht würde man ihn zu einem Hexagramm formen können, aber diese Lehmform hätte nicht die nötige Härte, um als Schlüssel zu dienen. Angela betrachtete die Einbuchtung in der Tür noch mal genauer. Mit ihren fünf Fingerkuppen konnte sie fast jede einzelne Ecke des Hexagramms erreichen. Aber eben eine nicht.

«Stecke einen Finger in die sechste Ecke», forderte sie Achim auf, nachdem sie die anderen fünf berührt hatte.

«Was hast du denn vor?»

«Vielleicht reicht es, genug Druck auszuüben, um die Schließvorrichtung zu öffnen.»

«Gut, versuchen wir es.»

Die beiden drückten und …

… die Tür sprang nicht auf.

«Klappt nicht», stellte Achim fest.

«Was du nicht sagst», erwiderte Angela und grübelte weiter: «Die Rillen des Hexagramms haben in der Rüstungshand ein Gegenstück.»

«Deswegen reicht das reine Drücken nicht aus», nickte Achim.

«Aber wenn wir die Rillen mit etwas anderem füllen …» Angela beugte sich hinab, nahm Lehm und strich die Masse in die Rillen des Hexagramms. Als das Werk vollendet war, sagte sie: «Versuchen wir es noch mal!»

Die beiden drückten mit den Fingern erneut die sechs Ecken und diesmal …

… sprang die Tür auf.

«Ei der Daus!», stieß Achim aus.

«Das kannst du wohl laut sagen.»

«EI DER …»

«Musst du aber nicht.»

Angela drückte die Tür auf, und die beiden starrten auf einen scharlachroten Vorhang aus schwerem Samt.

«Wahrscheinlich», flüsterte Angela, «verdeckt der Stoff von der anderen Seite den Blick auf die Tür.»

«Wollen wir da jetzt wirklich durch?» Achim war mit einem Mal unwohl.

«Es ist, wie du gesagt hast: Mir fehlen konkrete Fakten. Und daher müssen wir weitere sammeln.»

«Ich wünschte, ich hätte das nicht gesagt.»

«Hast du aber.» Angela wollte den Vorhang öffnen.

«Warte», zischte Achim und hielt sie am Arm.

«Wieso?»

«Was ist, wenn auf der anderen Seite jemand ist?»

«Dann hätte die Person uns schon längst gehört.»

«Auch wieder wahr.»

Angela öffnete vorsichtig den Vorhang. Sie befanden sich in einem barocken Schlafzimmer. Links ein massiver Schrank, auf dem Boden antike Teppiche und an der Wand gegenüber ein Ölgemälde, auf dem üppige junge Frauen bei einem fröhlichen Reigen gezeigt wurden. Im Zentrum des Raumes stand ein riesiges Himmelbett.

Auf einer Eichenkommode entdeckte Angela ein Hochzeitsfoto von Alexa und Philipp. Offenbar handelte es sich um das Schlafzimmer der beiden.

«Sieh mal», flüsterte Achim und deutete auf zwei halb ausge-

158

trunkene Gläser Champagner. Angela trat zu ihm und kombinierte: «Alexa hat einen Liebhaber.»

«Vielleicht auch nicht. Die Gläser könnten doch auch noch von gestern da stehen.»

«Dann würde der Champagner aber nicht mehr perlen.»

«Wenn das so ist», wurde Achim nervös, «kommen die beiden vielleicht gleich wieder. Wir sollten sofort verschwinden.»

«Wir haben aber noch nicht alle Fakten.»

«Wir wissen, dass wir hier in einem fremden Schlafzimmer stehen und jederzeit erwischt werden können, was für Fakten brauchst du denn noch?»

«Wer der Liebhaber ist, zum Beispiel.» Angela betrachtete die Flasche, auf deren Etikett *Roederer Estate* stand: «Eine amerikanische Marke.»

«Ja, und?»

«Dann ist der Liebhaber vermutlich Marc Wood, der das Schloss kaufen will.»

«Prima, jetzt weißt du es. Können wir jetzt endlich gehen?»

«Einen Moment bitte», erwiderte Angela und dachte darüber nach, dass nicht nur Philipp seine Alexa nach Strich und Faden betrogen hatte, sondern umgekehrt offenbar genauso. Gegen die beiden führten die Clintons geradezu eine Musterehe. Alexa turtelte sogar als frischgebackene Witwe mit dem Investor Wood. Steckte sie mit ihm womöglich nicht nur buchstäblich, sondern auch in Sachen Mord unter einer Decke?

«Können wir bitte, bitte, bitte endlich losgehen?», drängelte Achim.

«Ja», antwortete Angela. Sie hatte fürs Erste genug Fakten gesammelt, jetzt galt es, diese zu Hause in Ruhe zu ordnen. Doch bevor die beiden auch nur einen Schritt in Richtung Vorhang machen konnten, hörten sie Alexas Stimme: «My god, Woody, that is so amazing!»

«I myself will be on the shuttle to Mars!», erschallte gleich darauf die Stimme des Investors im breitesten texanischen Akzent.

Angela und Achim starrten erst zur Tür, hinter der die Stimmen ertönten und die sich jeden Moment öffnen würde, dann zum Vorhang am anderen Ende des Zimmers. Beide Wissenschaftler führten in ihrem Kopf dieselbe Berechnung durch und kamen zu demselben Ergebnis: Das schaffen wir nie im Leben rechtzeitig!

Angela schaute sich hastig nach einem eleganten Ausweg um. Leider fand sie nur einen uneleganten: «Unters Bett.»

«Was?», stieß Achim aus. Etwas zu laut.

«Have you heard something in there too, Woody?», fragte Alexa erschrocken.

«Unters Bett ist prima», flüsterte Achim panisch und tauchte sogleich mit Angela ab, gerade noch rechtzeitig, bevor die Tür aufging und Alexa von Baugenwitz mit dem Texaner hereinkam.

«Nothing in here», sagte Alexa erleichtert.

«Maybe it was a ghost», scherzte der Investor.

Unter dem Bett hielten Angela und Achim auf dem Bauch liegend die Luft an, während Alexa mit ihrem Liebhaber ans Bett trat.

«I want you right here and now», säuselte Wood.

Achim und Angela blickten sich entsetzt an.

«I want you, hard!», erwiderte die Witwe.

Achim und Angela sahen, wie neben dem Bett die Klamotten im Eiltempo fielen, und blickten sich noch entsetzter an.

Die Liebhaber ließen sich auf das Bett fallen, die Matratze sank immer tiefer, und Angela, die bei weitem nicht so schlank wie Achim war, musste sich, flach wie eine Flunder, auf den Boden drücken, damit sie unbemerkt blieben.

Achim warf seiner Frau einen fragenden Blick zu. Doch die wusste auch nicht, was zu tun war. Sollten sie sich alles mit anhören? Oder sich vorher bemerkbar machen? Mit all den Folgen, von denen *Bild*-Schlagzeilen nicht mal die unangenehmsten sein würden. Nein, das Übelste würde sein, dass Angela und Achim sich in Klein-Freudenstadt nie wieder blicken lassen könnten und wieder nach Berlin zurückkehren müssten. Gerade jetzt, wo es darum ging, einen Mord aufzuklären. Gerade jetzt, wo Angela begann, sich ein wenig einzuleben. Gerade jetzt, wo sie Marie doch versprochen hatte, ihr bei der Geburt des Kindes beizustehen!

«I will take you to Mars», hörten sie Marc Wood nun sagen.

Achim verzog das Gesicht.

«With my big shuttle.»

Angela verzog nun mit Achim das Gesicht.

«All night long!»

Damit hatte sich die Frage, was zu tun war, von selbst beantwortet.

«Now, I will get my shuttle ready for takeoff!»

«Nothing takes off!», rief Angela.

«AHHHH», schrie Alexa.

«What the fuck?», schrie der Ami.

«The shuttle stays in the hangar!», sagte Angela und robbte sich unter dem Bett hervor. Achim tat es ihr auf der anderen Seite nach. Alexa von Baugenwitz hatte sich bereits vor lauter Schreck unter der Decke versteckt. Der durchtrainierte, sonnenstudiogebräunte Wood, der noch mit einem weißen Slip bekleidet war, schnappte sich die Flasche Champagner, um zuzuschlagen. Im letzten Augenblick hielt er jedoch inne und staunte: «Angela Merkel?»

«Yes», lächelte Angela etwas verkrampft.

«What … the … fucking … fuck?»

Alexa von Baugenwitz wickelte sich gekonnt die Decke um und bat ihren Liebhaber: «Woody, can you please go outside?»

«Okay …», antwortete der überforderte Texaner, dankbar, dieser surrealen Situation entfliehen zu dürfen. Er nahm die Flasche Champagner, ging mit ihr aus dem Zimmer und murmelte dabei: «Angela … fucking … Merkel?»

Als er draußen war, fragte Alexa von Baugenwitz mit heiligem Zorn: «Was zum Teufel machen Sie hier?»

«Diese Frage», haspelte Achim mit hochrotem Kopf, «kann man nicht so einfach beantworten, besonders nicht, wenn sie philosophisch gemeint ist ...»

Alexa schaute ihn genervt an.

«Oder religiös. Oder wissenschaftlich. Etwa im Zusammenhang mit der Erdrotation», haspelte Achim weiter.

«Erdrotation?»

«Die Erde bewegt sich mit einer Geschwindigkeit von 464 Meter die Sekunde.»

«Was?»

«Das sind 1670 Stundenkilometer.»

«Was soll das?»

«Gesetzt den Fall, Ihr Zimmer würde sich nicht mit der Erde bewegen, hätten wir dank der Rotation hier vorbeisausen können, aber das ist nicht der Fall. Sie sind nun mal ebenfalls der Erdrotation unterworfen und ...»

«Hören Sie endlich mit der bekloppten Erdrotation auf!»

«Also, die ist nicht ‹bekloppt›. Ohne die Erdrotation würden die Meere ...»

«AHH!»

«Beruhigen Sie sich», bat Angela.

«Beruhigen? Beruhigen? Sie sind in mein Schlafzimmer eingedrungen! Wie sind Sie überhaupt hier hereingekommen?»

«Durch den Geheimgang.»

«Was denn für ein Geheimgang?», fragte Alexa.

Angela beobachtete ihre Hauptverdächtige genau. Hatte sie wirklich keine Ahnung?

«Hinter dem Vorhang ist eine Tür», sagte Achim, ging hinüber und schob den Vorhang beiseite, bis die Metalltür zum Vorschein kam.

«Was zum …» Alexas Kinnlade fiel herunter.

«Er führt zum Bootshaus», erklärte Achim.

«Und da sind Sie durch?»

«Ja.»

«Und warum?»

Die ehrliche Antwort, dachte Angela, wäre: Weil wir Sie für eine Mörderin halten und beweisen wollten, dass Sie nach dem Giftmord an Philipp unbemerkt durch den Geheimgang aus dem Weinkeller geflohen sind, doch der Gang hier führt leider nicht in den Weinkeller, sondern hierher, aber das macht Sie nicht unbedingt weniger verdächtig. Die Tatsache, dass der Mann, dem Sie das Schloss verkaufen wollen, Ihr Liebhaber ist, liefert sogar ein weiteres Motiv.

Das auszusprechen, wäre vermutlich unklug gewesen. Andererseits machte es auch keinen Sinn, noch mal über die Erdrotation zu plaudern. Die kontrollierte Offensive schien Angela ein guter Weg, also sagte sie: «Wir glauben, dass Philipp ermordet worden ist.»

«Er… ermordet?» Alexa schien geschockt zu sein. Die Betonung für Angela lag auf ‹schien›, war doch ihre Hauptverdächtige Schauspielerin von Beruf. «Die Polizei sagt doch, es war Selbstmord.»

«Wir glauben, dass ihm jemand das Gift verabreicht hat.»

«Aber der Weinkeller war doch von innen verschlossen und er ganz alleine in dem Raum.»

«Es muss einen geheimen Weg geben.»

«Aber dieser Gang da», Alexa deutete zur Metalltür, «führt hierhin.»

«Es muss noch einen weiteren Geheimgang geben.» Angela schaute Alexa prüfend an, was ihr nicht entging.

«Moment mal … Sie … Sie glauben doch nicht etwa, dass ich meinen Philipp …?»

«Nun, immerhin haben Sie einen Liebhaber.»

163

«Philipp hat mich auch in einer Tour betrogen!»

«Das spricht eher für ein Motiv.»

«Ich habe ihn nicht ermordet!»

Angela betrachtete die Frau und versuchte, sich in sie hineinzuversetzen: Wenn sie wirklich nichts mit dem Tod ihres Mannes zu tun hatte, würde sie Angela und Achim jetzt gewiss hinauswerfen und vermutlich auch wegen Hausfriedensbruch anzeigen. Doch Alexa tat nichts dergleichen. Sie schien nachzudenken, dann sagte sie: «Nehmen wir einmal an, dass Philipp wirklich ermordet wurde ...»

«Ja?»

«Dann kann ich Ihnen auch sagen, wer es war.»

Dass ein Mörder eine andere Person beschuldigte, dachte Angela bei sich, war ein Klassiker. Und dennoch wollte sie hören, was Alexa von Baugenwitz zu sagen hatte: «Wer denn?»

«Philipp hat doch einen Buchstaben vor seinem Tod gekritzelt?»

«Ja, das hat er.»

«Ich weiß, für wen der steht.»

«Und für wen?»

«Für eine Person, die ein noch viel größeres Motiv hat als ich.»

«Und wer ist diese Person?»

Alexa zögerte.

«Wollen Sie es nicht sagen?»

«Die Frau ist gefährlich, sie schreckt vor nichts zurück.» Alexa begann zu zittern.

Angela war mit einem Mal unsicher, ob das Zittern echt oder Schauspielerei war.

«Ich beschütze Sie», bot Achim an. Er schien der Witwe die Angst abzunehmen. Die wiederum überzeugte das Angebot des kleinen schmächtigen Mannes nicht. Sie zitterte sogar noch mehr. Angela fragte sich daher, ob nicht vielleicht doch jene mysteriöse Frau, von der Alexa sprach, die Mörderin war. Um die Witwe, für den Fall, dass sie doch nicht schauspielerte, so zu beruhigen, dass sie das Geheimnis von a verriet, sagte Angela: «Die Polizei kann Ihnen helfen.»

«Der Kommissar ist doch ein Vollversager.»

Dem konnte Angela nicht widersprechen. Daher schlug sie vor: «Ich werde Ihnen meinen Personenschützer überlassen.»

Alexa dachte nach und lenkte dann ein: «Nun gut. Also der Buchstabe steht für …»

«Honey, I will come in now!», rief Wood von außen.

«Wait a minute!»

«No, I am freezing!»

«Please, wait one more minute!» Alexa blickte zu Angela: «Sie müssen jetzt gehen, ich kann jetzt nicht länger sprechen. Woody kann alles mithören, aber das Ganze muss unbedingt unter uns bleiben. Niemand darf erfahren, dass ich mit Ihnen rede. Lassen Sie uns bitte morgen in der Früh sprechen. Von niemandem beobachtet.»

«Wann und wo?»

«Die Kirche macht um 6.00 Uhr auf. Wir treffen uns um kurz nach sechs vor dem Altar.»

«Einverstanden.»

«Und jetzt gehen Sie endlich!»

Angela und Achim eilten zurück durch den Geheimgang. Und während Angela die Tritteisen nach oben kletterte, dachte sie: Entweder Alexa sagt die Wahrheit und fürchtet sich tatsächlich vor der oder dem geheimnisvollen a, oder die Verabredung in der Kirche ist eine Falle!

28

Als Angela und Achim gegen zwei Uhr nachts in ihre Straße einbogen, brannte nur in einem der kleinen Fachwerkhäuser Licht. In ihrem. Und vor ihm stand Mike. Wie ein Vater, der nachts auf seinen Sohn wartete. Ein Sohn, der schon vor Stunden hätte zu Hause sein sollen, von dem man davon ausgehen konnte, dass er betrunken war und in den kreditfinanzierten SUV diverse Schrammen gefahren hatte.

«Mike sieht nicht begeistert aus», stellte Achim fest.

«Nein, das sieht er nicht.» Angela fühlte sich ein wenig schuldig, ihren Personenschützer hintergangen zu haben.

«Man möchte bei dem Anblick fast umkehren», sagte Achim.

«Er wird uns schon keine Standpauke halten.»

«Da wäre ich mir nicht so sicher.»

«Ich bin seine Vorgesetzte.»

«Es ist sein Job, dich zu bewachen. Und das konnte er nicht tun.»

Sie waren nun nahe genug, um zu erkennen, wie finster Mike dreinschaute. Und Angela sagte leise zu ihrem Mann: «Jetzt bin ich mir auch nicht mehr so sicher.»

Für einen kurzen Augenblick meinte sie, Wutdampf aus Mikes Ohren aufsteigen zu sehen, doch es war nur der Schein des Küchenlichts, der aus dem Fenster fiel.

«Wo waren Sie?», fragte Mike in einem Tonfall, der verriet, dass er die Frage am liebsten brüllen wollte.

«Nun», hob Achim peinlich berührt an, «die Frage kann man weder philosophisch noch wissenschaftlich beantworten, etwa mit der Erdrotation, und …»

Mike sah ihn an, als ob er wirklich gleich brüllen würde.

«… ich überlasse die Antwort lieber Ihrer Vorgesetzten.» Achim stellte sich einen halben Schritt hinter seine Frau. Und die entschied sich für die Flucht nach vorne: «Wir sind ins Schloss eingebrochen.»

«Sie sind … waaas?», brüllte Mike nun doch.

«Ins Schloss eingebrochen», versuchte Achim, behilflich zu sein.

«Ich hab's verstanden! Ich kann es nur nicht fassen! Sie hätten erwischt werden können!»

«Sind wir ja auch.»

Angela wünschte sich, dass Achim das nicht gesagt hätte.

«Von wem?», wollte der entsetzte Mike wissen.

«Von Alexa von Baugenwitz», gestand Angela.

«Und einem fast nackten Texaner», ergänzte Achim.

«Nackten …» Mike versuchte, diese überraschenden Infos zu verarbeiten, es gelang ihm nicht.

«… Texaner», war Achim behilflich.

Der Personenschützer schüttelte den Kopf: «Und ich Trottel dachte, der Job wäre gut für meine Nerven.»

«Es ist doch nichts passiert», versuchte Angela abzuwiegeln.

«Genau», ergänzte Achim, «der Texaner wollte Angela zwar mit der Champagnerflasche erschlagen …»

«Er wollte waaas?»

«Sie mit der …»

«Puffel, das ist nicht hilfreich.»

«Hören Sie», sagte Mike, «ich habe Ihnen gesagt, dass Sie nicht alleine unterwegs sein dürfen! Ich kann meinen Job nicht machen, wenn Sie mich hintergehen! Ich kündige!»

Diese Nachricht traf Angela mehr als jeder Kündigungswunsch, den sie je von Ministern bekommen hatte. Wenn sie ganz ehrlich war, hatte sie sich bei den meisten Kabinettskollegen sogar gefreut, sie nicht mehr wiedersehen zu müssen. In diesem Augenblick realisierte sie erst, wie sehr sie Mike in ihr Herz geschlossen hatte. Er durfte auf gar keinen Fall kündigen!

«Es wird nicht wieder vorkommen», versprach sie voll Reue.

«Das haben Sie schon mal gesagt. Sie haben es mir sogar geschworen!»

«Da habe ich die Finger hinter dem Rücken gekreuzt», gestand Angela und fühlte sich gleich noch schuldiger. Von Mike wurde, das wusste Angela, verlangt, jederzeit für sie zu sterben, und sie dankte es ihm, indem sie ihn anschwindelte wie ein Kind.

«Sie haben waaaaas?» Mike schien ob des Betrugs schwer getroffen.

«Sie hat die Finger …», wollte Achim erklären.

«Ich bin nicht taub!», brüllte Mike. Achim trat nun erschrocken einen Schritt zurück. Jetzt fühlte sich Angela noch schlechter, weil ihr Mann die Wut abbekam, die ihr galt. Bevor sie sich jedoch weiter erklären konnte, schrie jemand aus dem offenen Fenster des Hauses gegenüber: «Ruhe, oder ich hole die Polizei!»

Angela wandte sich an Mike: «Wir sollten hineingehen.»

«Ich muss ohnehin meine Koffer packen.»

«Mike, ich brauche Sie …»

«… ganz offensichtlich nicht!»

«Lassen Sie uns das in Ruhe besprechen», bat Angela inständig, während sie das Haus betraten.

«Keine Zeit, Koffer packen sich nicht von selber.»

«Ich habe noch drei von den Vanille-Muffins, die Sie so lieben.»

«Na gut, ein kleines bisschen Zeit hab ich doch.»

Alle drei gingen schnurstracks in die Küche. Angela stellte die Muffins auf den Tisch, und Achim öffnete einen selbst gebrannten Marillenschnaps, den er jedoch nur sich selbst einschenkte. Aus

Erfahrung wusste er, dass niemand, der das unfassbar scharfe Getränk einmal gekostet hatte, ein zweites Glas haben wollte. Angela wandte sich an Mike: «Es tut mir wirklich aufrichtig leid, dass Sie sich solche Sorgen gemacht haben.»

«Wer sagt denn, dass ich mir welche gemacht habe?», gab Mike den störrisch Beleidigten.

«Ich bitte Sie inständig, kündigen Sie nicht.»

Mike antwortete nicht, und Angela sah nur noch eine Chance. Sie musste ihn bei der Berufsehre packen: «Ich brauche bereits in der Früh wieder Schutz, so schnell kann ich keinen neuen Bodyguard auftreiben. Sie wollen mich doch nicht einfach alleine wieder in eine potenziell tödliche Gefahr rennen lassen?»

«Tödlich?» Mike war alarmiert.

«T… tödlich?», fragte auch Achim und schenkte sich gleich noch einen Marillenschnaps ein.

«Es könnte sein, dass Alexa von Baugenwitz uns eine Falle stellt.»

«Meinst du?», fragte Achim.

«Wenn man alles zusammennimmt, halte ich das hier für recht wahrscheinlich: Sie erbt das Schloss. Sie trauert kein bisschen um ihren verstorbenen Ehemann. Stattdessen schläft sie schon in der darauffolgenden Nacht mit einem anderen Kerl, dem sie das Schloss verkauft hat.»

«Ja», sagte Achim, «das nenn ich mal eine lustige Witwe.»

«Ich würde sie eher eine schwarze Witwe nennen.»

«Sie würde aber nie im Leben wagen, jemandem wie dir was anzutun.»

«Uns was anzutun! Wir sind die beiden Einzigen, die von ihrem Verhältnis wissen. Die Einzigen, die ihr auf der Spur sind.»

«Nein, so ein Risiko würde keine Frau eingehen, egal wie kaltblütig sie ist.»

«Und wenn sie eine Psychopathin ist?», fragte Angela.

«Glaubst du, das ist der Fall?»

«Noch mal: Sie trauert kein bisschen. Und hüpft in der Nacht nach dem Tod mit einem Texaner ins Bett.»

«Das klingt schon ein wenig psychopathisch», fröstelte es Achim.

«Und deswegen», wandte sich Angela an Mike, «brauche ich Sie.»

«Sollte ich nicht», fragte der, «noch Verstärkung besorgen?»

Angela war klar, dass dies das Vernünftigste wäre. Sie könnte selber zum Hörer greifen und den BKA-Chef anrufen, der würde zu ihrem Schutz ganze Einheiten schicken. Doch das wollte sie nicht. Sie wollte den Fall allein, wie eine echte Detektivin lösen. Sie wusste, dass es ihr ein Hochgefühl bereiten würde, nicht nur in den Bereichen Wissenschaft und Politik reüssiert zu haben, sondern auch in der Kriminalistik. Wichtiger aber war, dass die Bewohner von Klein-Freudenstadt sie dann nicht mehr als Exkanzlerin in Rente ansehen würden, sondern als ein wertvolles Mitglied der Gemeinschaft, das das Dorf sicherer gemacht hat. Und als solches würden sie Angela in ihrer Mitte anders willkommen heißen!

«Mit einer Frau», sagte sie zu Mike, «werden Sie doch noch fertig.»

«Nicht mit denen in meinem Leben», seufzte Mike. «Aber im Beruf schon.»

«Sehen Sie, dann müssen wir keine Verstärkung holen.»

«Der Job bei Ihnen ist ganz und gar nicht gut für meine Nerven.»

«Essen Sie einen Muffin, das beruhigt», schob Angela ihm einen hin, und der Personenschützer ließ sich nicht lange bitten. Sie war so froh, dass Mike nicht mehr kündigen wollte. Aber sie war auch aufgeregt wegen morgen: Falls Alexa ihr eine Falle stellen würde, wäre das der Beweis, dass sie die Mörderin war. Und dank Mike, der sie überrumpeln sollte, würde das Ganze für die schwarze Witwe selbst zu einer Falle werden!

29

Es war ein wunderschöner Morgen.
Es war ein tödlicher Morgen.

Die Sonne ging malerisch über dem menschenleeren Marktplatz von Klein-Freudenstadt auf und tauchte den Kirchturm in ein blutrotes Licht. Der Duft von frisch gebackenen Brötchen aus der nahe gelegenen Bäckerei, die den kuriosen Namen *Bäckerei Wurst* trug, lag in der Luft. Mike seufzte trotz der drei Muffins von vergangener Nacht: «Da bekommt man glatt Appetit.»

«Und ich», deutete Achim ängstlich auf die Kirche, «könnte noch einen Schnaps vertragen.»

«Wenn du einen dritten davon schaffst ohne Verbrennungen zweiten Grades in der Speiseröhre», sagte Angela, «bist du ein medizinisches Wunder.»

Unter anderen Umständen hätte Achim über den Scherz gelacht, doch jetzt hatte er einfach zu viel Angst, um sich ein Lächeln abzuringen. Auch Mike, der immer wieder überprüfte, ob seine Pistole gut im Halfter saß, schien nervös zu sein. Angela war die Einzige in dem kleinen Trupp, die positiv gestimmt schien. Klar, die Situation, in die sie sich gleich begeben würden, war potenziell gefährlich. Aber eben auch anregend. Aufregend. Geradezu euphorisierend. Sie würden gleich eine Mörderin dingfest machen. Das war doch mal was ganz anderes, als Gipfelabschlusserklärungen zu verlesen!

Das einzige Wesen unter ihnen, dem es so ging wie immer, trippelte in ihrer Mitte über das Kopfsteinpflaster des Marktplatzes. Ursprünglich hatte Angela den kleinen Mops zu Hause lassen wollen, aber er hatte so stark gepupst, dass ein weiteres Flokati-Malheur drohte.

Wäre jemand auf dem Marktplatz gewesen, zum Beispiel der Bäcker Wurst, hätten die vier mit der aufgehenden Sonne im Hintergrund wie ein Rennfahrerteam aus einem *Fast and Furious*-Film gewirkt. Sie gingen zwar nicht in Zeitlupe, aber je näher sie der Kirche kamen, desto langsamer wurden ihre Schritte.

«Es ist noch nicht zu spät umzukehren», gab Achim zu bedenken.

«Es wird uns schon nichts passieren», erwiderte Angela.

«Berühmte letzte Worte», sagte Mike seinen Lieblingsspruch.

«Was meinen Sie damit?», fragte Achim.

«Das erörtern wir lieber später», unterbrach Angela, die spürte, wie die Nervosität ihres Mannes sie langsam ansteckte.

«Ich hoffe sehr», sagte Mike, «dass Ihr Plan funktioniert.»

«Fragen Sie mich mal», sagte Achim.

«Er wird garantiert aufgehen», bekräftigte Angela, auch um eigene aufkommende Zweifel zu zerstreuen.

«Berühmte letzte Worte», murmelte Mike.

«Sagen Sie das nicht immer!», stöhnte Achim, und Angela hätte ihm beinahe zugestimmt, aber sie waren der Kirchentür nun so nahe, dass sie es für sinnvoller hielt, sich auf die vorliegende Aufgabe zu konzentrieren: «Gehen wir den Plan noch einmal durch. Ich gehe zum Altar, an dem Alexa von Baugenwitz auf mich wartet.»

«Ich», sagte Achim mit zittriger Stimme, «bleibe an der Tür stehen. Und in dem Moment, in dem die Frau ihre Tat gesteht ...»

«... aber noch bevor sie eine Waffe zücken und uns bedrohen kann ...»

«… reiße ich die Tür auf …»

«… und ich», vollendete Mike, «komme mit gezogener Pistole herein.»

«Exakt!», freute sich Angela.

Der Plan war simpel. Und eine Abwechslung zu denen, die sie als Politikerin hatte schmieden müssen. Da hatte es stets Hunderte Variablen und tausend potenzielle Ausgänge gegeben, die man zu bedenken hatte. Es hatte Dinge gegeben, die man vorher wusste, Dinge, die man nicht wusste, Dinge, von denen man wusste, dass man sie nicht wusste, und Dinge, von denen man nicht wusste, dass man sie nicht wusste. Und all diese Dinge konnten einen in den Hintern beißen.

Hach, es war so schön, einfach mal von A nach B in einer direkten Linie denken zu können, ohne dass zwischen den beiden Buchstaben noch ein ganzes sumerisches Alphabet lag, durchsetzt mit Schriftzeichen in Mandarin, über die ein Wahnsinniger ein selbsterfundenes Morsealphabet gestrichelt hatte.

«Wuff!», bellte Putin mit hochgestrecktem Kopf. Irgendetwas schien er auf dem Kirchturm entdeckt zu haben.

«Ist da oben was?», fragte Mike alarmiert.

«Vermutlich eine Krähe oder ein anderer Vogel», sagte Angela.

«Was ist», wurde Achim immer nervöser, «wenn die schwarze Witwe Verstärkung dabeihat?»

«Verstärkung?»

«Zum Beispiel den nackten Texaner.»

«Ich will», stöhnte Mike, «nichts mehr von nackten Texanern hören.»

«Verständlich.»

«Wenn Alexa», erklärte Angela, «uns tatsächlich mit einer Waffe bedroht, ist sie eine Psychopathin. Der Texaner wird ihr dabei nicht helfen, denn der ist definitiv keiner.»

«Der will doch zum Mars fliegen!», widersprach Achim.

«Ja, aber das gehört zum guten Ton bei Silicon-Valley-Milliardären.»

«Und was ist», fragte Mike an Achim gewandt, «wenn Alexa schneller eine Waffe zückt, als Sie die Tür aufreißen können?»

«Auf meinen Achim ist immer Verlass», lächelte Angela, deren Vertrauen Achim ein bisschen Nervosität nahm.

Sie standen jetzt direkt vor der Kirche. Angela sogar auf dem *Stein der Tränen*, den die Bewohner von Klein-Freudenstadt einst Adelheid von Baugenwitz gewidmet hatten, weil sie das Dorf von der Tyrannei ihres Ehemannes Balduin befreit und sich anschließend in den Tod gestürzt hatte. Angela atmete einmal tief ein und aus – Mike und Achim taten es ihr nach –, dann drückte sie die Klinke herunter. Wie von Alexa von Baugenwitz angekündigt, ließ sich die Tür öffnen. Und dennoch zögerte Angela, den Kirchenraum zu betreten. Sie war zwar euphorisiert von der Aussicht, eine Mörderin zu stellen, zugleich wurde ihr bewusst, dass sie sich noch nie in eine so gefährliche Situation begeben hatte. Noch nicht einmal bei ihren Afghanistanflügen. Oder bei Pegida-Demonstrationen. Oder als Silvio Berlusconi sie umarmen wollte. Gleichwohl ging es hier nicht nur darum, eine Mörderin zu überführen, sondern auch zu verhindern, dass diese Person noch weitere Menschen töten würde. Angela nahm noch einen tiefen Atemzug, aber als sie beherzt die Tür aufstoßen wollte, bellte Putin erneut: «Wuff!»

Angela hielt inne.

«Wuff! Wuff! Wuff!»

Alle blickten zum Glockenturm hoch.

«Oh-oh», sagte Achim.

«Ach du Scheiße!», sagte Mike.

Oben auf der Balustrade des Glockenturms stand Alexa von Baugenwitz.

Bis sie nicht mehr da stand.

Sondern fiel.

Mike schubste Achim, Angela und Putin zur Seite und beschützte sie alle im Liegen mit seinem großen massigen Körper.

Keinen halben Meter neben ihnen schlug Alexa von Baugenwitz auf.

Genau auf dem *Stein der Tränen*.

30

In Angelas Kopf überschlugen sich ihre Gedanken: ‹Oh Gott, oh Gott, sie hat sich umgebracht›, ‹Oh Gott, oh Gott, beinahe wäre sie auf Achim gefallen und er gestorben›, ‹Ich fast auch›, ‹Besser ich sterbe als Achim›, ‹Puh, Mike ist ganz schön schwer›, ‹Vielleicht sollte er doch weniger Kuchen essen›, ‹Oder wenigstens keine Sahne mehr› und ‹Merkwürdig, woran man denkt, wenn einem das Adrenalin durch den Körper schießt›.

«Ähem», röchelte Achim, dessen dünner Körper von dem wuchtigen Zweimetermann Mike fast zerdrückt wurde, «könnten Sie bitte aufstehen?»

«Erst wenn die Luft rein ist.»

«Und wie», röchelte Achim weiter, «wollen Sie das feststellen, wenn Sie auf uns liegen?»

«Guter Punkt», sagte Mike, stand auf und zog seine Pistole aus dem Halfter.

Angela und Achim rappelten sich ebenfalls hoch, wenn auch nicht ganz so behände. Bevor Angela zu der toten Alexa von Baugenwitz schauen konnte, hielt Achim ihr die Hand vor die Augen.

«Was soll das?», fragte sie.

«Das ist ein zu schrecklicher Anblick für dich.»

«Wir haben», widersprach Angela, «gestern alle gesehen, wie eine Leiche aufgeschlitzt wurde. Mir wurde da nicht übel.»

Mike gab sich große Mühe, nicht in Richtung der Toten zu

176

schauen. Er war auch so schon ein wenig blass um die Nase, schien aber Herr der Lage. Er steckte seine Pistole wieder in das Halfter, ein Zeichen dafür, dass die Luft rein zu sein schien.

Erst jetzt bemerkte Angela, dass ihr Mann zitterte. Sie nahm seine Hand, damit er sich ein wenig beruhigte, was er auch sogleich tat. Dann sah Angela zu der verstorbenen Alexa von Baugenwitz. Ob sie Schuldgefühle hatte und sich deswegen in den Tod gestürzt hatte? Wie die Frau des Schlächters Balduin aus dem 17. Jahrhundert? Angela war im Laufe der Jahre zu der Überzeugung gelangt, dass sich Geschichte nicht wiederholen würde. Denn in der Regel dachte sich die Geschichte immer wieder etwas Neues, Unvorhergesehenes aus, als ob sie den klügsten Historikern sagen wollte: «Ätschi, bätschi, mich kann man nicht berechnen. Hättet ihr mal was Anständiges gelernt, zum Beispiel Industriekaufmann.» Aber hier in Klein-Freudenstadt schien sich Geschichte tatsächlich zu wiederholen: Eine Frau ermordete ihren fremdgehenden Ehemann und sprang dann vom Kirchturm.

Das dachte Angela jedenfalls für etwa 43 Sekunden, in denen Achim seine Fassung wiedergewann und Mike entschlossen nicht zu der Leiche blickte. In der 44. Sekunde jedoch begann Putin zu bellen.

«Was ist?», fragte Angela.

«Der Hund wird dir kaum antworten können», stellte Achim fest.

«Shh!»

«Shh?»

«Er hat vielleicht was gehört.»

Achim, Mike und sie versuchten zu lauschen, aber Putin kläffte immer lauter. So sagte Angela zu ihm: «Und du machst auch Shh!»

Der Mops sah sie an. Für einen Moment dachte Angela, dass er auf ihre natürliche Autorität reagierte wie früher die Beamten im Kanzleramt. Doch dann kläffte Putin einfach weiter. Rasch kramte Angela aus der Tasche ihres Blazers einen Hundekeks und stellte Putin damit ruhig. Der Mops machte sich über den Keks her, und kaum hatte er ihn verschlungen, sah er sie an mit einem Blick, der sagte: Mehr, mehr, gib mir mehr, ich bin so süß, du kannst gar nicht anders, als mir mehr zu geben.

Angela gab ihm weitere Leckerlis und lauschte konzentriert.

Schritte.

Da waren Schritte!

In der Kirche!

«Da ist jemand», stellte auch Mike fest und zückte erneut seine Pistole. Achim begann wieder zu zittern. Und Angela, die seine Hand nun ein weniger fester drückte, dachte sich: Wer immer auch in der Kirche ist, sie – alle Verdächtigen waren ja weiblich – könnte Alexa gestoßen haben.

«Ich geh rein», flüsterte Mike und öffnete vorsichtig die Tür.

‹Ich auch›, wollte Angela zurückflüstern, doch kaum hatte sie ihren Mund geöffnet, zischte Mike ihr zu: «Denken Sie nicht mal dran.»

Angela schloss den Mund wieder.

Mike betrat die Kirche. Schon nach wenigen Schritten rief er: «Hey, bleiben Sie stehen!»

Angela war nun gewiss: Geschichte wiederholte sich auch hier nicht! In der Kirche war eine Mörderin. Und egal, was Mike gesagt hatte, sie musste da hinein. Eine große Detektivin entlarvte einen Mörder zwar vorzugsweise durch geniale Schlussfolgerungen, aber manchmal wurde der Mörder auch einfach auf frischer Tat ertappt. Und da Angela ganz offensichtlich mit all ihren bisherigen Überlegungen den Mord am Freiherrn betreffend auf geradezu beschämende Art und Weise danebengelegen hatte, war ‹auf frischer Tat ertappt› momentan die beste Möglichkeit, den Fall zu lösen.

Angela ließ Achims Hand los und ließ ihn mitsamt einem enttäuschten Putin, der sich noch mehr Leckerlis erhofft hatte, zurück. Sie linste in die Kirche, deren Inneres im Dunkeln lag, und sah, wie Mike in Richtung Altar lief. Schemenhaft konnte sie eine Gestalt ausmachen, die in Richtung Seitenausgang flüchtete: Sie war vollständig schwarz gekleidet mit einer schwarzen Kapuze über dem Kopf. Ein Phantom der Nacht!

Kurz darauf hatte die schwarze Gestalt auch schon die Kirche verlassen. Die Tür fiel donnernd ins Schloss. Als Mike die Tür erreichte, rüttelte er an dem Griff, konnte sie aber nicht mehr öffnen. Er trat gegen das Holz, jedoch ohne jeden Effekt.

«Wir laufen um die Kirche rum», sagte Angela zu Achim.

«Du hast doch gehört, was Mike gesagt hat!»

«Ja.»

«Aber du willst nicht auf ihn hören?»

«Gut kombiniert», antwortete Angela und rannte, so schnell sie konnte, los. Hinter sich hörte sie, wie Achim sich in Bewegung setzte und dabei seufzte: «In guten wie in schlechten Zeiten …»

Kaum waren beide um die Ecke gebogen, sahen sie in etwa zwanzig Meter Abstand eine schwarz gekleidete Gestalt.

«Kommt direkt auf uns zu», schluckte Achim.

«Ja.» Angela behagte dies ebenfalls ganz und gar nicht. Das erste Mal im Laufe der gesamten Ermittlung hatte sie Angst vor der eigenen Courage. Am liebsten wäre sie wieder zurückgerannt, aber ihr war natürlich klar, dass sie zu langsam sein würde, um dem Phantom zu entkommen. Und Achim, obwohl schneller als sie, würde es vermutlich auch nicht schaffen. Und das würde wesentlich schlimmer sein, denn dann wäre sie verantwortlich für seinen Tod!

Hinter sich hörte Angela, wie Putin bellte. Würde er ihre Rettung sein? Er stellte sich neben sie und bellte und bellte. Aber anstatt die Gestalt zu bedrohen, die noch etwa zehn Meter entfernt war, bellte der Mops Angelas Jackentasche an – er wollte einfach nur noch mehr Kekse. Und plötzlich hörten sie einen Schuss!

«Heiliger Bimbam!», rief Achim aus.

«Heilige Scheiße!», rief Angela, der der Begriff ‹Bimbam› in so einer Situation nicht in den Sinn gekommen wäre.

«Hilfe!», rief die Gestalt vor ihnen. Sie hatte eine tiefe, definitiv nicht weibliche Stimme, jedoch auch keinen texanischen Akzent.

«Bleiben Sie stehen!», rief Mike, der aus der Kirche heraus und ihnen hinterhergerannt war und mit seiner Pistole den Warnschuss abgefeuert hatte. Die Gestalt, deren Gesicht im Schatten der Kirche immer noch nicht auszumachen war, blieb wie angewurzelt stehen, hob die Hände und flehte: «Bitte nicht schießen.»

«Nennen Sie mir einen guten Grund», rief Mike zurück.

«Weil ich mich gerade vor Angst einnässe.»

«Ich sagte, guten Grund!»

«Ich gebe Ihnen alle wertvollen Gegenstände aus der Kirche. Und ich rufe auch nicht die Polizei.»

«Was?», fragte Mike.

«Nehmen Sie auch die Kollekte, sie ist zwar für *Brot für die Welt*, aber was soll's?»

«Wovon reden Sie?»

«Sie wollen doch die Kirche ausrauben.»

«Ähem … nein.» Mike war nun endgültig verwirrt. Ganz im Gegensatz zu Angela, die begriffen hatte, dass es sich bei dem Mann vor ihr nicht um das Phantom in der Kirche handelte, sondern um jemand ganz anderes: «Sind Sie der Pastor?»

«Ja, wer denn sonst?»

«Der Mörder», bot Achim als Antwort an.

«Was für ein Mörder?»

«Von Alexa von Baugenwitz», erklärte Angela.

Dem Pastor verschlug es die Sprache.

«Und der, oder besser gesagt die», seufzte Angela, «ist jetzt über alle Berge.»

31

M ord? Ist das Ihr Ernst?», fragte Kommissar Hannemann, während er auf einer der Kirchenbänke herumlümmelte. Gemeinsam mit Angela, Achim, Mike und Putin hatte er sich in das Innere der Kirche verzogen, während die Leiche von Alexa von Baugenwitz abtransportiert wurde. Da es noch früh am Tag war, gab es zwar keine Schaulustigen, dennoch war es für alle Beteiligten besser, wenn Angela außer Sichtweite war, sollten Reporter am Tatort auftauchen.

«Mord», bestätigte Angela, die vor dem Kommissar stand.

Hannemann seufzte.

«Wir haben eine Tatverdächtige gesehen, aber leider nicht erkennen können.»

Hannemann seufzte noch mehr.

«Sie ist aus der Kirche gerannt.»

Hannemann seufzte, wie noch nie ein Mensch zuvor geseufzt hatte.

«Können Sie auch was anderes machen als seufzen?»

«Nicht, wenn ich Ihren Hirngespinsten lausche.»

«Na hören Sie mal!», protestierte Achim vom Altarbereich, wo er die Zeit ein wenig nutzte, um sich die bunten Glasfenster zu betrachten, auf denen Heilige entweder Drachen töteten, mit Tieren sprachen oder einfach nur ihr Gesicht gen Himmel richteten. Doch Hannemann gab sich unbeirrt: «Es war doch so: Ihr Personenschützer hat den Pastor gesehen, der hat sich erschreckt und ist dann weggerannt.»

«Das war», mischte sich Mike ein, der ein paar Reihen dahinter saß, «garantiert nicht der Pastor. Ich hab zwar kaum etwas sehen können, aber da bin ich mir sicher!»

Hannemann seufzte erneut.

«Fragen Sie doch den Pastor selbst», bot Angela an, «der wird Ihnen schon sagen, dass er nicht in der Kirche mit Mike war.»

«Geht gerade nicht. Er zieht sich um.»

«Dann warten wir, bis er fertig ist.»

«Das wird noch dauern.»

«Wieso?»

«Er wollte duschen, er stinkt ganz schön.»

Angela biss sich auf die Zunge, um nicht ‹Sie aber auch› zu sagen, roch der Mann vor ihr doch sehr nach Horst Seehofer am Ende einer langen Koalitionsverhandlungsnacht.

«Ich habe», sagte Hannemann und erhob sich, «jedenfalls nicht die Zeit, um auf ihn zu warten.»

«Warum nicht?»

«Ich muss gleich zu meinem Scheidungsanwalt.»

«Und das ist wichtiger als ein Mord?»

«Wenn ich mich nicht bald scheiden lasse, begehe ich selbst einen an meiner Frau.» Hannemann trat aus der Kirchenbank, um zu gehen, aber Angela stellte sich ihm in den Weg: «So einen Termin kann man ja wohl mal verschieben.»

«Nicht, wenn der Anwalt danach für sechs Wochen in seine Finca nach Mallorca fliegt. Scheidungsanwalt müsste man sein …»

«Ihr Privatleben kann doch nicht vor den Dienst gehen», empörte sich Angela. Sie hätte niemals für einen privaten Termin einen beruflichen ausfallen lassen. Selbst an ihrem 66. Geburtstag hatte sie beim EU-Sondergipfel um Mitternacht mit Emmanuel Macron und Giuseppe Conte verhandelt, obwohl sie lieber mit Achim an

182

der Hotelbar einen kleinen Schampus getrunken hätte. Immerhin hatten Macron und Conte extra einen Strauß mit 66 Rosen für sie mitgebracht.

«Wenn das hier wichtig wäre», sagte Hannemann, «würde ich es mir auch überlegen.»

«Ein Mord ist wichtig!»

«Es war ein Selbstmord. Wie bei Philipp von Baugenwitz.»

«Zwei Selbstmorde in so kurzer Zeit, kommt Ihnen das denn gar nicht verdächtig vor?»

«Hören Sie, ich verstehe ja, dass Sie sich in der Rente langweilen», sagte Hannemann herablassend.

«Wie bitte?» Angela glaubte, sich verhört zu haben.

«Es ist bestimmt nicht einfach, mit dem Bedeutungsverlust umzugehen.»

«Bedeutungsverlust?»

«Na, Sie haben ja keine Position mehr, und jetzt interessiert sich niemand mehr für Sie.»

Angela konnte es nicht fassen.

«Als unser Bürgermeister nach zwanzig Jahre in Rente ging, musste er auch feststellen, dass alle immer nett zu ihm gewesen waren, weil sie etwas von ihm wollten. Das hat ihn auch fertiggemacht. Aber hat er sich etwa irgendwelche Mordfälle ausgedacht?»

«Ich denke mir keine Mordfälle aus!»

«Nein, hat er nicht. Nach dem ersten Frust hat er sich ein Hobby zugelegt. Er beobachtet Vögel. Die findet er jetzt viel netter als die Menschen. Sollten Sie auch mal machen.»

«Ich werde ganz gewiss keine Vögel beobachten.»

«Wir haben in der Gegend auch viele Frösche.»

«Auch keine Frösche.»

«Bäume? Die kann man sogar umarmen.»

Angela hätte ihn am liebsten geohrfeigt. Sie war es gewöhnt, dass Typen wie Trump, Orban und Putin unverschämt waren, aber nicht, dass so ein kleiner Hanswurst es wagte, nur weil sie nicht mehr die Autorität des Amtes besaß.

«Wie dem auch sei», ging Hannemann um sie herum, «ich gehe jetzt zu meinem Anwalt, und dann fülle ich den Bericht für den Selbstmord aus …»

«Wie oft denn noch: Das war kein Selbstmord!»

«Ich will nichts mehr von diesem Unsinn hören!», sagte Hannemann nun ganz und gar nicht mehr seufzend. «Schon gar nicht von einer alten Frau, die nicht weiß, wohin mit sich!»

Angela hielt sich mit dem Ohrfeigen gerade noch zurück und bemühte sich, im Sinne der Sache wieder konstruktiv zu werden: «Werden Sie wenigstens den Pastor noch vernehmen?»

«Ja, ja, natürlich, wenn's passt …», antwortete der Kommissar im Gehen. Angela blickte ihm nach. Sie wusste, dass er nichts davon tun würde. Genauso gut hätte er sagen können: Ich bilde einen Arbeitskreis. Sie wusste, dass es sinnlos war, von diesem Mann noch irgendetwas zu erwarten.

«Soll ich ihm eine nuschen?», fragte Mike.

Am liebsten hätte Angela ‹sehr gerne› geantwortet, doch sie wusste natürlich, dass das keine Lösung war. Deshalb schüttelte sie nur den Kopf, während Hannemann die Kirche verließ.

Genau in diese Schweigepause hinein hörten sie eine weibliche Stimme: «Ich möchte ihm auch oft gerne eine ballern.»

Alle sahen zur Seitentür, aus der etwa eine halbe Stunde zuvor die schwarze Gestalt geflohen war. Sie war wieder offen, und Lena, in Polizeiuniform, war eingetreten.

«Sie haben die Tür aufbekommen?», fragte Angela.

«Der Schlüssel steckte noch von der anderen Seite», antwortete Lena und warf Mike ein kleines Lächeln zu. Der lächelte ebenso unsicher wie verknallt zurück.

Wenigstens zwei, die lächeln konnten, dachte Angela. Sie war jetzt mehr wütend auf sich als auf Hannemann: Hätte sie als Detektivin besser gearbeitet, hätte sie sich von diesem Hampel nicht abkanzeln lassen müssen.

«Wir sollten hier zur Seite raus», sagte Lena mit dem Blick auf die Tür. «Der Reporter vom Templiner Käseblatt ist angekommen und steht vor der Eingangstür. Bevor er Sie hier sieht, sollten Sie verschwinden.»

«Guter Plan», sagte Achim und nahm Putin, der verdächtig an einer Jesus-Statue schnüffelte, auf den Arm. Mike ging zu Lena und fragte sie: «Hinter der Kirche ist niemand?»

«Nein, da könnt ihr ohne Probleme verschwinden.»

«Sehr gut.»

«Hast du heute Abend wieder Zeit?», fragte Lena. Mike schien etwas überrumpelt zu sein, so eine Frage im Dienst zu hören, und sagte: «Ja, ich denke schon.»

«Dann lass uns baden gehen. Im See.»

Mike schaute unwillkürlich auf seinen Bauch.

Lena klopfte lachend dagegen und sagte: «Beim Schwimmen trainiert man Pfunde ab.»

«Ich … ich habe aber keine Badehose.»

«Ist nicht nötig.»

«Nicht?», fragte Mike, aber die Röte, die in seinem Gesicht aufstieg, verriet, dass er genau verstand, was Lena meinte.

«Nein.» Die Polizistin hatte Spaß daran, ihn erröten zu lassen, und bedeutete allen mit einem Winken, ihr zum Seitenausgang zu folgen.

«Hach, FKK», sagte Achim zu Angela, «das haben wir beide in unserer Jugend in der DDR auch immer gemacht.»

Lena und Mike starrten mit offenem Mund zu Achim und Angela. Ganz offensichtlich wehrten sich ihre Hirne mit aller Macht, das Gehörte in Bilder umzuwandeln.

«Könnten wir jetzt bitte wieder professionell werden?», fragte Angela.

«Ja, gerne!», riefen Lena und Mike gleichzeitig aus.

«Ich habe doch nur in Erinnerungen geschwelgt», brummelte Achim und trat mit Mike und Lena durch den Ausgang ins Freie. Nur Angela blieb stehen und betrachtete die Tür genauer: Beim Versuch, sie zu öffnen, hatte Mike das Holz eingetreten. Der herausgebrochene Spalt, der dabei entstanden war, sah fast so aus wie jener in der Tür zum Schlossverlies.

Angela wusste nicht, was das für ihre Ermittlung bedeuten sollte, ahnte nur, dass es ein Hinweis dafür sein könnte, warum die Tür des Weinkellers von innen verschlossen gewesen war. Dieses Rätsel, so nahm sie sich vor, würde sie heute noch lösen! Es war nun endgültig an der Zeit, als Detektivin entschlossener aufzutreten. Nur so würde sie die Mörderin entlarven, egal wie gerissen sie auch war. Sie musste ziemlich raffiniert sein, denn sie hatte es geschafft, sowohl den Mord an Philipp wie einen Selbstmord aussehen zu lassen als auch den an Alexa von Baugenwitz wie eine Wiederholung der Geschichte aus dem 17. Jahrhundert.

Sie musste es einfach dem Kommissar zeigen!

Und der ganzen Welt, dass sie in Rente noch zu etwas Nutze war!

Vor allem wollte sie sich das selber zeigen!

32

«Kannst du bitte etwas langsamer gehen?», flehte Achim. «Kann ich nicht», antwortete Angela, während sie sich mit entschlossenen Schritten dem Schloss näherte, das in der Morgensonne lag.

«Putin wird langsam echt schwer!»

«Gib ihn Mike!»

«Das», protestierte Mike mit Blick auf den sabbernden Mops, «steht nicht in meiner Stellenbeschreibung.»

«Sie haben doch nur Angst», sagte Achim, «dass er Ihr Sakko ruiniert.»

«Ja, natürlich habe ich das, was denken Sie denn?»

«Ihr beide könnt gerne nach Hause gehen», sagte Angela unwirsch.

«Ich darf Sie aber nicht alleine lassen», erwiderte Mike.

«Ich auch nicht, in deinem Zustand», ergänzte Achim.

«Meinem Zustand? Was soll das denn heißen?», wurde Angela noch unwirscher.

«Nichts, nichts», wiegelte Achim ab. Wenn seine Angela einmal so richtig in Fahrt war, konnte man schnell zum Kollateralschaden werden.

«Was machen wir schon wieder hier?», fragte Mike.

«Wir ziehen die Samthandschuhe aus», verkündete Angela.

«Oje», meinte Achim.

«Wie meinst du das?»

Achim zögerte.

«Ich habe dich was gefragt.»

«Immer wenn du so aufgewühlt handelst, hast du nur in 23,8 Prozent der Fälle Erfolg.»

«Und was passiert dann?», fragte Mike.

«Ich sage nur Energiewende», antwortete Achim.

«Verstehe.»

«Ich werde mir jetzt Katharina von Baugenwitz vornehmen», erklärte Angela und steuerte entschieden auf den Haupteingang zu.

Doch Mike stellte sich ihr in den Weg: «Sie begeben sich immer mehr in Gefahr. Wir wissen ja jetzt, dass es wirklich einen Mörder gibt, auch wenn es der Knallkopf von einem Kommissar nicht wahrhaben will. Ich werde Verstärkung für Ihren Personenschutz anfordern.»

«Das werden Sie nicht!», sagte Angela, während Mike sein Handy zuckte. «Ich will nicht noch mehr Wachhunde.»

«Aber ...»

«Und ich will nicht, dass die Presse auf den Gedanken kommt, ich wäre in Gefahr.»

«Aber ...»

«Und falls Sie jetzt tatsächlich diesen Anruf tätigen, dann werde ich auch einen tätigen und Sie versetzen lassen.»

Das traf Mike.

«Und zwar noch heute vor dem Date.»

Das traf Mike noch härter. Und dennoch sagte er: «Es ist aber meine Pflicht.»

«Sie sind mir weisungsgebunden!»

Mike trat ein paar Schritte zurück und antwortete bitter: «Ja, das bin ich.»

«Das war», raunte Achim seiner Frau zu, «jetzt etwas harsch.»

Angela betrachtete Mike: Ja, sie hatte ihm unrecht getan. Der gute Mann wollte doch nur seinen Job machen. Und dennoch war sie viel zu sehr in Fahrt, um sich jetzt bei ihm zu entschuldigen. Das würde sie später tun, wenn sie sich Katharina von Baugenwitz vorgeknöpft hatte, die für sie jetzt die Hauptverdächtige war. Irgendetwas konnte mit ihrem Alibi nicht stimmen. Da gab es bestimmt noch irgendwo Spielräume. Die Schlossverwalterin hatte als Gehörnte am meisten Grund, Philipp und Alexa zu hassen. Außerdem bedeutete ihr die Historie der Familie von Baugenwitz so viel mehr als allen anderen Menschen auf diesem Planeten. Vielleicht so viel, dass ihr zuzutrauen wäre, die Geschichte von Adelheid und Balduin damals mit ihren Morden von heute zu imitieren.

«Wenn du in so einer Stimmung bist», sagte Achim, «sinken deine Erfolgschancen auf 17,1 Prozent.»

«Achim, halt die Klappe!»

«Und wenn es so schlimm ist, dass du mich sogar anpflaumst, auf 13,5 Prozent.»

Angela atmete tief durch: Achim hatte recht. Auch bei ihm müsste sie sich für ihr Verhalten entschuldigen. Nachher. Sie sah von ihrem Mann weg, und ihr Blick fiel auf einen roten Tesla, ganz offensichtlich der Wagen des texanischen Investors. Vermutlich schlief er noch. Als Täter kam er jedenfalls nicht in Frage. Das Schloss konnte er nun mal nicht kaufen, wenn Alexa tot war. Ein Verbrechen aus Leidenschaft käme ebenfalls nicht in Frage, er galt weltweit als Playboy, der die Frauen wechselte wie Boris Johnson seine Kabinettsmitglieder.

«Was machen Sie schon wieder hier?», rief Katharina von Baugenwitz, die aus dem Schloss auf sie zugestürmt kam. «Ist Ihnen denn keine Trauer heilig?»

Angela bezweifelte, dass Katharina besonders traurig war. Entschlossen und direkt, ganz so, wie sie es sich vorgenommen hatte, fragte sie die Verwalterin: «Wo waren Sie heute Morgen um sechs Uhr?»

«Wie bitte?», antwortete Katharina empört.

«Sie haben mich schon verstanden.»

Die beiden Frauen funkelten sich an.

Und hinter Angela sagte Achim leise: «7,9 Prozent.»

«Was bilden Sie sich eigentlich ein», fauchte Katharina, «mich so etwas zu fragen?»

«Wieso antworten Sie nicht? Haben Sie etwas zu verbergen?»

«Hier gab es zwei Selbstmorde. Ich bin in Trauer. Und Sie behandeln mich wie eine Täterin?»

«5,6 Prozent», hörte man Achim vor sich hinmurmeln.

«Das waren keine Selbstmorde», stellte Angela klar. «In der Kirche war eine Person, die von Kopf bis Fuß in Schwarz gekleidet war. Wir haben sie nur schemenhaft sehen können. Aber es ist klar, dass Alexa vom Dach gestoßen wurde!»

Katharina wurde mit einem Schlag bleich.

«Also, wo waren Sie heute um sechs?»

Die Verwalterin wankte regelrecht: «Wenn ich verrate, wo ich um sechs Uhr war, verziehen Sie sich dann?»

«Wenn die Antwort mich überzeugt.»

«Ich war bei Angela Kessler.»

«Und was haben Sie besprochen?»

«Sie ist mit der Pacht in Verzug.»

«Sie hat Schulden bei der Schlossverwaltung?»

«Ich bin jetzt wirklich nicht in der Lage, darüber zu sprechen», wandte sich Katharina ab. Die Frau war kreidebleich. So wie gestern, als Angela sie und Alexa von Baugenwitz auf das α angesprochen hatte. Nun war eine von ihnen ermordet worden, und die andere hatte für die Nacht, in der Philipp gestorben war, ein Alibi und behauptete, auch für die Tatzeit des zweiten Mordes eins zu haben. Vielleicht sprach also doch nicht alles für die These, dass Katharina die Mörderin war?

Auf jeden Fall wollte Angela die Schlossverwalterin nicht einfach so von der Angel lassen. Sie würde hartnäckig sein müssen. Also auf genau jene Weise am Ball bleiben, bei der sie nicht 5,6 Prozent Erfolgschance hatte, sondern ihre üblichen 81,4. So deutete Angela auf das α, das sie gestern in den Kies gemalt hatte, und sagte: «Sie wissen, wen Philipp damit meinte.»

Es war erstaunlich, wie viel Farbe aus einem bereits bleichen Gesicht weichen konnte.

«Wen?», hakte Angela nach.

«Ich … habe keine Ahnung, wovon Sie sprechen. Hören Sie, es geht mir nicht gut, ich muss mich hinlegen», brachte Katharina noch heraus, drehte sich um und verschwand im Schloss. Und Angela dachte: Vielleicht ist sie nicht die Täterin, aber sie weiß etwas.

«Das war alles eine Show», sagte Achim.

«Was?»

«Sie ist die Mörderin, keine Frage.»

«Nun, das ist ganz einfach zu überprüfen. Wisst ihr, was wir jetzt machen?»

«Nach Hause gehen und Putin ablegen?», hoffte Achim.

«Uns nicht weiter in Gefahr bringen?», schlug Mike vor.

«Beides nicht.»

«Warum überrascht mich das nicht?», seufzte der Personenschützer, schon fast wie Hannemann.

«Weil meine Frau einen stets überraschen kann», sagte Achim nicht ohne Stolz.

«Aber sie hat mich doch gar nicht überrascht?»

«Sie wird es aber gewiss tun mit dem, was sie gleich sagt.»

«Wir gehen zu einem Bauernhof», lächelte Angela.

«Bauernhof?», staunte Mike.

«Was habe ich gesagt?», grinste Achim ihn an.

«Was zum Teufel wollen Sie auf einem Bauernhof?», fragte Mike.

«Katharinas Alibi für den heutigen Morgen überprüfen!»

33

Angela und Mike wanderten über eins der vielen Felder, die zu den Liegenschaften des Schlosses gehörten. Achim war mittlerweile mit Putin nach Hause gegangen, da der Mops sein morgendliches Futter benötigte, ein Hund sollte sich nun mal nicht allein von Leckerlis ernähren.

«Warum», klagte Mike über die sommerlichen Temperaturen, «ist die Dienstkleidung von uns Personenschützern eigentlich schwarz?»

«Die Damen von Gaddafis Leibwache haben bauchfrei getragen», erwiderte Angela.

«Das wollen Sie bei mir nicht sehen.»

«Ach kommen Sie, Sie werden Lena schon gefallen.»

Mike wurde rot.

«Und ich schätze mal, Lena auch Ihnen.»

Mike wurde noch röter.

Es bereitete Angela viel zu viel Spaß, den armen Mann zu verunsichern. Sie nahm sich vor, es nicht zu weit zu treiben. Später! Jetzt sagte sie: «Sie müssen sich daran gewöhnen: Wir Ost-Frauen ergreifen gerne die Initiative.»

Nun bekam Mikes ohnehin schon rotes Gesicht dunkelrote Flecken. Unter anderen Umständen hätte Angela ein kleines Experiment veranstaltet, um herauszufinden, wie viele Rot-Schattierungen man in Mikes Gesicht hervorrufen konnte. Aber sie war ja hier, um sich jene Frau vorzuknöpfen, die gerade fünfzig Meter entfernt mit ihrem Trecker das Feld pflügte.

«Hallo!», rief Angela über den Traktorenlärm ihrer Namensvetterin zu, stellte sich auf das Feld und winkte dabei heftig. Die Landwirtin winkte aber weder zurück, noch grüßte sie. Stattdessen fuhr sie ungebremst auf Angela zu. Immerhin beschleunigte sie nicht.

«Passen Sie auf, dass Sie nicht überfahren werden», warnte Mike.

«Das wird schon nicht passieren.»

«Berühmte letzte Worte.»

«Ich würde mir sehr wünschen, dass Sie das in meiner Anwesenheit nicht mehr sagen.»

Der Traktor kam immer näher, und die Landwirtin machte keinerlei Anstalten, langsamer zu fahren. Auch nicht, als sie nur noch zehn Meter entfernt war. Die Genugtuung auszuweichen wollte Angela ihr jedoch nicht geben. Sie stellte sich fest auf den Ackergrund und erinnerte in ihrer Entschlossenheit an Gary Cooper in dem Westernklassiker *Zwölf Uhr mittags*, wenn denn Gary Cooper eine schwarze Stoffhose und einen Blazer in Magenta getragen hätte.

Angela konnte jetzt das Weiße in den Augen der Landwirtin sehen und auch deren angewiderten Gesichtsausdruck. Sie selbst setzte ein Pokerface auf, das an Doc Holliday in dem Westernklassiker *Zwei rechnen ab* erinnerte, wenn denn Doc Holliday bei seinen Poker-Partien die Hände ebenfalls zu einer Raute geformt hätte, um sich zu erden.

Der Traktor war jetzt nur noch fünf Meter entfernt. Mike nestelte an seiner Pistole, gewiss würde er sie gleich zücken und sich vor den Traktor stellen. Dies zu verhindern, wäre ein guter Grund für Angela gewesen, aus dem Weg zu gehen. Doch sie wollte auf keinen Fall Schwäche zeigen.

Die beiden Damen schauten sich jetzt nicht nur in die Augen, sie führten ein regelrechtes Blick-Duell, bei dem Angela sich an Burt Lancaster vor der Schießerei in *Zwei rechnen ab* erinnerte.

Wie Burt Lancaster gewann auch Angela ihr Duell, nur ohne Schusswechsel: Die Landwirtin brachte den Traktor knapp vor Angela zum Stehen. Sie war verärgert, weil sie ihr Pflügen unterbrechen musste, mehr aber noch, weil sie das Blick-Duell verloren hatte.

«Was wollen Sie hier?»

«Mich mit Ihnen unterhalten.»

«Ich muss arbeiten.»

«Ich kann mich zu Ihnen auf den Traktor setzen.»

Die andere Angela hatte in ihrem Leben sicherlich schon mal begeisterter ausgesehen.

«Dann muss ich», grummelte Mike, «auch mitfahren.»

«Glauben Sie etwa, ich tue Ihrer Kanzlerin was an?»

«Exkanzlerin», korrigierte Angela.

«Meine Aufgabe», sagte Mike, «ist nun mal der Personenschutz.»

«Dann laufen Sie doch hinterher», erwiderte die Landwirtin.

Angela kletterte auf den Traktor und bat ihren Personenschützer: «Tun Sie bitte, was sie sagt.»

Bevor sich die Exkanzlerin richtig hinsetzen konnte, startete die andere jedoch den Trecker schon wieder. Beinahe wäre Angela heruntergefallen – ein Resultat, das die Landwirtin ganz offensichtlich nicht nur billigend in Kauf genommen, sondern erhofft hatte. Aber Angela hatte auf Staatsreisen schon Ausritte auf Kamelen und Elefanten absolvieren müssen, ein losfahrender Traktor war im Vergleich dazu eine einfache Übung. Sie nahm ihren Platz neben der Frau ein, während diese das Gefährt wendete, um die nächste Furche zu ziehen. Mike stiefelte hinterher, atmete die Abgase ein und murmelte: «Diese Uckermark ist schlimmer als Bagdad.»

«Also», fragte die Landwirtin, ohne Angela auch nur eines Blickes zu würdigen, «was wollen Sie von mir?»

«Alexa von Baugenwitz wurde heute Morgen ermordet.»

«Heilige Scheiße!» Der Ausruf klang weder nach Trauer noch danach, dass sie von der Tat bereits gewusst hatte. «Weiß man schon, wer es war?»

«Das versuche ich gerade herauszufinden.»

«Sie?» Jetzt sah die Landwirtin Angela doch an und grinste.

«Ja, ich.»

«Sie überschätzen sich ja wohl in allem», lachte die Landwirtin.

Die Bemerkung traf Angela. Erst hatte sie sich Kommissar Hannemanns herablassende Art gefallen lassen müssen, jetzt hielt diese Frau sie auch noch für lächerlich. Sie würde es den beiden schon zeigen!

«Ich glaube, dass auch Philipp von Baugenwitz ermordet worden ist.»

«Würde mich nicht wundern.»

«Nicht?», staunte Angela. Die Landwirtin war die erste Verdächtige, die die Mordthese nicht sofort zurückwies.

«Der hat ja jede Frau hier durchs Bett geschleust.»

«Philipp von Baugenrammler», murmelte Mike hinter ihnen zwischen zwei Hustern.

«Dabei war es ihm völlig egal, ob er die Gefühle der Frauen verletzte.»

«Hat er auch Ihre verletzt?», wollte Angela wissen. Die andere Angela stellte abrupt den Trecker ab. Beinahe wäre Mike in ihn hineingelaufen.

«Steigen Sie ab.»

«Ich nehme mal an, das heißt ‹Ja, ich hatte auch ein Verhältnis mit ihm›.» Angela sah keinen Grund, die Gefühle dieser Frau zu schonen.

«Ich hab gesagt: Steigen Sie ab!»

«Nur wenn Sie mir noch eine Frage beantworten.»

«Ich kann Sie auch runterschubsen.»

«Das wird Mike nicht gefallen.»

«Der soll es nur wagen, mich anzupacken!», hielt sie Mike drohend die Faust hin. Und der seufzte: «Ich schreibe nachher meinen Versetzungsantrag.»

Angela ließ nicht locker: «Haben Sie sich heute Morgen mit Katharina von Baugenwitz getroffen?»

«Ja, die blöde Kuh ist gekommen, um mir zu sagen, dass wir Landwirte gefälligst von Philipps Begräbnis wegbleiben sollen.»

Damit war das Alibi der Schlossverwalterin bestätigt. Und zugleich auch ausgeschlossen, dass die Landwirtin selber etwas mit dem Mord an Alexa von Baugenwitz zu tun haben könnte, egal wie sehr der Freiherr auch ihr Herz gebrochen hatte. Mehr hatte Angela nicht herausfinden wollen, es gab also keinen Grund, noch länger hierzubleiben. Doch kaum hatte sie sich vom Sitz erhoben, fragte die Landwirtin: «Soll ich Ihnen sagen, wer die beiden umgebracht hat?»

Am liebsten hätte Angela ‹Nein, natürlich nicht. Meine Fragen habe ich alle nur zum Spaß gestellt› geantwortet, sie biss sich aber auf die Zunge und fragte: «Wer?»

«Die schwarze Schlampe.»

«Reden Sie nicht so über Marie.»

«Ich rede, wie mir der Schnabel gewachsen ist.»

«Widerlich krumm ist er gewachsen.»

«Wollen Sie jetzt wissen, was Sache ist, oder nicht?»

«Reden Sie weiter», zischte Angela.

«Er hat mich für sie sitzengelassen.»

«Er hat Ihnen also doch das Herz gebrochen», merkte Angela an und schwang sich vom Trecker. Die Nähe zu dieser unausstehlichen Frau war ihr unangenehm.

«Es geht nicht um mich. Es geht um die Schwatte. Die hat nicht verhütet, und Philipp hielt nichts von Kondomen. Kaum hatte sie ihm gestanden, dass in ihrem Bauch ein Blag von ihm wächst, hatte er jeglichen Kontakt zu ihr abgebrochen und die Vaterschaft abgestritten. Und seine Anwälte haben ihr gleich mal klargemacht, dass er auch nicht für einen Vaterschaftstest zur Verfügung steht. Er lebte also weiter in Saus und Braus, und sie kann als Hartz-IV-Empfängerin sehen, wo sie bleibt. Und damit nicht genug: Sie hat versucht, sich umzubringen. Hat aber nicht geklappt.»

Das ‹leider› musste diese ganz offensichtlich auf Marie eifersüchtige Frau nicht aussprechen, das hörte man auch so. Am liebsten hätte Angela ihre Namensbase geohrfeigt. In solchen Fällen half nur die Raute. Auf diese Weise geerdet, verdampfte die Wut, und Angela empfand sofort Mitleid für Marie. Sie hatte sich das Leben nehmen wollen, so wie ihre geliebte Ersatzmutter. Wie einsam und verzweifelt hatte Marie sein müssen?

«Danach», hetzte die Frau weiter, «hat sie wohl klarer gedacht und festgestellt, dass es besser ist, ihn zu töten. Und seine Alte gleich mit.»

«Ich höre mir diese widerwärtigen Verdächtigungen nicht mehr länger an.» Angela wandte sich zum Gehen.

«Wissen Sie, was der Fehler von euch Gutmenschen ist?», rief die Bäuerin ihr nach.

«Dass wir Leuten wie Ihnen überhaupt zuhören?»

«Dass ihr vor lauter politischer Korrektheit die Wahrheit nicht erkennen wollt», blaffte die andere und startete ihren Trecker so, dass Angela und Mike gleich mehrere Abgaswolken ins Gesicht bekamen und husten mussten. Dann erst brauste sie davon, um weiter ihre Furchen zu ziehen.

«Ich sage es ja nur ungern», keuchte Mike, als er wieder zu Atem kam, «diese Frau hat vermutlich recht.»

«Wie bitte?», hustete Angela.

«Marie hat ein Motiv. Sie hatte sich umbringen wollen, also war sie so tief verletzt, dass sie zu allem fähig war.»

«Keine voreiligen Schlüsse ziehen.»

«Was ist denn daran voreilig? Wer bleibt denn als möglicher Täter noch übrig?»

Angela überlegte krampfhaft: Alle Verdächtigen außer Marie besaßen ein Alibi. Es konnte also doch nur sie sein. Es sei denn …:

«Die Bäuerin führt uns absichtlich auf die falsche Fährte, um von sich abzulenken.»

«Sie hat doch für heute Morgen auch ein Alibi. Sie und die Schlossverwalterin haben sich ja getroffen.»

«Moment mal, hat sie nicht eben gerade gesagt, Katharina sei gekommen, um ihr zu sagen, dass sie und die anderen Landwirte nicht bei Philipps Begräbnis auftauchen sollen?»

«Ja, und?», fragte Mike.

«Katharina hat uns erzählt, dass sie hingegangen ist, weil sie über die Pacht reden wollte.»

«Vielleicht war es der Bitch peinlich zu sagen, dass sie Schulden hat.»

«Ja, vielleicht», sagte Angela, war jedoch viel zu misstrauisch, um davon überzeugt zu sein. Sie ging eine Weile grübelnd neben Mike. Als sie das Feld verließen, fragte sie: «Und was ist, wenn sie mit der Schlossverwalterin zusammenarbeitet?»

«Katharina hat auch für den ersten Mord ein Alibi», erwiderte Mike.

«Das hat Lena ihr gegeben.»

«Eben.»

«Kennen Sie *Mord im Orient-Express* von Agatha Christie?»

«Nein, ich schaue mir nur Actionfilme an.»

«Es ist auch ein Buch.»

«Schön», sagte Mike, und Angela begriff, dass Bücher nicht unbedingt das Zerstreuungsmedium seiner Wahl waren. Sie erklärte ihm: «Am Ende des Romans stellt sich heraus, dass alle zwölf Verdächtigen die Tat gemeinsam begangen haben.»

«Und Sie meinen, dass Lena bei so was mitmachen würde?» In

Mikes Gesicht zog wieder Röte auf, doch diesmal war es Empörung.

«Es könnte doch sein. Der Freiherr hat ihre Sportkarriere zerstört. Vielleicht haben die drei Frauen sich zusammengetan, um sich für all ihr Leid, das er verursacht hat, zu rächen. Und jetzt, da Alexa sie verraten wollte, haben sie die auch aus dem Weg geräumt. Und zu dem Pakt gehört, dass sich alle gegenseitig Alibis geben.»

«Wissen Sie was?», sagte Mike in einem Ton, den man gegenüber einer Vorgesetzten nicht anschlagen sollte, wobei die Hitze, die Dieselabgase und die Tatsache, dass er gerade drauf und dran war, sich in eine der Verdächtigen zu verlieben, als mildernde Umstände zu werten waren.

«Was?», fragte Angela vorsichtig.

«Sie sollten aufhören mit Ihrem Detektivspiel.»

«Das haben Sie nicht zu bestimmen.»

«Sie sind doch noch kein bisschen vorangekommen!»

«Ich habe Informationen gesammelt.»

«Die nur zu albernen Thesen führen.»

«Die sind nicht albern.»

«*Mord im Orient-Express*, ich bitte Sie!»

Ausgesprochen von Mike, klang dies nun auch für Angela etwas weit hergeholt. Aber die Alternative war nun mal, dass Marie die Täterin sein musste. Und das konnte sich Angela einfach nicht vorstellen. Ihre Menschenkenntnis konnte sie doch nicht so sehr trügen. Oder?

«Sie können sich überlegen», setzte Mike nach. «Entweder hören Sie auf, sich mit Ihren Amateurermittlungen in Gefahr zu bringen, oder ich kündige wirklich.»

Das war für Angela ein Schlag in die Magengrube. So hatte noch nie ein Untergebener, jedenfalls keiner, an dem ihr etwas lag, mit ihr geredet. Dennoch: Aufgeben kam für sie nicht in Frage. Mike zu verlieren allerdings auch nicht. Er hatte ja mit einem recht: Langsam müsste sie Ergebnisse liefern, wenn irgendjemand, inklusive ihrer selbst, sie als Detektivin ernst nehmen sollte.

Eins hatte Angela in der Politik gelernt: Wenn man bei einem Problem nicht weiterkam, musste man es von einer anderen Seite beleuchten. Zum Beispiel: Was will der russische Präsident wirklich, wenn er bei den Syrien-Friedensverhandlungen erscheint, denn um Frieden geht es ihm ja wohl kaum? Oder: Wenn G7-Gipfel immer schlecht enden, kann man dann nicht einfach auf sie verzichten? Oder: Wenn das Essen in der Kanzleramtskantine trotz aller Beschwerden nicht besser wird, kennt vielleicht einer der Praktikanten einen guten Lieferservice? Wenn einen also die Frage ‹Wer war die Mörderin?› nicht weiterbringt, wie wäre es mit der Frage nach dem ‹Wie hat sie es getan?›?

Angela wandte sich also an Mike: «Was halten Sie davon, wenn Sie mir noch bis mittags Zeit geben?»

«Und was dann?»

«Wenn ich bis dahin nichts herausgefunden habe, beende ich meine Ermittlung.»

«Einverstanden», antwortete Mike erleichtert. Ganz offensichtlich ging er davon aus, dass Angela keinen Erfolg haben würde, sie daher seine Lena endlich in Frieden ließe und er seinen Job wieder etwas ruhiger angehen lassen könne.

«Kommen Sie», machte sich Angela nun mit ihm auf den Weg, während im Hintergrund die andere Angela ihre Bahnen zog. Dabei war sich die ehemalige Kanzlerin plötzlich selbst unsicher: Würde sie wirklich in den nächsten Stunden herausfinden, wie Philipp von Baugenwitz in dem abgeschlossenen Weinkeller ermordet worden war? Oder müsste sie sich eingestehen, doch nur eine ganz normale Rentnerin zu sein, die sich verhoben hatte?

34

Angela und Mike betraten zum zweiten Mal an diesem Vormittag den Schlossplatz. Diesmal kam ihnen keine aufbrausende Verwalterin entgegen. Auch der rote Tesla des amerikanischen Investors war nirgends zu sehen. Einzig und allein Pia hockte am Brunnen, mit Sonnenbrille über den Augen und einem Pappbecher in der rechten Hand. Der Duft von Kaffee wehte herüber. Und auch noch ein anderer Duft.

«Hier riecht es nach Joint», stellte Mike fest.

«Wie in so manchen Abgeordneten-Büros des Bundestages», bekräftigte Angela.

«Bei den Grünen?»

«Zieht sich durch alle Fraktionen.»

«Hätte ich mir eigentlich denken können.»

Die beiden gingen auf das blauhaarige Teenagermädchen zu. Die nahm den Stummel ihres Joints, der neben ihr auf einer der Brunnenstufen lag, zog noch mal dran und warf ihn dann über die Schulter hoch in den Brunnen.

«Na», raunte Mike zu Angela, «das werden mal entspannte Fische sein.»

Pia schaute zu ihnen hoch, ohne Anstalten zu machen aufzustehen, nahm noch einen Schluck Kaffee und sagte gelangweilt: «Na, sind Sie zur Abwechslung mal wieder da, um Beileid zu bekunden?»

«Möchtest du es denn hören?», fragte Angela.

«Ich mochte Alexa noch nie.»

«Gibt es überhaupt jemanden, den du magst?»

«Hier oder sonst wo?»

«Erst mal hier.»

«Nein.»

«Sonst wo?»

«Nein.»

«Du», sagte Mike, «bist ja ein echter Sonnenschein.»

«Meinen Fans gefällt meine Art.»

«Fans?»

«Sie ist Influencerin», erklärte Angela.

«Macht sie Werbung für schlechte Laune?»

«Hey, hat euch Alten niemand beigebracht, dass es unhöflich ist, in der dritten Person über jemanden zu reden, der genau vor euch hockt?»

«Verzeihung», sagte Angela.

Pia nahm einen weiteren Schluck.

«Eigentlich», stellte Angela fest, «müsstest du jetzt so etwas sagen wie: Schon in Ordnung.»

«Wollen Sie mich erziehen? Da haben sich schon ganz andere die Zähne ausgebissen.»

«Keine Sorge, das will ich nicht.» Angela blickte zu der Stelle, wo keine zwei Stunden zuvor der Tesla des Texaners gestanden hatte, und fragte: «Kommt Wood noch mal wieder?»

«Nachdem er von Alexas Tod gehört hat, ist er sofort los zum Flugplatz und sitzt jetzt bestimmt schon in seinem Privatjet über dem Atlantik.»

Für Angela machte das Sinn: Der Investor hatte sich aus dem Staub gemacht, um in der Presse nicht mit dem Tod von Alexa von Baugenwitz in Verbindung gebracht zu werden. Das wäre für den Aktienkurs seines Unternehmens bestimmt schädlich gewesen.

«Ist deine Mutter da?»

«Die ist zum Bahnhof nach Templin, um den Notar abzuholen.»

Dank der turbulenten Ereignisse des Vormittags hatte sich Angela noch keine Gedanken gemacht, wer jetzt die Besitztümer erben würde. Alexa hatte alles von dem toten Freiherrn geerbt. So weit, so klar. Doch wer würde das Schloss von ihr erben? Es müsste ja eine Verwandte von Alexa sein. Doch keine einzige der von Angela bisher verdächtigten Personen war mit der ehemaligen Schauspielerin familiär verbunden. Und es war völlig ausgeschlossen, dass eine von ihnen sich als lang verschollene Schwester, Tante oder Mutter Alexas entpuppen würde, von deren Existenz niemand bisher geahnt hatte. So etwas gab es nur in den Telenovelas, die sich Ursula von der Leyen so gern zur Entspannung ansah. Also entweder hatte Angela die ganze Zeit völlig falschgelegen und die Mörderin – oder war es doch ein Mörder? – würde irgendeine Verwandte Alexas sein, die plötzlich aus der Kiste sprang, oder es war bei den Morden nicht um das Erbe gegangen, sondern um etwas anderes. Wie zum Beispiel Rache. Für dieses Motiv gab es ja mehr als genug Verdächtige, die sich vielleicht sogar wirklich zusammengetan hatten, um sich gegenseitig zu decken. Jedenfalls klang die *Mord im Orient-Express*-These im Vergleich zu der Telenovela-Variante mit einem Male fast schon plausibel.

«Weiß man denn, wer das Schloss jetzt von Alexa erbt?», wollte Angela ganz sichergehen, dass Geld nicht das Motiv sein konnte.

«Na, ich bestimmt nicht.»

Angela war erstaunt, dass Pia diese Wortwahl benutzte. Bisher hatte niemand den Gedanken formuliert, dass sie von den Todesfällen profitieren könnte. Als vorübergehende Stieftochter von Philipp besaß sie keinen Anspruch aufs Erbe. Und zu Alexa von Baugenwitz hatte sie nie in einem Verwandtschaftsverhältnis gestanden. Zudem besaß Pia mit ihrem Live-Video auf Instagram ein wasserdichtes Alibi für den Mord an Philipp von Baugenwitz.

«Wann hast du denn von Alexas Tod heute erfahren?»

«Das ist doch eine ‹Von hinten durch die Brust ins Auge›-Frage.»

«Wie meinst du das?», fragte Angela, die ziemlich genau wusste, was das Mädchen meinte, war diese Frage doch in der Tat dazu gedacht gewesen, eine wesentlich wichtigere vorzubereiten.

«Sie wollen wieder mal wissen, ob ich ein Alibi habe. So wie Sie gestern auch wissen wollten, ob ich eins für Philipps Tod habe.»

«Und hast du eins?», sah Angela keinen Grund, noch weitere ‹Von hinten durch die Brust ins Auge›-Fragen zu stellen.

Pia rappelte sich auf, trank einen letzten Schluck aus ihrem Pappbecher und warf auch den in den Brunnen.

«Hey», rief Mike, «hol das wieder raus.»

«Ich habe Leute für so was.»

«Die armen Fische!» Mike eilte zum Brunnen, krempelte Hemd- und Anzugsjackenärmel hoch, um sowohl Becher und, wo er schon dabei war, auch den Joint herauszufischen.

«Was habe ich gesagt: Ich habe Leute für so was», deutete Pia cool auf Mike. Während der den Teenie wütend anfunkelte, ließ Angela sich nicht ablenken: «Wir waren bei deinem Alibi.»

«Ja, waren wir.»

«Und?»

«Ich hab keins.»

Diese Antwort erstaunte Angela, besonders weil Pia sie mit einem frechen Grinsen betonte. Daher hakte sie nach: «Was hast du denn gemacht?»

«Das war ja mitten in der Nacht. Da penne ich noch.»

Für Angela klang dies plausibel. Sie selbst war zwar in dem Alter ein Mädchen gewesen, das nie Probleme hatte, früh aufzustehen, doch ihre Schulkameradinnen hatten ihr eines Morgens in der zehnten Klasse verschlafen klargemacht, wie sehr ihnen Angelas Motto ‹Der frühe Vogel fängt die gute Note› auf den Wecker fiel. Dennoch: Auch ein plausibles Nicht-Alibi war ein Nicht-Alibi.

«Und bevor Sie fragen», redete Pia weiter, «von so was mache ich keinen Live-Feed. Egal wie sehr mich meine männlichen Fans auch darum bitten.»

Angela betrachtete das Mädchen: Sie zu verdächtigen, würde nur einen Sinn ergeben, wenn sie an einem Komplott beteiligt war. Doch warum sollte sie das sein? Gut, sie hatte ihren ehemaligen Stiefvater verabscheut. Aber wenn Pia jeden umbringen würde, den sie verabscheute, wäre sie bald der einzige Mensch auf Erden. Und dann wäre da noch die Frage, warum die Damen mit den gebrochenen Herzen überhaupt ein Teenagermädchen hinzuziehen sollten. Pia hatte keiner von ihnen ein Alibi gegeben. Nein, die *Mord im Orient-Express*-These war schon abwegig genug mit drei Verschwörerinnen. Da brauchte es nicht noch eine vierte, um sie endgültig ins Absurde abdriften zu lassen.

Wieder einmal also stieß Angela bei der Frage ‹Wer hat es getan?› an ihre Grenzen. Deswegen beschloss sie, ihren ursprünglichen Plan weiterzuverfolgen und sich der Frage ‹Wie wurde es getan?› zu widmen.

«Kannst du uns bitte in das Weinverlies bringen?»

«Wollen Sie sich betrinken? Wenn ja, bin ich dabei.»

«Ein junges Mädchen», sagte Mike, der den nassen Joint in den nassen Pappbecher warf, «sollte vormittags noch nicht trinken.»

«Seh ich aus wie eine, der man mit solchem Schwachsinn kommen kann?»

«Nein», musste Mike einräumen.

«Wir wollen», sagte Angela, «nicht trinken.»

«Schade. Was denn dann?»

«Wir wollen herausfinden, wie ein potenzieller Mörder die Tat begangen haben könnte.»

«Sie haben in der Rente echt nichts zu tun, was?»

Angela gewöhnte sich langsam daran, mit ihren Ermittlungen nicht ernst genommen zu werden. Sie war im Laufe ihres Lebens oft unterschätzt worden, zum Beispiel nachdem Helmut Kohl zurückgetreten war, und es hatte ihr immer geholfen. So konnte es für sie auch als Detektivin sein. Inspektor Columbo oder Miss Marple hatten ja auch immer davon profitiert, dass sie niemand so recht ernst genommen hatte.

«Lässt du uns rein?», bat sie das Mädchen.

«Von mir aus, ich habe eh den ganzen Tag nichts zu tun», setzte sich Pia in Richtung Schlosseingang in Bewegung. Sowohl Angela als auch Mike folgten ihr. Letzterer staunte: «Hast du nicht? Ich dachte, du arbeitest als Influencerin.»

«Eine Stunde am Tag.»

«Eine Stunde, das ist doch keine echte Arbeit.»

«Was verdienen Sie?»

«Das geht dich gar nichts an.»

«Ich mache 40 000 im Monat.»

«40…» Mike verschluckte sich und begann zu husten.

«Der Wert eines Menschen», mischte sich Angela ein, während sie in die kühle muffige Schlosshalle traten, «bemisst sich nicht in Geld.»

«Reden Sie sich das nur ein», sagte Pia.

Angela beschloss, nicht weiter darauf einzugehen und sich lieber auf das Interieur zu konzentrieren. Sie sah sich erneut die Ahnengalerie an. Das Porträt von Balduin dem Schlächter. Von Walter, dem das Gesicht von einem Musketen-Schuss zerfetzt worden war. Besonders interessant war für Angela jenes von Ferdinand von Baugenwitz, der sie an Franz von Papen erinnerte, den letzten Reichskanzler der Weimarer Republik und Wegbereiter Hitlers. Hätte Ferdinand von Baugenwitz damals nicht mit den Nazis kollaboriert, dürften seine Nachfahren heute Anspruch auf Rückgabe von Vermögensgegenständen in Höhe von 200 Millionen Euro erheben. Werte, um die die Schlossverwalterin Katharina vor dem Gericht hatte kämpfen wollen, als sie noch mit Philipp verheiratet gewesen war. Zu einer Zeit, in der sie noch von dem Geldregen hätte profitieren können.

Als alle drei um die Ecke in jenen Gang bogen, in der die angestaubte Büste von General Hindenburg stand, konnte Mike den nassen Becher samt Inhalt in einen Abfallkorb werfen. Er krempelte seine Ärmel herunter und schüttelte dabei erneut den Kopf: «40 000 …»

«In guten Monaten sind es auch schon mal 70 000», sagte Pia weder angeberisch noch provozierend, sondern eher im sachlichen Tonfall einer Wirtschaftsprüferin.

«Irre», schüttelte Mike den Kopf, «einfach irre …»

«Es ist nicht irre, sondern logisch: Ich generiere Umsätze für die Werbeindustrie, und dafür werde ich bezahlt. Das nennt sich Aufmerksamkeits-Ökonomie.»

Angela hielt sich aus dem Gespräch raus. Diesem Mädchen würde sie ohnehin keine Werte mehr beibringen können. Im Vorbeigehen betrachtete sich Angela wieder mal die drei Vitrinen, in denen jeweils eine Waffe lag: Morgenstern, Armbrust und Muskete. Bei dem Kasten mit der Muskete fiel Angela etwas auf. Sie blieb stehen: «Hier, die Waffe von Walter von Baugenwitz.»

«Von wem?», fragte Pia.

«Das weißt du nicht?»

«Mama ist der Geschichtsfreak in der Familie.»

«Bei einem Duell traf ihn eine Kugel, und er starb einen langen, qualvollen Tod.»

«Dumm gelaufen.»

«Das Glas liegt richtig auf», stellte Angela fest.

«Was?», staunte der Personenschützer.

«Gestern lag es leicht schief.»

«Und?»

«Vielleicht hat jemand die Muskete rausgenommen und wieder reingelegt.» Angela betrachtete die Waffe genauer: den silbernen

Lauf, den hölzernen Griff mit den Verzierungen, die geschliffene Zielkimme. Auch Mike beugte sich über den Kasten und sagte:

«Aber sie wurde nicht benutzt. Da sind keine Schmauchspuren zu sehen.»

Tatsächlich war dies verwirrend: Weder bei Alexa noch bei Philipp von Baugenwitz war ein Schuss abgefeuert worden. Und dennoch spürte Angela, dass die Muskete irgendwie mit der Tat im Zusammenhang stehen musste.

Gemeinsam mit den anderen ging sie weiter um die Ecke in jenen kleineren Gang, der zu den Treppen in Richtung Verlies führte. Ihr Blick fiel auf die Chaiselongue, auf der in der Nacht des ersten Mordes Alexa von Baugenwitz vollkommen betrunken gelegen hatte. Laut dachte sie: «Mit Wood hatte sie sich nicht betrunken.»

«Was?», fragte Mike.

«Ich dachte, Alexa wäre eine Alkoholikerin, aber ausgerechnet an dem Tag, an dem ihr Ehemann starb, war sie ganz klar.»

«Sie konnte viel ab», erklärte Pia, «richtig abgeschossen hat sie sich immer nur, wenn sie damit Philipp doof dastehen lassen konnte. Manchmal hat sie auch nur besoffen getan, um ihn vor allen Leuten zu blamieren.»

«Hmm …», sagte Angela, die sich an dem besagten Abend auch gefragt hatte, ob Alexa ihren Zustand nur vorspielte.

«Sie machen sich einen zu großen Kopp», sagte Pia, als sie die verzierte Holztür zu den Stiegen öffnete.

«Ach ja?»

«Kennen Sie das Prinzip von Ockhams Rasiermesser?»

«Von mehreren hinreichenden möglichen Erklärungen für ein und denselben Sachverhalt ist die einfachste Theorie allen anderen vorzuziehen», zitierte Angela und war kein bisschen verblüfft, dass das Mädchen das Theorem auch kannte. Sie schien mindestens so intelligent zu sein wie ihre Mutter. Der Apfel fällt halt nicht weit vom Stamm.

«Exakt», sagte Pia und knipste das elektrische Licht an, nahm aber – anders als ihre Mutter bei Angelas erstem Besuch – keine Fackel in die Hand. Sie teilte ganz offensichtlich nicht deren Liebe zur Geschichte. Kein Wunder: Menschen, die sich auf Social Media aufhielten, hatten im konstanten Lauf des Livestreams keine Zeit für Vergangenheit und Zukunft.

«Und was meinst du, was ist die einfachste Theorie?», fragte Angela, während sie alle drei die Stufen ins muffige Gewölbe hinabstiegen.

«Na, was wohl? Philipp hat sich selbst umgebracht und Alexa ebenfalls.»

«Alexa», hielt Angela dagegen, «wollte mir heute Morgen den Namen des Mörders sagen.»

«Was?», staunte Pia. «Dann hat sie auch gedacht, dass Onkel Philipp ermordet wurde?»

«Ja, das hat sie.»

«Cool.»

«Cool?», fragte Mike, der sich, unten im Gewölbe angekommen, wegen der niedrigen Decke wieder bücken musste.

«Wenn das doch ein Mord war, schießen meine Klickzahlen durch die Decke.»

«Was haben deine Eltern nur falsch gemacht?», fragte Mike angewidert.

«Meine Mutter ist besoffen Auto gefahren und hat den Wagen um den Baum gewickelt. Dabei ist mein Vater gestorben», bemühte sich Pia, möglichst flapsig zu antworten. Doch ihre Stimme zitterte dabei ein wenig, sodass Angela erahnen konnte, wie schmerzhaft das für sie als kleines Mädchen hatte sein müssen und heute immer noch war. Und wie viel Energie es Pia kostete, ihren Schmerz mit zynischer Abgebrühtheit zu überspielen.

Noch schwerer musste es für Katharina von Baugenwitz sein, mit den Schuldgefühlen zu leben, den eigenen Ehemann getötet zu haben, weil sie sich betrunken ans Steuer gesetzt hatte. Kein Wunder, dass sie ein paarmal gegenüber Angela betont hatte, dass sie alles für ihre Tochter tun würde.

Es war das erste Mal, dass Angela die Schlossverwalterin leidtat. Noch mehr fühlte sie jedoch mit Pia. Das Mädchen trug ein tragisches Schicksal, ganz so wie die schwangere Marie, die als Waisenkind ihre geliebte Ersatzmutter verloren hatte.

«Entschuldige», bat Mike, «dass ich etwas gegen deine Eltern gesagt habe.» Sein schlechtes Gewissen war groß, plötzlich war es ihm ganz egal, wie viel das Mädchen verdiente, kein Geld der Welt würde ihr Leid lindern können.

«Kein Ding», gab sich Pia wieder unbeeindruckt. Die drei traten an die Tür zum Weinkeller, die Mike gestern aufgebrochen hatte. Er wollte als Erster hindurchtreten, doch Angela hielt ihn zurück: «Ich will mir das Holz erst mal genauer ansehen.»

Sie betrachtete die Tür von oben bis unten, und am Fußende fiel ihr etwas auf: «Sehen Sie das hier, Mike? Das Holz hier unten ist am Fußende aufgesprungen. So war es auch bei der Tür in der Kirche, als Sie vergeblich versucht hatten, sie aufzumachen, und dann dagegentraten.»

«Ja, und?»

«Der Spalt ist so groß, da könnte eine Maus durchlaufen», freute sich Angela, einen ersten Hinweis gefunden zu haben.

«Eine Maus?»

«Ich hatte im Verlies eine gesehen.»

«Ah ja …?» Mike verstand nicht ganz, worauf Angela hinauswollte.

«Für die kaputte Stelle unten an dieser Tür hier könnte der Mörder verantwortlich sein.»

«Ich habe die doch gestern aufgebrochen», widersprach Mike.

«Sie haben sich aber oben mit Ihrer Schulter dagegengeworfen. Ungefähr in dieser Höhe», deutete Angela auf eine Stelle oben am

Türrahmen. «Ein Spalt hier unten kann dadurch nicht entstanden sein.»

«Stimmt», bestätigte Mike.

«Außerdem ist die Tür, gegen die Sie in der Kirche getreten haben, zwar ebenso schwer wie diese hier, doch der Schaden bei der Kirchentür war ungleich größer. Durch den Spalt hätte unser Mops gepasst.»

«Und was», fragte Pia, «wollen Sie uns damit sagen?»

«Dass die Person, die für den Spalt hier verantwortlich ist, schwächer sein muss als Mike. Deutlich schwächer … vielleicht war es eine Frau.»

«Und warum sollte sie dagegengetreten haben?», fragte Pia. Angela überlegte und fand als einzige schlüssige Erklärung: «Vermutlich wollte sie rein, nachdem der Keller bereits von innen verschlossen war.»

«Und warum hätte sie das tun wollen?»

«Ich bekomme da so langsam eine Ahnung.» Angelas Verstand arbeitete auf Hochtouren wie damals, als sie sich die EU-Rettungsschirme ausdachte, die außer ihr und einigen wenigen Experten kein Mensch ganz verstand. Angela öffnete die Tür nun vollständig und betrachtete eingehend den Fußboden zwischen der Tür und dem Tisch, an dem sie den Freiherrn tot aufgefunden hatten. «Bitte noch nicht eintreten», bat sie die beiden.

«Wieso?»

«Wegen der Fußspuren.»

«Da gibt es unzählige», deutete Pia auf die Steinplatten.

Im Staub waren die Schuhabdrücke aller zu sehen, die am Tatort gewesen waren: Angela, Mike, Kommissar Hannemann, Lena, Katharina von Baugenwitz und die Leichenbestatter, die den toten Mann in der Ritterrüstung abtransportiert hatten.

«Die Spuren gehen alle ineinander über», stellte Mike fest. «Man kann sie nicht den einzelnen Personen zuordnen.»

«Es gibt aber welche, die so anders sind, dass man sie doch klar unterscheiden kann.»

«Und welche?»

«Die von Philipp!» Angela deutete auf einen Abdruck von einem Ritterrüstungsstiefel. Vorsichtig trat sie auf die Steinplatten und rekonstruierte den Weg, den der Freiherr in der fraglichen Nacht genommen hatte: «Seine Spuren führen zwei Mal von der Tür zum Tisch und ein Mal vom Tisch zur Tür, sogar ganz nah an sie heran.» Sie deutete auf zwei Ritterstiefelabdrücke, die genau vor der Innenseite des Eingangs lagen.

«Er ist also hin und her gelaufen», sagte Pia, «was soll's?»

«Ich erkläre es gleich, aber erst mal muss ich mich noch einer Sache vergewissern.» Angela bedeutete den anderen beiden mit ihrer Hand, zu ihr in den Keller zu treten. «Passt auf, dass ihr nicht die Abdrücke der Ritterstiefel verwischt.»

«Oh nein», sagte Pia mit gespieltem Entsetzen, «wir könnten ja wichtige Detektivarbeit sabotieren.»

Angela sah sie streng an, wie sie es sonst nur bei tuschelnden Ministern in den Kabinettssitzungen tat. Im Gegensatz zu den Ministern, die in der Regel ertappt lächelten und danach ruhig waren, redete Pia weiter: «Was soll das alles hier eigentlich werden, wenn es fertig ist?»

«Wir suchen nach weiteren Spuren», erklärte Angela, während sie zu dritt an dem Tisch vorbeigingen, vor dem noch das zerbrochene Tintenfass auf dem Boden lag – die schwarze Farbe war mittlerweile auf dem Stein getrocknet.

«Na, da müssen wir nicht groß suchen», zeigte Pia auf Abdrücke, die tief ins Verlies führten und die nicht von anderen überlagert wurden.

«Die sind von Damenschuhen», stellte Mike fest.

«Sie sind ja ein krasser Fährtenleser», kommentierte Pia.

«Danke», antwortete Mike, der die Ironie nicht verstand. Was

Pia dazu brachte, gleich noch mehr zu frotzeln: «Tragen Sie etwa auch gerne Damenschuhe?»

«Wie bitte?»

«Sie müssen sich dafür nicht schämen.»

«Ich schäme mich überhaupt nicht!»

«Das ist gut. Sie können ja auch dazu stehen, dass Ihre Genderidentität fluide ist.»

«Meine was … ist was?»

«Das bedeutet: Ihr Geschlecht ist mal so und mal so.»

«Häh?»

«Ich male es Ihnen mal auf. Komplett mit Gendersternchen.»

«Bitte nicht!»

Angela zuckte bei dem Gedanken an das Gendersternchen zusammen. Nicht, weil sie damit ein Problem hatte, sondern weil ihr mit einem Male das α wieder in den Sinn kam. Aber warum? Was hatte das Gendersternchen * mit dem Hinweis gemeinsam?

«Zu welcher Frau gehören wohl die Abdrücke?», lenkte Mike von der abwegigen Vorstellung ab, er würde gerne Damenschuhe tragen.

«Das ist ganz einfach zu beantworten», antwortete Angela.

«Dann wissen wir, wer der Mörder ist?», wurde Mike nun ganz aufgeregt.

«Leider nicht.»

«Ich kann nicht ganz folgen.»

«Es sind meine Fußabdrücke», erklärte Angela.

«Natürlich!», klatschte Mike seine Hand vor die Stirn.

«Ihre?», staunte Pia.

«Ich bin durch den ganzen Keller gegangen, nachdem wir die Leiche gefunden hatten.» Angela deutete zum Weinfass und erinnerte sich daran, wie sie sich vorgestellt hatte, der Täter würde sich darin verstecken. «Ich habe einen Geheimgang gesucht, durch den der Mörder hätte verschwinden können.»

«Geheimgang?», grinste Pia überheblich, «Das hier ist doch nicht Hogwarts.»

«Aber es gibt im Schloss einen Geheimgang, der vom Bootshaus ins Zimmer von Alexa von Baugenwitz führt.»

«Echt …?», staunte Pia.

«Nur kann der nichts mit der Flucht des Täters aus dem Weinkeller zu tun haben.»

«Weil er nicht hierhin führt», stellte Pia fest.

«Genau. Denn in dieses Verlies führt offenbar kein Geheimgang.»

«Wieso», fragte Pia, «haben Sie überhaupt gedacht, dass es einen gibt?»

«Weil hier eine Maus herumlief. Aber die wird durch den Spalt in der Tür reingeschlüpft sein, eine Weile bevor wir eintraten. Und dann ist sie einfach nur aufgeregt hin und her geflitzt, als ich sie aufgescheucht habe», lächelte Angela, die nun glaubte, genug Puzzlestücke für eine Theorie beisammenzuhaben.

«Sicher?», fragte Mike.

«Ja, denn hier sind keine anderen Fußspuren außer meinen. Hätte es einen Geheimgang gegeben, hätte die Täterin in diesem Bereich Spuren hinterlassen.»

«Klingt plausibel», befand Mike.

«Und das wiederum bedeutet: Sie ist durch die Tür hereingekommen. Aber nur ein Mal. Ein zweites Mal konnte sie das nicht mehr, obwohl sie es wollte.»

«Ein zweites Mal?»

«Lassen Sie uns nun», bemühte Angela sich, nicht triumphal zu klingen, «zu dem Tisch zurückkehren, dann werde ich erklären, was sich hier in der Nacht des Mordes zugetragen hat.»

35

Die drei stellten sich um den Tisch, auf dem, zu Angelas Bedauern, nicht mehr der Zettel mit dem α lag. Warum nur hatte das Gendersternchen sie an den Buchstaben erinnert? Was wollte ihr Unterbewusstsein ihr damit sagen?

«Also», fragte Mike ungeduldig, «wie ist die Tat abgelaufen?»

«Erzählen Sie schon», drängelte auch Pia.

«Es hat sich so abgespielt», hakte Angela den Gedanken an das Sternchen wieder ab und setzte sich an den Tisch, «Philipp hatte ein Gespräch genau hier mit seiner Mörderin. Dabei hatte er den Becher mit Wein vor sich. Zu irgendeinem Zeitpunkt hat sie ihm den Schierling in den Becher getan.»

«Und er hat das nicht bemerkt?», staunte Pia.

«Erst als er getrunken hatte, an dem bitteren Geschmack.»

«Doch dann war es zu spät», stellte Mike fest.

«Nein, die Pathologin hat mir gesagt: Ein Schluck reicht nicht aus, um ihn zu töten. Bei Schierling, der verdünnt in Wein schwimmt, müssten es schon drei gewesen sein.»

«Wieso hat er dann weitergetrunken?»

«Weil er mit einer Waffe bedroht wurde.»

«Au Mann», sagte Pia. «Sie meinen doch nicht die Muskete?»

«Genau die meine ich. Das erklärt, warum gestern die Glasplatte von der Vitrine falsch auflag. Die Täterin hat das erst später korrigiert.»

«Aber er hatte doch eine Ritterrüstung an», gab Mike zu bedenken. «Die muss mindestens genauso gut wirken wie eine schusssichere Weste. Dann ist eine Kugel aus dem Ding nicht tödlich.»

«Er hatte das Visier auf, sonst hätte er ja nicht trinken können», erklärte Angela.

«Und ein Schuss ins Gesicht mit einer Muskete», schüttelte Mike sich, «ist eine sehr üble Vorstellung.»

«Wie damals bei Walter von Baugenwitz im Duell. Ein qualvoller Tod. Wie man auf dem Gemälde sehen kann.»

«Dann lieber das Gift trinken», schüttelte sich Mike noch etwas mehr, «und es schnell hinter sich bringen.»

«Und genau das wird Philipp getan haben.»

«Okay», sagte Pia, «aber das erklärt immer noch nicht die von innen geschlossene Tür.»

«Und auch nicht», ergänzte Mike, «warum er zwei Mal von der Tür zum Tisch gegangen ist.»

«Nachdem Philipp getrunken hat», erklärte Angela, «hat die Täterin zufrieden den Raum verlassen. Sie konnte sicher sein, dass er jeden Moment sterben würde und ihre Tat damit vollbracht war.»

«Und weiter?»

«Doch Philipp ist mit vorletzter Kraft aufgestanden …», Angela stand vom Tisch auf, «… hat sich zur Tür geschleppt …», auch das tat Angela, «… und sie von innen verschlossen.» Angela deutete auf die Spuren der Ritterstiefel, die genau vor der Tür waren.

«Warum sollte er das tun?», wollte Pia wissen.

«Weil er noch den Namen der Mörderin aufschreiben wollte und verhindern musste, dass sie den Hinweis nach seinem Tod vernichten würde.»

«Verstehe», sagte Mike.

«Mit letzter Kraft ging er zurück zum Tisch.»

«Und die Mörderin?», fragte Pia.

«Die hat erst begriffen, was er vorhatte, als es zu spät war. Sie ist zurückgerannt, aber die Tür war verschlossen. Dann hat sie an dem Griff gerüttelt. Panisch und mit aller Macht. Dabei hatte sich der Griff so gelockert, dass er später abfiel, als Mike versuchte, in den Keller zu gelangen.»

«Aber bei der Mörderin war der Griff noch an der Tür.»

«Weil sie von ihm abgelassen hatte und voller Wut gegen die Tür trat. Aber natürlich half auch das nicht. Also jedenfalls nicht der Mörderin.»

«Wem dann?»

«Der Maus, die durch den Spalt in den Keller lief», lächelte Angela.

«Auch das klingt plausibel», staunte Mike.

«Eins verstehe ich aber immer noch nicht», mischte sich Pia wieder ein.

«Was denn?»

«Sie haben doch gesagt, die Täterin habe die Muskete dabeigehabt.»

«Mit der hat sie Philipp genötigt, den vergifteten Wein zu trinken.»

«Warum hat sie dann die Tür nicht damit aufgeschossen?»

«Weil dann kein Mensch mehr von einem Selbstmord ausgegangen wäre.»

«Nicht mal», stimmte Mike zu, «der Trottel von Kommissar.»

«Dann war es», spann Pia den Gedanken weiter, «immer nur eine leere Drohung, Philipp ins Gesicht zu schießen?»

«Das konnte Philipp nicht wissen.»

«Aber wenn die Mörderin die Tür nicht aufbekam, ging sie ja voll das Risiko ein, dass Philipp ihren Namen aufschreibt.»

«Sie hat das Scheppern der Rüstung gehört, als Philipp auf dem Tisch zusammenbrach. Und wie das Tintenfass auf den Boden fiel und zersprang. Da hat sie sich gedacht, dass er es nicht mehr geschafft hatte.»

«Hatte er ja auch nicht.»

«Doch, hatte er.»

«Ernsthaft?», staunte Pia. «Dann müsste man doch schon lange wissen, wer ihn ermordet hat.»

«Er hat es nur ein bisschen aufgeschrieben.»

«Ein bisschen?»

«Er hat das hier aufgemalt.» Angela malte nun mit ihrer Schuhspitze das a in den Staub. «Zu mehr kam er nicht.»

Pia betrachtete sich den Buchstaben.

«Weißt du», wollte Angela wissen, «wofür das stehen könnte?»

«Klar!»

«Und für was?»

«Na, für Alexa! Sie muss es gewesen sein», sagte Pia im Brustton der Überzeugung. «Und dann hat sie sich vor lauter Schuldgefühlen vom Kirchturm gestürzt. Wie früher die Alte, wie hieß sie noch mal ...»

«... Adelheid von Baugenwitz.»

«Genau! Wissen Sie, was mein durchgeknallter Geschichtslehrer immer gesagt hat?»

«Was?»

«Geschichte wiederholt sich.»

«Das tut sie nie. Und auch in diesem Falle nicht. In der Kirche ist eine schwarz gekleidete Person vor uns geflohen.»

«Wir glauben», ergänzte Mike, «dass diese Person Alexa heruntergestoßen hat.»

«Nicht ganz», korrigierte Angela. «Sie hat sie mit der Muskete dazu gezwungen, nach oben in den Glockenturm zu gehen und von dort zu springen. Genauso wie sie Philipp gezwungen hat, den Schierling zu trinken. Doch diesmal hatte sie, nachdem sie die Muskete zurück in den Glaskasten gelegt hatte, die Platte danach richtig aufgelegt.»

«Geil, zwei Morde», sagte Pia. «Das wird ja immer besser!»

«Besser?», verzog Mike das Gesicht, während Angela die heraufziehende Gefahr erkannte: «Wehe, du postest das jetzt alles auf Social Media!»

«Drohen Sie wieder damit, meinen Followern zu erzählen, dass ich ein Fake bin?» Pia gefiel die Vorstellung nicht.

«Genau das tue ich.»

«Darauf lass ich es ankommen. Das mit den Morden ist einfach zu gut.»

«Du solltest», sagte Mike, «mal überlegen, ob dir nicht mal ein Psychologe helfen kann.»

«Ich habe schon drei gehabt.»

«Und die sitzen», murmelte Mike, «jetzt alle in einer Umschulung.»

«Ich mache dir einen Vorschlag, Pia», sagte Angela.

«Welchen?»

«Du kannst alles posten, wenn wir die Mörderin überführt haben.»

Pia überlegte und sagte dann: «Kann ich dann auch sagen, ich hätte sie überführt?»

«Du willst mit uns ermitteln?», fragte Angela ungläubig.

«Ich bin doch nicht geisteskrank und bring mich in Gefahr. Ich will es nur posten dürfen.»

Angela dachte über diesen Vorschlag nach: Wenn sie die Mörderin entlarvt hätte, würde sie damit auf keinen Fall in der Zeitung stehen wollen. Sie hatte nie ein Problem damit, wenn andere den Glanz abbekamen. Es war nicht so, dass sie gar nicht eitel war, aber es genügte ihr vollkommen zu wissen, dass sie es gewesen war, die hinter den Kulissen die Fäden gezogen hatte. Deshalb sagte Angela: «Einverstanden.»

«Enttäuschen Sie mich aber nicht», antwortete Pia.

«Na», sagte Mike, «das sind mir die Liebsten: Selbst nichts machen wollen, aber Forderungen stellen.»

«Ich mach nicht ‹nichts›. Ich gebe Ihnen einen Tipp.»

«Was für einen?», fragte Angela.

«Muskete, Schierling, Sturz von der Kirche, das passt doch alles zusammen!»

«Und wie genau?»

«Wer immer die Irre auch war, sie muss voll auf die Geschichte der Familie von Baugenwitz stehen.»

«Wie deine Mutter?», fragte Angela.

«Jetzt werden Sie mal nicht gaga», wurde Pia mit einem Male wütend. «Sie wissen ganz genau, wen ich meine!»

Das wusste Angela.

Die einzige Person ohne Alibi.

Marie, die Fremdenführerin.

Ockhams Rasiermesser.

Von mehreren hinreichenden möglichen Erklärungen für ein und denselben Sachverhalt ist die einfachste Theorie allen anderen vorzuziehen.

36

Beeindruckend», sagte Mike oder besser gesagt, er wollte es sagen. Verstehen konnte man nur «breimpffruknd», da er sich ein besonders großes Stück Käsesahnetorte mit einer Extraportion Sahne in den Mund schob. Er hatte natürlich erst abgewehrt, als Angela die Torte auf ihrer Gartenterrasse serviert hatte, aber nachdem sie anmerkte, dass er sich nach dem aufregenden Vormittag eine Belohnung verdient habe, fand er das auch.

Achim goss allen Tee ein. Putin lag dösend auf einem sonnigen Plätzchen im Gras zwischen Hobbit-Gartenzwergen und Wildrosen, die Angela so sehr liebte. Auf ihrem Balkon in Berlin war ihr alles eingegangen, weil sie so selten da war, aber hier in diesem zauberhaften Garten konnte sie sich an den Blumen, die von Bienen bestäubt und von Schmetterlingen umflattert wurden, kaum sattsehen. Sie zu hegen, bereitete ihr genauso viel Freude, wie Kuchen zu backen. Letzteres hatte ihr heute allerdings nicht ganz so gefallen wie sonst. 94 Prozent der Zeit hatte sie betrübt darüber nachgedacht, dass alles auf Marie als Täterin hinauslief. Und sechs Prozent der Zeit hatte sie sich darüber geärgert, dass sie keinen Kirschkuchen backen konnte, da frisches Obst im Ort nun mal ausschließlich von der rassistischen Angela verkauft wurde.

«Breimpffruknd?», fragte Achim.

Mike erinnerte sich daran, dass es unhöflich war, mit vollem

Mund zu sprechen. Er schluckte hastig den Happen herunter und antwortete: «Ihre Frau ist völlig beeindruckend.»

«Aha», runzelte Achim die Stirn.

«Ich meine natürlich nicht als Frau», wehrte Mike sofort peinlich berührt ab.

Angela fand, dass diese Erklärung nicht notgetan hätte.

«Da übt sie keinen Reiz aus.»

Diese erst recht nicht.

«Sie ist ja auch schon fortgeschrittenen Alters ...»

«Ich glaube, er hat es begriffen», unterbrach ihn Angela.

«Okay», sagte Mike kleinlaut und schaufelte sich einen noch größeren Happen Käsesahnetorte hinein. Angela nahm zum ersten Mal wahr, dass er nicht nur ein Genuss-, sondern auch ein Stressesser war.

«Ehrlich gesagt, habe ich immer noch nicht begriffen, was Sie meinten», sagte Achim, stellte dabei die Teekanne aufs Stövchen und setzte sich auf seinen Gartenstuhl.

Angela rollte mit den Augen.

«Also», versuchte Mike, es zu erklären, «nicht, dass Sie denken, ich wäre interessiert an Frühling-Spätherbst-Beziehungen ...»

Spätherbst? Angela glaubte, sich verhört zu haben.

«Das meinte ich doch nicht», sagte Achim.

«Nein, was denn?»

«Ich will nur wissen, was genau Sie beeindruckend fanden.»

«Wie Ihre Frau das alles mit dem Verlies kombiniert hat», sagte Mike, «das hat sie wirklich sensationell gemacht!»

Angela war so geschmeichelt, dass sie ihm gleich noch ein weiteres Stück Kuchen auflegte.

«Ich muss mich», sagte Mike zu ihr, «bei Ihnen entschuldigen. Ich habe Sie total unterschätzt.»

«Die Geschichte meines Lebens», lächelte Angela, die es wirklich mochte, unterschätzt zu werden. Jetzt war sie sich sogar sicher, dass ihr das bei der weiteren Ermittlung genauso in die Hände spielen würde wie einst in ihrer politischen Anfangszeit.

«Sie sind einfach der Hammer!», legte Mike nach.

Das hatte in der Politik noch nie jemand zu Angela gesagt.

«Ja», sagte Achim stolz, «meine Frau ist wirklich beeindruckend.»

«Jetzt hört aber mal auf», sagte Angela abwehrend.

«Du willst doch gar nicht, dass wir aufhören», grinste Achim. Wie immer durchschaute er sie.

«Doch, will ich», schwindelte Angela.

«Du bist wirklich beeindruckend klug», schaute Achim sie verliebt an. «Und beeindruckend schön.»

Mike aß noch einen Happen.

«Du bist eine begehrenswerte Frau.»

Mike bekam einen Hustenanfall.

Und Angela entschied: «Ich glaube, das reicht fürs Erste an Komplimenten. Lasst uns lieber über unsere Ermittlungen reden.»

«Gute Idee», sagte Mike erleichtert und versuchte, mit einer Papierserviette einen Sahnefleck von seinem Hemd zu putzen. «Überführen wir jetzt die Fremdenführerin?»

Angela wusste, dass die Zeit überfällig war, ernsthaft in Richtung Marie zu ermitteln. Und dennoch wollte sie nicht, dass Mike sie dabei begleitete. Wenn Marie wirklich die Täterin war, musste man sie mit Geschick dazu bringen, sich in Widersprüchen zu verfangen.

«Für Sie», sagte Angela, «habe ich eine andere Aufgabe.»

«Eine andere?», staunte Mike.

«Wir müssen noch alle anderen möglichen Optionen ausschließen.»

«Oh nein, kommen Sie mir jetzt nicht wieder mit dem *Mord im Orient-Express*-Quatsch.»

«Mit genau dem komme ich.»

Mike schüttelte nur den Kopf.

«Sie gehen doch heute mit Lena aus. Da werden Sie noch mal alle Alibis abklopfen. Wir müssen ausschließen, dass die Polizistin, die Schlossverwalterin und die Landwirtin zusammengearbeitet haben, um sich an Philipp zu rächen.»

«Ich soll echt Lena ausfragen?» Die Vorstellung behagte Mike sichtlich nicht.

«Es ist auch in Ihrem Interesse.»

«In meinem?»

«Sie wollen doch nicht mit einer Frau nackt baden und anschließend feststellen, dass sie eine Mörderin ist.»

«Ich will überhaupt nicht nackt baden», wurde Mike wieder rot.

«Ihr prüden Westler», grinste Achim.

Da musste auch Angela grinsen.

«Puffeline, wir beide müssten auch mal wieder ...»

«Für dich habe ich auch eine Aufgabe», unterbrach Angela ihren Gatten, nicht zuletzt, weil Mike hochnotverlegen zur Seite sah.

«Und welche?», fragte Achim

«Du lauerst dem Notar auf.»

«Warum das?»

«Vielleicht gibt es unter den Verdächtigen doch einen heimlichen Erben.»

«Du greifst wirklich nach allen Strohhalmen», begriff Achim.

«Na ja, man darf zu diesem Zeitpunkt nichts ausschließen», antwortete Angela kleinlaut.

«Weil du nicht willst, dass die werdende Mutter ins Gefängnis muss.»

«Ja ...», schluckte Angela bei der Vorstellung, dass Maries Baby in staatliche Fürsorge gegeben werden müsste. Und sie die Schuld daran tragen würde.

Achim stand auf, ging um den Tisch und gab ihr einen liebevollen Kuss auf die Wange. Und Mike befand: «Sie sind echt zu lieb für diese Welt.»

Auch das hatte in der Politik noch nie jemand zu Angela gesagt.

Das Leben in Klein-Freudenstadt veränderte sie wirklich von Tag zu Tag mehr.

37

Die sozial schwächere Gegend von Klein-Freudenstadt hatte wenig zu tun mit den Problemvierteln in Großstädten. Sie bestand aus zwei etwas heruntergekommenen, reetgedeckten Bauernhäusern, die am Rande der Landstraße kurz vor dem Ortsausfahrtsschild lagen. In jedes von ihnen hatte der Eigentümer, ein nach Stuttgart verzogener Erbe, sechs Einzimmerwohnungen à 40 Quadratmeter eingebaut. Die Wohnungen waren in keinem guten Zustand, es wurden stets nur die allernötigsten Reparaturen vorgenommen.

Mit einem Strauß Blumen aus ihrem Garten in der Hand betrachtete Angela das umfunktionierte Bauernhaus, in dem Marie lebte: Eine Regenrinne war abgefallen. Auf dem Reet wuchsen kleine Pilze. Das konnte nicht gut sein. Der Vorgarten war verwildert, jede Menge Unkraut und Wildblumen. Ob hinter dem Haus etwa auch Schierling wuchs ...?

Angela linste seitlich in den Garten, konnte aber nur eine Wäscheleine sehen, auf der von Bettlaken bis zu Dessous alles Mögliche und Unmögliche hing. Sollte sie in den Garten schleichen, um nach der Giftpflanze zu suchen?

Angela hielt sich zurück. Marie war zwar die Hauptverdächtige, aber sie war eigentlich hierhergekommen, um Beweise für die Unschuld der jungen Frau zu sammeln. Dabei war Angela klar, dass der Abend wohl keinen schönen Verlauf nehmen würde, selbst wenn Marie nicht die Täterin war. Die schwangere Frau wäre bestimmt verletzt, wenn Angela sie mit dem Verdacht konfrontierte. Marie würde danach nicht mehr wollen, dass Angela sie zur Geburt begleitete. Die beiden würden keine Freundinnen werden. Und sie würde dem kleinen Adrian keine Geburtstagstorte backen.

Vielleicht, dachte Angela, sollte sie lieber wieder umkehren. Achim und Mike würden ohnehin wütend auf sie sein, wenn sie erfuhren, dass sie sich erneut so ungeschützt in Gefahr begeben hatte. Angela hatte ihnen selbstverständlich geschworen, dass sie zu Hause blieb, während Mike seiner Lena auf den Zahn fühlte und Achim dem Notar. Und selbstverständlich hatten die beiden Männer überprüft, ob Angela bei dem Schwur hinter dem Rücken ihre Finger kreuzte. Und selbstverständlich hatte Angela sie nicht gekreuzt. Trotzdem hatte sie keinen Meineid geleistet, denn sie hatte den rechten großen Zeh mit dem Nachbarzeh gekreuzt. Das hatte sie davor nur einmal in ihrem Leben getan, als sie mitten in der Finanzkrise der deutschen Bevölkerung versprochen hatte, ihre Spareinlagen seien sicher.

Angela war unwohl zumute. Sollte sie klingeln oder doch lieber umdrehen und zu Hause die Rosen schneiden? Sie besann sich einer Technik, die sie in besonders schwierigen Situationen anwendete: nicht nur über die negativen Folgen einer Situation zu grübeln, sondern auch den positiven Ausgang zu visualisieren. Allerdings trat der so gut wie nie ein. Mit dem russischen Präsidenten hatte sie nie einen echten Frieden für die Ukraine aushandeln können, von Trump hatte sie nie mehr als drei sinnvolle Worte am Stück gehört, und Berlusconi hatte sie nie davon abhalten können, ihr zur Begrüßung viel zu feuchte Küsschen auf die Wange zu schmatzen. Und dennoch: Wenn Angela den positiven Ausgang mitdachte, ging sie mit einer anderen Grundstimmung in die Begegnungen. Also malte sich Angela folgenden Verlauf des Abends aus, um sich selbst Mut zu machen: Marie würde sich als unschuldig erweisen, denn der tote Freiherr war gar nicht der Vater ihres Kindes. Bisher hatte Angela das nur als Klatschgeschichte gehört. Damit würde das Motiv wegfallen. Und kaum hätte sich das herausgestellt, würden die beiden Frauen einen vergnüglichen *Star Wars*-Abend miteinander verbringen. Einer, der der Beginn einer wunderbaren Freundschaft sein könnte.

Angela war bei dieser Vorstellung zwar noch nicht beschwingt, doch sie überwand ihr Zögern. Sie wollte gerade ihren Finger in Richtung Klingel führen, da hörte sie Marie von oben aus dem Fenster rufen: «Gehen Sie einfach rein. Die Tür ist offen. Ich wohne im Dachgeschoss!»

Die schwangere Frau lächelte dabei so herzlich, dass Angela den soeben visualisierten positiven Ausgang mit einem Male für realistisch hielt. Sie öffnete die Tür und betrat, nun doch beschwingt, das Haus.

38

Mike sah während der Fahrt im ungeliebten E-Auto auf sein Handy. *Google Maps* sollte ihn eigentlich zu jener Stelle am Dumpfsee führen, an der er sich mit Lena treffen wollte. Doch der Handy-Empfang in der Uckermark war so mies, dass er sich am liebsten bei seiner neuen Vorgesetzten beschwert hätte, wie sie während ihrer Regierungszeit den Netzausbau nur so hatte verschlafen können. Am See angekommen, kletterte er aus dem engen Wagen und hielt Ausschau nach Lena. Nach wenigen Schritten entdeckte er einen Steg. Darauf stand auch eine Person, aber Mike konnte gegen die Sonne nicht ausmachen, wer es war. Hoffentlich Lena und nicht irgendein Angler, der ihm erklärte, dass sich der Steg, den Mike suchte, auf der gegenüberliegenden Seite des Sees befand. Denn dann würde er nicht fünfzehn, sondern 30 bis 40 Minuten zu spät kommen. Und das beim zweiten Date. Würde Lena mit so einem unzuverlässigen Mann ein drittes Date haben wollen? Hach, wie sehr er sich auf das dritte Date freute!

Mike ging zügiger voran und dachte: Bitte, bitte, lieber Gott. Lass das keinen Angler sein, der sich nach Gesellschaft sehnt!

Etwa dreißig Meter vom Steg entfernt, erkannte er zwar noch nicht ihr Gesicht, dafür konnte er aber ihre sportliche Figur ausmachen. Er wollte sich gleichzeitig entspannen, weil er richtig war, als auch schneller gehen, weil er sich so sehr auf Lena freute. Die beiden widerstreitenden Gefühle sorgten dafür, dass er im exakt gleichen Tempo weiterging. Auf dem Steg angekommen, begrüßte Lena ihn mit einem strahlenden Lächeln. Sie trug Shorts und ein T-Shirt. Neben ihr stand ein Picknickkorb mit Käse, Baguette und Rotwein. Lena hatte offenbar einen längeren Abend mit ihm eingeplant, was wunderbar war. Aber nach dem ganzen Käsekuchen, den er heute in sich hineingeschaufelt hatte, konnte er sich Wein, Baguette und erst recht keinen Käse leisten, wollte er nicht am nächsten Morgen auf der Waage ein Malheur erleben. Zugleich konnte er über seine Gewichtsprobleme schlecht mit seinem Date reden.

«Da bist du ja!», rief Lena gutgelaunt und riss Mike aus seinen trüben Gedanken,

Und Mike freute sich, sie zu sehen. Mehr noch, dass sich jemand so sehr freute, ihn zu sehen. Wie lange war es her, dass sich jemand so über seine Anwesenheit gefreut hatte? Also jemand, der nicht seine kleine Tochter war. Viel zu lange!

«Ich hab's mit *Google Maps* versucht», entschuldigte er sich für sein Zuspätkommen.

«Hach, das klappt hier frühestens 2050.»

Mike lächelte.

«Was hältst du davon, gleich ein erstes Mal in den See zu springen? Mir ist total heiß!»

Mike wurde es unter dem Anzug auch warm. Aber er befürchtete, dass ihm, sollte er zustimmen, noch heißer würde. Daher kam er mit dem gleichen Argument wie schon am gestrigen Tag: «Ich habe keine Badehose dabei.»

«Du bist süß», antwortete Lena.

Wann hatte das jemand das letzte Mal zu ihm gesagt? Jedenfalls noch nie, nachdem er den Satz ‹Ich habe keine Badehose dabei› geäußert hatte.

Anstatt eine Antwort von ihm abzuwarten, zog Lena ihr T-Shirt aus. Damit überrumpelte sie Mike, der sie selbstverständlich nicht anstarren wollte. Doch er starrte. Allerdings nicht, wie jeder andere Kerl es in dieser Situation getan hätte, auf ihre Brüste. Sein Blick wurde von Lenas Schulter gefangen, die völlig vernarbt war. Da hatte der Freiherr sie also mit den Schrotkugeln getroffen. Kein Wunder, dass sie mit dieser Verletzung ihren Traum von Olympia hatte begraben müssen. Dieser Philipp von Baugenwitz hatte wirklich Glück, dass er bereits tot war, sonst hätte Mike ihm nicht nur die Meinung gegeigt, er hätte auch mit der Geige auf dessen Kopf den Rhythmus dazu geschlagen!

Lena bedeckte mit der Hand die Schulter. «Männer schauen normalerweise woanders hin.»

«Verzeihung», sagte Mike und schaute zu Boden, er wollte nicht dahin starren, wo andere Männer normalerweise hinstarrten.

«Schon in Ordnung», sagte Lena.

Mike fand keine Worte. Er wollte sie so gerne trösten, aber er wusste nicht, wie. Konnte es dafür überhaupt Trost geben?

«Ich spring dann mal ins Wasser», unterbrach Lena das Schweigen. Mike nahm aus dem Augenwinkel wahr, dass sie auch ihre kurze Hose abgestreift hatte, zwang aber sogleich seine Pupille, sich aus dem Augenwinkel zu verziehen und wieder die Planken des Stegs zu fixieren. Er hörte ein Platschen. Erst als Lena rief: «Also, was ist?», traute er sich, in ihre Richtung zu schauen. Ihr Kopf ragte aus dem Wasser, und ihr Lächeln funkelte wie die Sonne auf der Wasseroberfläche. Wieder wusste Mike nicht, was er sagen sollte. Ihr Anblick verzauberte ihn vollständig.

«Wenn du nicht reinkommst, schwimme ich alleine», lachte Lena, während sie auf der Stelle planschte.

Mike war durcheinander. Er wollte diese Frau in den Armen halten, sie küssen, vor allem Unbill der Welt, zu dem auch und gerade Schrotkugeln gehörten, beschützen. Aber er besaß halt so viel Schamgefühl.

«Aber wenn du reinkommst, wirst du mit einem Kuss belohnt»,

sagte Lena und schwamm los. Mike sah ihr nach. Überlegte. Schließlich gab er sich einen Ruck: «Ach, was soll's!», zog sich so hastig aus wie noch nie zuvor in seinem Leben, nahm Anlauf und sprang kopfüber in den Dumpfsee.

39

Die Tapete im Treppenhaus war an vielen Stellen bereits abgeblättert, die Holztreppen knarzten, und den Handlauf mochte Angela lieber gar nicht anfassen. Aus den geschlossenen Wohnungstüren strömten die Abendessen-Gerüche, von Bratkartoffeln bis hin zu indischem Curry schien alles dabei zu sein. In der Dachetage angekommen, stand Marie an der Eingangstür der Wohnung linker Seite. Die Frau hatte eine Kochschürze an mit der Aufschrift *Und täglich grüßt das Muttertier.* Vermutlich das Geschenk einer Freundin, die sie auf die kommenden achtzehn Jahre vorbereiten wollte. Marie freute sich überschwänglich, dass Angela tatsächlich gekommen war: «Herzlich willkommen in meinem kleinen Reich!»

Angela überreichte ihr den Strauß Blumen. Marie roch daran und sagte: «Die sind wunderschön!» Dann bat sie Angela in die Wohnung, aus der *I will survive* von Gloria Gaynor erklang. Bereits im Flur, der mit einem Garderobenständer von Ikea und einer Zimmerpflanze schon so gut wie vollgestellt war, stellte Angela fest, dass ‹Wohnung› ein relativer Begriff sein konnte. Sie erhaschte durch einen Spalt einen Blick in das winzige Bad. Es war mit giftgrünen Kacheln gefliest, die vor sehr langer Zeit mal en vogue gewesen sein mochten. Nach ein paar Schritten ging es auch schon in das Wohn-/Schlafzimmer. In dem gab es eine Küchenzeile, ein Bett, ein Schlafsofa, einen ramponierten Sessel, einen Kleiderschrank, einen Ess- und einen Wickeltisch. Und vielleicht noch drei Quadratmeter, in denen man aufrecht stehen konnte. Vorausgesetzt, man war kein Riese wie Mike, denn ein großer Teil des Raumes lag unter Dachschrägen, die vom Vermieter garantiert nicht ordnungsgemäß von der Wohnfläche abgezogen worden waren. In diesem Moment realisierte Angela, dass sie zwar während ihrer ganzen Regierungszeit über Hartz IV geredet und befunden hatte, aber kein einziges Mal in der Wohnung eines Hartz-IV-Empfängers gewesen war. Sie hatte sich darauf gefreut, als Rentnerin die Berliner Blase zu verlassen und ganz normale Menschen kennenzulernen. In diesem Augenblick hatte sie erstmals das Gefühl, das wirklich zu erleben.

«Ich mache uns Zwiebelkuchen», sagte Marie und stellte sich an die kleine Küchenzeile, «das ist das perfekte Essen für einen Filmabend.»

Angela betrachtete den ausgerollten Teig, sah die Zutaten, die Zwiebeln und den gewürfelten Speck.

«Ich freu mich drauf. Kann ich helfen?»

«Oh nein, nein, nein. Sie sind mein Gast!»

Angela konnte das verstehen. Wenn sie Besuch empfing, wollte sie auch nicht, dass er ihr zur Hand ging. Es reichte schon, wenn Achim versuchte zu helfen, obwohl er alles andere als eine Hilfe war. Sie schaute sich ein wenig um und sah ein verblasstes Foto an einer Pinnwand hängen. Es zeigte den Schlossplatz in den 8oer Jahren. Er war kaum wiederzuerkennen. Das Schloss war grau und unsaniert, vor dem Springbrunnen stand eine fröhliche Bande von Kindern für ein Gruppenfoto. In ihrer Mitte Thea, die Erzieherin und Maries Ersatzmutter, die sich das Leben genommen hatte. Dem erfüllten Blick dieser Frau nach zu urteilen, waren die Waisenkinder ihre Lebensaufgabe gewesen, und das Lachen der Kleinen zeigte, wie wohl sie sich in ihrer Obhut fühlten. Viel wohler als die jetzigen Bewohner, schoss es Angela durch den Kopf.

Das einzige schwarze Kind strahlte besonders in die Kamera. Thea hatte es offensichtlich geschafft, dass die kleine Marie im Waisenhaus nicht von den anderen Kindern wegen ihrer Hautfarbe gehänselt worden war. Was für eine Frau!

Angelas Blick wanderte zum Wickeltisch. Sie konnte jetzt ohne allzu große Umschweife zu der Frage nach dem Vater von Maries Kind kommen und – falls es sich dabei nicht um Philipp von Baugenwitz handelte – den Rest des Abends genießen. So fragte sie: «Sie haben schon die Wickelkommode?»

«Ja, habe ich selbst zusammengezimmert», strahlte Marie stolz.

«Der Vater hat nicht geholfen?»

Das Lächeln verließ Maries Gesicht.

«Wer ist es denn?»

«Ich will nicht drüber sprechen.» Marie wandte sich ab und nahm sich ein großes scharfes Küchenmesser, um die Zwiebeln zu schneiden.

«Philipp?»

Marie schaute Angela an. Zornig. Und voller Schmerz.

«Verzeihen Sie, aber im Dorf gibt es Gerede …»

Marie schnitt energischer.

«Und Sie …», Angela fühlte sich schon schlecht, bevor sie die Worte ausgesprochen hatte, «… na ja … Sie haben den Gang zu Philipps Schlafzimmer gekannt. Und da der Teppich über der Luke zum Gang nicht verstaubt war, denke ich, er wurde vielleicht auch von Ihnen benutzt …»

«Ich», Maries Stimme bebte nun, «habe gesagt: Ich … will … nicht … darüber … sprechen!»

Dann schnitt sie in einem enormen Tempo die Zwiebeln. Mit Tränen in den Augen, die nicht von den Zwiebeln verursacht waren. Und mit einem Furor, bei dem Angela das erste Mal Angst vor der Frau mit dem Messer bekam.

40

Watson.

Achim wurde langsam klar: Er war nicht Sherlock Holmes, er war Watson. Damit musste er sich wohl abfinden. Auch in der Rente würde die Rollenverteilung so sein wie schon während seines ganzen Lebens an der Seite dieser Frau: Angela war Frodo Beutlin, er Samweis Gamdschie. Angela war Captain Kirk, er nicht mal Spock, eher Scotty. Und nun war Angela eben Sherlockine und er Watson.

Achim hielt mitten auf dem Marktplatz inne und überprüfte, ob ihm dies etwas ausmachte. Schließlich sollte hier in Klein-Freudenstadt so vieles anders werden als zuvor. Und so war es ja auch gekommen: Er verbrachte mehr Zeit mit seiner Frau als je zuvor. Da war es schon in Ordnung, wenn er nur Watson sein sollte.

Und überhaupt, was hieß hier ‹nur›? Dr. Watson hatte viele gute Eigenschaften, die Achim seiner eigenen Einschätzung nach ebenfalls besaß: Er war eine treue Seele, hatte Durchhaltevermögen und war ein exzellenter Zweikämpfer. Na gut, letztere Eigenschaft teilte Achim vielleicht doch nicht so ganz, jedenfalls wenn es um körperliche Auseinandersetzungen ging. Aber waren Backgammon, Schach und das geliebte Scrabble nicht auch eine Art von Zweikämpfen? Na, und ob sie das waren! Gestern erst hatte Achim seinem besten Freund Tommy beim Scrabble den entscheidenden Schlag versetzt, als er den Begriff Prostatahyperplasie auf den dreifachen Wortwert legte. Das sollte ihm erst mal jemand nachmachen!

Ja, Achim mochte kein Sherlock sein, aber er wollte von nun an der beste Watson sein, der außerhalb von Kriminalromanen existierte.

Von diesem selbst erwählten Anspruch befeuert, steuerte er auf ein Café zu, das genau gegenüber dem *Hotel zum Dumpfsee* lag. Da es inzwischen das einzige Hotel im Ort war, musste der Testamentsvollstrecker in dem rosa Fachwerkhäuschen absteigen.

Achim Watson wollte sich im Außenbereich des Cafés einen gemütlichen Platz suchen und warten, bis der Mann das Hotel betrat. Bis dahin würde er einen Rooibos-Karamell-Tee trinken und ein Medizinbuch über Pilzerkrankungen lesen. Darin wollte Achim sich Begriffe rot markieren, um bei der nächsten Scrabble-Partie mit dem neugewonnenen Wissen aufzutrumpfen. Doch kaum hatte Achim Platz genommen, sah er, wie ein großer hagerer Mann von etwa siebzig Jahren in grauem Anzug und mit Rollkoffer auf den Hoteleingang zusteuerte. Das musste der Testamentsvollstrecker sein. Wenn überhaupt mal jemand in dem Hotel eincheckte, waren es Fahrradtouristen, die vom Wege abgekommen waren.

Mit etwas Wehmut blickte Achim auf die Teekanne der alten Dame am Nachbartisch, stand aber pflichtbewusst auf und eilte auf den Mann zu. Noch bevor er seinen Rollkoffer für die Treppenstufen anheben konnte, gesellte sich Achim zu ihm und sagte: «Guten Tag, mein Name ist Achim Sauer. Sauer wie lustig, nur komplett anders.»

«Mein Name», antwortete der Mann mit einer Grabesstimme, die eines Testamentsvollstreckers mehr als würdig war, «ist Wolf Stark.»

«Leichen, freut euch im Sarg», blödelte Achim, «euer Erbe ist sicher bei Wolf Stark!»

«Wie bitte?» Der Notar sah sein Gegenüber an, als hätte der nicht mehr alle Akten im Ordner. Offenbar besaß er keinen Humor, jedenfalls keinen, der mit Achim eine Schnittmenge aufwies. Achim fand das nicht überraschend: Notare hatten nun mal bei weitem nicht so viel Freude im Beruf wie Quantenchemiker. Er sah sich daher bemüßigt, den Scherz zu erklären: «Verzeihen Sie, ich hatte gedacht, das wäre ein fröhliches Wortspiel über Ihren Namen.»

«Da haben Sie falsch gedacht.»

«Scheint mir auch so», versuchte Achim, den Mann mit einem Lächeln wieder wohl zu stimmen.

Selten wurde ein Lächeln von Achim so wenig erwidert wie dieses.

Achim ließ sich nicht beirren: «Sie sind doch der Testamentsvollstrecker der Familie von Baugenwitz?»

«Das geht Sie rein gar nichts an.»

«Aber Sie sind es?»

Der hagere Mann schwieg und besaß nun die Ausstrahlung eines Bestatters, der für seine eigenen Aufträge sorgte.

«Ich nehme Ihr Schweigen als Bestätigung.»

«Wer sind Sie überhaupt? Ein Arzt?»

«Wie kommen Sie denn darauf?», war Achim überrascht.

«Wegen des Buchs in Ihrer Hand», deutete Stark auf den medizinischen Band über Pilzerkrankungen. Achim schaute kurz drauf und erklärte dann: «Nein, nein, darin suche ich nur nach Begriffen.»

«Von Pilzerkrankungen?»

«Ja.»

«Und Sie sind ganz gewiss kein Arzt?»

«Ich bin Quantenchemiker.»

«Dann sind Sie merkwürdig.»

«Sie glauben gar nicht, wie oft ich das schon gehört habe.»

«Doch, das glaube ich.»

«Ich habe das Buch nur dabei, weil ich Begriffe für Scrabble suche.»

«Sie spielen auch?» Die Miene des Notars erhellte sich mit einem Mal.

«Das ist meine Leidenschaft.»

«Und meine erst.» Der Notar schien mit seinen schmalen Lippen fast zu lächeln. «Ich spiele es sogar online.»

«Ich auch.»

«Nein!»

«Doch!»

«Vielleicht sind wir beide schon gegeneinander angetreten.»

«Wie heißen Sie denn online?», wollte Achim wissen.

«Vollstrecker.»

Dies bestätigte Achim in seiner Ansicht, dass Juristen zwar sehr gut mit Worten umgehen konnten, aber verdammt wenig Phantasie besaßen.

«Und Ihr Name?»

«Lord Volldaswort.»

«Volldaswort?»

«Ist eine Anspielung auf Harry Potter.»

«Aha.» Anscheinend hatte sich Stark in seinem bisherigen Leben nicht mit etwas so Profanem wie Populärliteratur befasst.

«Wir sind also noch nicht gegeneinander angetreten», stellte Achim fest. «Was halten Sie davon, wenn ich Sie zu einer Partie Scrabble einlade?»

«Davon halte ich sehr viel», freute sich Stark, und den schmalen Mund umspielte nun tatsächlich ein Lächeln. «Und verzeihen Sie mir, dass ich eben so abweisend war.»

«Schon in Ordnung», sagte Achim. «Darf ich Sie etwas fragen?»

«Einem Scrabble-Freund beantworte ich alles.»

«Wer erbt die Besitztümer der Familie von Baugenwitz?»

«Fast alles.»

«Ich verrate Ihnen auch ein paar großartige Dreifach-Wortwert-Worte.»

«Von Pilzerkrankungen?»

«Aus der Quantenchemie. Damit gewinnen Sie so gut wie jedes Spiel.»

«Das klingt verlockend.» Stark überlegte ein wenig und sagte dann: «Stellen Sie Fragen, und ich werde sehen, was ich guten Gewissens beantworten kann.»

«Hat Alexa von Baugenwitz Verwandte, die jetzt das Schloss erben?»

«So viel darf ich Ihnen verraten: Das Schloss war nie im Besitz von Alexa von Baugenwitz.»

«Aber Philipp muss es ihr doch vererbt haben. Sie war doch seine Frau.»

«Die beiden hatten einen Ehevertrag. Alexa hat lediglich eine monatliche Witwenrente geerbt.»

Achim staunte. Damit hatten weder er als Watson noch Angela als Sherlockine gerechnet. Sein Auftrag war auszuschließen, dass irgendein bis dato unbekannter Verwandter von Alexa von Baugenwitz als Täter in Frage käme. Jetzt stellte sich jedoch eine ganz andere Frage: «Und wer erbt dann alles von Philipp?»

«Namen darf ich nicht nennen.»

«Aber Sie können doch», versuchte Achim, dem Notar eine Brücke bauen, «ganz allgemein sagen, in welcher Beziehung jemand zu dem Toten stehen muss, um zu erben?»

«Ja, das kann ich.»

«Und?»

«Erben tut in einem solchen Falle das Kind.»

«Aber Philipp von Baugenwitz hat doch keine Kinder.»

«Ich darf leider keine Namen nennen.»

«Aber ich darf sie raten?»

«Selbstverständlich dürfen Sie das.»

240

«Fein», freute sich Achim.

«Aber ich darf sie weder bestätigen noch verneinen.»

«Nicht fein.» Achim grübelte und grübelte, um wen es sich handeln könnte. Aber ihm kam eben nur das Gerücht in den Sinn, dass Marie den Spross von Philipp in ihrem Bauch trug. Aber selbst wenn das stimmte, handelte es sich bei dem Kind um ein uneheliches. Das würde doch nichts erben.

Oder?

«Ich habe noch eine allgemeine Frage.»

«Schießen Sie los.»

«Erbt ein uneheliches Kind?»

«Ich sag's ja immer», lächelte Stark, «Scrabble-Spieler sind schlaue Menschen.»

41

Marie legte das Messer auf das Schneidebrett und hielt ihren Bauch. Sie war dermaßen aufgewühlt, dass es sich anscheinend auf das Baby übertrug. Für einen Augenblick befürchtete Angela, dass die Wehen einsetzen würden. Sie hatte zwar versprochen, Marie zum Krankenhaus zu begleiten, sie sogar in den Kreißsaal zu führen. Doch das eine war, sich dazu bereitzuerklären, das andere war, das auch tatsächlich zu tun. Es erinnerte Angela an die Flüchtlingskrise, als sie vor der versammelten Presse ‹Wir schaffen das› ausgesprochen hatte. Sie hätte den Satz damals lieber offener gestalten sollen. Zum Beispiel so: ‹Wäre es nicht toll, wenn wir das schaffen?› Oder: ‹Wäre doch gelacht, wenn wir das nicht hinbekämen!› Oder: ‹Liebe Damen und Herren von der Presse, es ist alles gesagt. Draußen stehen Kaffee und Butterkuchen für Sie bereit.›

«Ist», fragte Angela, «alles in Ordnung?»

«Ja», antwortete Marie, ohne dass alles in Ordnung zu sein schien. Sie atmete mehrmals tief durch. Dann wischte sie sich mit dem Ärmel ihres Langarm-Shirts den Schweiß von der Stirn, krempelte es auf, und Angela erblickte eine Narbe an Maries Handgelenk. Sie musste schlucken: Die arme Frau hatte tatsächlich versucht, sich umzubringen.

Marie bemerkte, dass Angela auf die Narbe starrte. Die beiden schwiegen für einen langen Moment. Schließlich fragte Angela behutsam: «Die ist noch nicht alt, nicht wahr?»

Marie schwieg weiter.

Keine Antwort war auch eine Antwort.

Angela grübelte, ob sie nun weitere Fragen stellen sollte, und kam zu dem Schluss, dass sie es tun musste, wenn sie Maries Unschuld, auf die sie so sehr hoffte, beweisen wollte: «Haben Sie es versucht, weil Philipp Sie verlassen hat?»

Keine Antwort war wieder eine.

«Aber nicht, bevor Sie wussten, dass Sie von ihm schwanger sind.»

«Ich würde meinem Kind nie etwas antun!» Maries Augen funkelten wütend.

«Das hätte ich auch nie gedacht», hob Angela abwehrend die Hände.

«Gut!»

«Philipps Tod scheint Ihnen nahezugehen», tastete sich Angela vor.

Marie war nicht mehr nur zornig, sondern zusätzlich auch noch traurig. Sie schien immer noch etwas für den Mann zu empfinden. Oder war es für sie einfach nur bitter, dass ihr Junge niemals die Chance haben würde, seinen Vater kennenzulernen?

«Alexas Tod von heute hingegen nicht.»

«Sie hat mich gehasst, nachdem sie von dem Kind erfahren hatte! Mich beschimpft, dass sie mir die Augen auskratzen würde! Sie wollte dafür sorgen, dass wir Klein-Freudenstadt verlassen müssen. Soll ich etwa wegen ihr heulen?»

Angela realisierte, dass Marie durch diesen Ausbruch bestätigt hatte, dass das Kind in ihrem Bauch von Philipp stammte. Sie sprach es nicht aus, sondern sagte: «Ich glaube, die beiden wurden ermordet.»

«Was …?» Marie war schockiert. Die Frage war nur: War sie es, weil sie von den Morden bisher nicht gewusst hatte oder weil sie selbst die Taten begangen hatte und nun damit konfrontiert wurde? Letztere These schien Angela mittlerweile nicht mehr ganz so abwegig zu sein.

Es gab nur eine Chance, sie zu widerlegen. Angela rief sich die unsterblichen Worte des Torwarts Oliver Kahn in Erinnerung. Der Gedanke an ihn war unweigerlich verbunden mit ihrem Besuch in der Kabine der Fußballnationalmannschaft, wo er ihr, nur mit einem knappen Handtuch bekleidet, gegenüberstand: ‹Weitermachen, immer weitermachen!›

«Wir gehen davon aus», sagte Angela in ruhigem Tonfall, «dass es sich bei der Mörderin um jemanden handelt, der sich sehr gut mit der Geschichte von Klein-Freudenstadt auskennt.»

«Sie glauben, dass ich …?»

«Ich nicht.»

«Danke», erwiderte Marie bissig.

«Aber die Gründe für den Verdacht sind nicht von der Hand zu weisen. Philipp hat Sie mit einem Kind im Stich gelassen. Ein Kind, dessen Vaterschaft er nicht anerkannte. Und Alexa wollte Sie und Ihr Kind aus Ihrem Heimatort vertreiben.»

Marie blickte auf ihren Bauch, ihre Augen füllten sich nun vor lauter Verzweiflung und Zorn mit Tränen.

«Außerdem hat seine Familie das Schloss zurückverlangt, in dem Sie aufgewachsen waren. Das Waisenhaus musste geschlossen werden. Und Ihre geliebte Thea …», Angela zeigte auf das Foto, «hat das nie überwunden und sich umgebracht.»

Marie stützte sich mit der Hand auf der Küchenplatte ab, keine drei Zentimeter neben dem Brett mit dem Messer. Würde Angela es schneller nehmen können, wenn es dazu käme?

Nein, natürlich nicht!

Jetzt wünschte sich Angela Maries Unschuld nicht mehr nur für die schwangere Frau und ihr Ungeborenes, sondern auch für sich selbst. Aber daran glauben konnte sie – nachdem sie alle Motive laut ausgesprochen hatte – selbst nicht mehr so ganz.

Weitermachen, immer weitermachen!

«Und es gibt sogar einen Hinweis des Toten, der auf Sie hindeutet.»

«Einen Hinweis?»

«Darf ich die für Demonstrationszwecke nehmen?» Angela ging zu den geschnittenen Zwiebeln und hoffte, nicht nur mit ihnen das a legen zu können, sondern auch sich selbst zwischen Marie und das Messer zu schieben.

«Ja», sagte Marie und nahm das Messer vom Brett. Man hätte es freundlich so deuten können, dass sie nicht wollte, dass Angela sich zufällig daran schnitt. Doch Angela fiel es schwer, es so zu interpretieren.

Weitermachen …

Angela musste mit einem Mal bei dem Gedanken an den Spruch von Oliver Kahn grinsen, da sich Achim damals grummelnd beschwert hatte: «Musst du immer in die Umkleidekabine dieser halbnackten durchtrainierten Fußballer gehen?» Es war wahrlich erstaunlich, was einem in Gefahrensituationen so in den Sinn kam …

«Was ist?», fragte Marie, die dieses Grinsen irritierte, wie es wohl jeden Menschen – Mörder oder nicht – in dieser Situation irritiert hätte.

… immer weitermachen.

Angela legte mit den Zwiebeln auf dem Brett das a.

«Was soll das sein?», fragte Marie, die das Messer weiter in der Hand hielt.

«Das hat Philipp hinterlassen, bevor er starb.»

«Zwiebeln?»

«Nein, nein! Den Buchstaben.»

«Aha. Und was soll der bedeuten?»

«Das ist der Hinweis, von dem ich sprach.»

«Und was hat der mit mir zu tun?»

«Das a steht für den Namen Ihres Sohnes. Adrian.»

Marie schaute Angela an. Lange. Und dann begann sie laut zu lachen. Mit dem Messer in der Hand.

42

Was ist daran so komisch?», fragte Angela, nun selbst irritiert. Und sie fragte sich, ob sie wohl eine Chance haben würde zu entkommen. Der Weg zur Tür war nicht weit. Und Marie war hochschwanger und deshalb nicht ganz so beweglich. Dafür war Angela unsportlich. Ach, hätte sie sich in Regierungszeiten doch mal, wie Emmanuel Macron, einen Fitnesstrainer zugelegt und nicht nur einen Physiotherapeuten, der sie mit Rückenübungen gequält hatte.

«Das da», japste Marie und deutete auf das aus Zwiebeln bestehende a.

«Ich verstehe nicht», sagte Angela.

«Natürlich nicht», erwiderte Marie und legte das Messer zur Seite. Eine Geste, die Angela extrem erleichterte. Selbstverständlich könnte Marie es jederzeit wieder in die Hand nehmen und zustechen. Aber zumindest für den Augenblick schien die Gefahr geringer geworden zu sein.

«Wenn Philipp einen Hinweis auf unser Kind hätte geben wollen, dann hätte er das hier gelegt.»

Marie nahm die Zwiebeln und arrangierte sie um zu einem B.

«Ich verstehe immer noch nicht ganz.»

«Als er von dem Kleinen hier», Marie streichelte ihren Bauch, «erfahren hat, bestand er darauf, dass ich das Kind Benedikt nenne.»

«Aber er wollte es doch gar nicht anerkennen.»

«Nicht öffentlich. Und dennoch wollte er den Namen bestimmen. So war er halt.»

«Aber Sie wollten sich nicht darauf einlassen.»

«Natürlich nicht. Und ich habe ihm auch nie verraten, dass ich den Kleinen Adrian nennen werde.»

Das a war also kein Hinweis auf den Namen des Kindes. Jedenfalls, wenn Marie die Wahrheit sagte.

«Schauen Sie», nahm die werdende Mutter ihr Handy und zeigte Angela eine Textnachricht von Philipp, die von seinem Todestag stammte:

Ich habe es mir anders überlegt. Ich werde den kleinen Benedikt zwar niemals öffentlich anerkennen, aber ihm jeden Monat 1000 Euro überweisen. J.

Marie hatte also die Wahrheit gesagt: Der Freiherr, der offensichtlich ein Meister des unpassenden Smiley-Zeichens war, hatte nie gewusst, dass sein Sohn den Namen Adrian tragen würde.

«Haben Sie das Geld abgelehnt?»

«Für mich selber hätte ich es getan, aber für den Kleinen habe ich es natürlich angenommen.» Marie zeigte Angela auch die nächste Textnachricht, in der sie ihre Kontonummer übermittelt hatte. «Aber jetzt, wo er tot ist, ist damit nicht mehr zu rechnen.»

«Benedikt …» Angela schaute auf das B, das kein a war, und spürte ihre große Erleichterung. Nicht so sehr, weil sie sich jetzt nicht mehr in Gefahr befand, sondern weil Marie unschuldig war.

«Glauben Sie immer noch, dass ich eine Mörderin bin?»

Angela begann sich zu schämen. Trotz ihrer Sympathie für die schwangere Frau hatte sie sie verdächtigt. «Es tut mir sehr leid.»

«Ach, schon in Ordnung», winkte Marie ab.

«Ich sollte jetzt wohl gehen», fand Angela, dass sie jedes Recht verwirkt hatte, hier noch weiter die Gastfreundschaft zu genießen.

«Sind Sie taub?»

«Ähem … wieso?»

«Ich habe gesagt: schon in Ordnung.»

«Aber ich habe mich viel zu sehr in Ihre Privatsphäre eingemischt.»

«Ja, sogar mehr als der Fallmanager beim Jobcenter. Hätte nie gedacht, dass das möglich ist.»

«Und ich habe Sie mit dem Verdacht beleidigt.»

«Und wie Sie das haben!»

«Wie können Sie dann sagen, es sei schon in Ordnung?»

Marie ging zu der Pinnwand und tippte mit dem Finger auf das Foto: «Wissen Sie, was Thea immer gesagt hat?»

«Was denn?»

«Man muss jedem eine zweite Chance geben.»

«Und Sie wollen mir jetzt eine geben?»

«So wurde ich erzogen.»

Angela war gerührt. Sie schaute sich Thea auf dem Foto noch mal genauer an, wie sie da zwischen den Kindern stand und lächelte. Dabei dachte Angela: Vielleicht wäre es für die Menschen inspirierender gewesen, wenn jemand wie sie anstelle von ihr den Weg ins Kanzleramt gemacht hätte.

«Niemand ist perfekt», lächelte Marie.

«Das ist ja so wahr», lächelte Angela zurück.

«Und das ist auch gut so!»

«Ebenfalls wahr!»

«Und jetzt? Zwiebelkuchen und *Star Wars*?»

«Zwiebelkuchen und *Star Wars*!», lachte Angela befreit auf.

43

Achim rührte die Milch in seinem Rooibos-Karamell-Tee um und dachte dabei an seine Frau. Es würde Angela traurig machen zu hören, dass die Fremdenführerin noch ein weiteres Mordmotiv hätte, falls Philipp tatsächlich der Vater ihres Kindes war. Angela hatte Marie ins Herz geschlossen. Und ihr Herz war groß!

Ja, Angela war eine gefühlvolle, sensible Frau. Auch wenn Achim der einzige Mensch auf der ganzen weiten Welt war, der das wusste. Inklusive Angela selber. Die dachte, sie wäre nach all den Jahrzehnten in der Politik abgehärtet. Doch Achim war klar, dass dem nicht so war. Seine Puffeline war sogar in all der Zeit noch verletzlicher geworden, weil sie so lange ihre Gefühle hatte verstecken und kontrollieren müssen. Wie ein Damm, hinter dem sich zu viel Wasser angestaut hatte und der beim kleinsten Riss brechen würde und die ganzen Niederlande überfluten würde. Und Belgien. Und Teile von Nordrhein-Westfalen. Bis nach Hamm in Westfalen.

Achim vermutete, wenn Marie wirklich die Mörderin wäre, würde Angela erstmals in diesem Jahrtausend weinen. Und vermutlich lange nicht mehr aufhören. Aber … vielleicht würde es ihr sogar guttun, ihren Tränen freien Lauf zu lassen?

«Wenn Sie noch weiter rühren, wird die Milch zu Käse», sagte der Notar, der ihm im Café gegenübersaß und seine Tasse Rooibos-Karamell-Tee schon halb leergetrunken hatte.

Achim hörte auf zu rühren.

«Wissen Sie», redete der hagere Mann weiter, «Sie haben bei weitem noch nicht alle wichtigen Fragen gestellt.»

«Welche Frage hätte ich denn noch stellen sollen?»

«Das müssen Sie schon selbst herausfinden.» Stark zerteilte mit einer Gabel den glasierten Berliner, den er sich aus einer Bäckerei mitgebracht hatte. Der Kellner hatte ihn zwar darauf aufmerksam gemacht, dass man sein mitgebrachtes Essen nicht verspeisen durfte, aber Stark hatte mit diversen Gesetzesparagraphen, deren Unterparagraphen und Absätzen sowie einem Grundsatzurteil des Landgerichts Erlangen gekontert. Daraufhin hatte der überforderte Kellner gesagt: «Essen Sie ruhig, aber verraten Sie nicht meinem Chef, dass ich das gesagt habe.»

Achim starrte auf den zerteilten Berliner, aus dem die Marmelade floss, und grübelte, welche Frage er noch stellen sollte. Ein Sherlock hätte es schon längst gewusst, Sherlockine sowieso. Aber auch ein Watson war ein guter Ermittler. Jedenfalls besser als Inspektor Lestrade. Und daher sollte auch er, der beste Watson, der außerhalb von Kriminalromanen existierte, in der Lage sein, die richtigen Fragen zu stellen!

So motiviert, befeuerte Achim seine Gehirnzellen mit einem Schluck Tee: Er hatte herausgefunden, dass das ungeborene Kind Geld erben würde. Das seine Mutter wiederum verwalten würde. Also war es quasi ihres. So weit, so klar. Wie viel Geld es war, würde Stark nicht verraten. Aber vielleicht …

«Erbt ein uneheliches Kind tatsächlich alles?»

«Kommt darauf an.»

«Worauf?»

«Ob es das einzige Kind ist.»

«Philipp hat doch keine anderen Kinder.»

Stark grinste und führte mit der Gabel ein Achtel des Berliners in seinen Mund.

251

«Hat er doch?»

«Köstlich der Berliner! Dieser Bäcker Wurst ist der beste Bäcker weit und breit», lächelte Stark.

«Lassen Sie das nicht meine Frau hören.»

«Beim nächsten Mal kauf ich mir von dem Berliner gleich zwei», grinste Stark und zwinkerte dabei.

«Haben Sie etwas im Auge?», fragte Achim irritiert.

«Sie sind nicht sehr empfänglich für subtile Hinweise, nicht wahr?»

«Was war denn der subtile Hinweis?»

«… von dem Berliner gleich zwei.»

«Berliner?»

«Gleich zwei.»

«Zwei?»

«Andere würden in dieser Situation Bingo sagen. Aber ich sage lieber Scrabble.»

«Philipp von Baugenwitz hat zwei Kinder?» Achim konnte es kaum fassen.

«Das haben Sie gesagt», lächelte Stark und nahm sich genüsslich noch ein Achtel von dem Berliner.

44

Beim Antritt seiner Stelle in der Uckermark hätte Mike mit recht vielen Dingen niemals gerechnet: dass er in einem Mordfall ermitteln würde, dass jede Menge Kuchen seinen Body-Mass-Index erhöhen würde oder dass er die Hinterlassenschaften von Putin aufsammeln würde. Aber am allerwenigsten hätte er erwartet, dass er nackt in einem See schwimmen würde. Zusammen mit einer wunderschönen ebenfalls nackten Frau. Die mit Ende zwanzig um einiges jünger war als er.

«Siehst du», lachte Lena, «ist doch gar nicht so schwer!»

Ihr Lachen war so bezaubernd, dass Mike all seine Scham vergaß. Etwa einen halben Meter vor ihr begann er, auf der Stelle zu paddeln, und lachte ebenfalls: «Nein, ist es nicht!»

In der Tat hatte sich noch nie etwas in seinem Leben so leicht angefühlt wie das hier.

«Komm näher», sagte Lena verführerisch.

«Ähem, meinst du?»

«Ich habe dir doch einen Kuss versprochen. So einen langen Hals habe ich nicht.»

Mit einem Mal fühlte es sich nicht mehr nur leicht an, sondern aufregend.

«Du wirst ja rot», lachte Lena.

«Nein, nein, das ist nur, wenn ich im Wasser bin, sammelt sich das Blut in meinem Kopf ...»

«Du bist so süß.» Lena schwamm auf Mike zu, nahm sein großes Gesicht in ihre Hände und küsste ihn. Es war ein wunderbarer Kuss, genau die richtige Mischung aus Leidenschaft und Zärtlichkeit. Leidenschaft hatte er mit seiner Exfrau kennengelernt, Zärtlichkeit hingegen nicht. Eher Teller werfen. Vasen zertrümmern. Klobürsten schleudern. Sogar die aus dem Gäste-WC.

«Wieso verziehst du das Gesicht?»

«Ich habe gerade an meine Exfrau gedacht», war Mike wie viel zu oft in seinem Leben unfähig zu lügen.

«Das ist jetzt nicht so nett», antwortete Lena und brachte etwas Abstand zwischen sich und Mike.

«Ich habe verglichen, wie es war, sie zu küssen.»

«Auch nicht nett.»

«Und es war nie so schön wie mit dir.»

«Okay», war Lena verwirrt, «das ist immerhin ein wenig besser.»

Mike blickte sie an und war von sich selbst erstaunt, wie gut er schöne Augenblicke versauen konnte. Er war so ein Idiot. Ein Idioten-Champion! Wenn es eine Weltmeisterschaft für Idioten gäbe, würden die anderen Idioten gar nicht erst antreten, weil sie wussten, sie hätten gegen ihn keine Chance. Selbst Kanye West würde zu Hause bleiben.

«Wollen wir picknicken?», fragte Lena.

Mike war klar, dass er jetzt nicht thematisieren sollte, wie sich Käse und Wein auf seinen Body-Mass-Index auswirken würden. Daher nickte er nur. Sein Blick fiel wieder auf Lenas Schulter, die Wassertropfen auf den Narben glitzerten in der Abendsonne. «Tut es noch sehr weh?»

«Ja.»

Mike wünschte sich so sehr, dieser wunderbaren Frau ihren Schmerz nehmen zu können.

«Was schaust du mich so an?» Lena wirkte mit einem Mal sehr unsicher.

Mike antwortete nicht.

«Was denkst du?»

«Ich würde dir so gerne den Schmerz nehmen», war er erneut unfähig zu lügen.

Lena lächelte unsicher: «Ich habe ja das Geld für die Operation in Fort Lauderdale zusammen. In zwei Monaten ist es so weit.»

«Das ist echt viel Geld», seufzte Mike, der es unfair fand, dass man so viel für eine Operation zahlen musste.

«Das ist es», sagte sie unsicher und schwieg dann. Dabei wirkte sie auf Mike irgendwie …

… schuldbewusst?

«Ist was?», fragte Lena noch unsicherer.

«Nein, nein …», antwortete Mike nicht sonderlich überzeugend. Denn er fragte sich mit einem Mal, woher das Geld stammte. Normale Polizisten hatten es nicht leicht, so viel zur Seite zu legen. Eine OP in den USA ist ja keine Investition, für die eine Bank einen Kredit gewährt. Sollte er Lena danach fragen?

Die Frage beantwortete sich von selbst. Anscheinend sprach Mikes Gesichtsausdruck Bände. Lena blaffte: «Das ist meine Angelegenheit und geht dich nichts an!»

Und mit diesen Worten schwamm sie davon in Richtung Steg. Er folgte ihr nicht. Planschte noch ein wenig auf der Stelle. Denn mit einem Mal misstraute er dieser Frau. Auf eine ganz andere Art als seiner Ex, der er nie hatte glauben können, dass sie bis vier Uhr nachts bei ihrer besten Freundin gewesen war und nur deshalb nach Aftershave roch, weil sie deren Mann zur Begrüßung umarmt hatte. Er misstraute Lena auf eine *Kein normaler Polizist hat plötzlich einfach mal so 25 000 Euro*-Weise.

45

Angela war erstaunt, dass ein Abend, der einen so schlechten Start hatte, einen so wunderbaren Verlauf nehmen konnte. Der Zwiebelkuchen war köstlich gewesen und besser als so manches Drei-Sterne-Menü bei Staatsempfängen. Im Vergleich zu den Schnecken in Gorgonzola, die bei François Hollande serviert worden waren, sogar exzellent. Der Wein, den Angela natürlich allein getrunken hatte, war ebenfalls überraschend gut gewesen. Und selbst dieser *Star Wars*-Film hatte ihr, entgegen ihrer Erwartung, auch Vergnügen bereitet. Gut, man durfte nicht in die Tiefe gehen, wenn man über die Handlung nachdachte. Luke Skywalker hatte streng genommen ein Kriegsverbrechen verübt. Bei der Zerstörung des Todessterns hatte er jede Menge Kollateralschäden in Kauf genommen, denn auf dem Stern hatten ja gewiss nicht nur Soldaten des Imperiums gearbeitet, sondern zum Beispiel auch zivile Reinigungskräfte. Und den Flirt zwischen Prinzessin Leia und Luke hatte Angela auch nur so lange sympathisch finden können, bis Marie ihr verraten hatte, dass die beiden eigentlich Geschwister waren. Von da an drückte sie Han Solo die Daumen, der hatte was mit seinem verruchten Charme. Wie George W. Bush, nur viel intelligenter.

Gemeinsam mit Marie stand sie nun vor der Haustür, der Fast-Vollmond strahlte, und die Sterne funkelten, wie sie in Berlin erst wieder funkeln würden, wenn nur noch E-Autos fuhren und die

Schwerindustrie sich auf CO_2-Standards eingelassen hätte, von denen selbst Greta Thunberg nur träumen konnte.

«Ich kann Sie nach Hause begleiten», bot Marie an.

«Das schaff ich schon selber», lächelte Angela. «Ich bin extra nach Klein-Freudenstadt gezogen, damit ich auch mal alleine irgendwo entlangstrolchen kann.»

«Sie sind es doch, die glaubt, dass die beiden ermordet wurden. Nicht ich.»

Angela wünschte, dass Marie sie nicht daran erinnert hätte. Seitdem sie die Leiche von Philipp von Baugenwitz im Keller gefunden hatte, waren die vergnüglichen *Star Wars*-Zwiebelkuchen-Stunden die ersten gewesen, in denen sie nicht an die Mordermittlung gedacht hatte. Begab sie sich in Gefahr, wenn sie alleine nach Hause ging? Sie war ja die einzige Person, die der Mörderin noch gefährlich werden konnte. Wurde sie als Detektivin so ernst genommen, dass jemand das Risiko auf sich nahm, einen Anschlag auf sie zu verüben? Angela hielt das eher für unwahrscheinlich, war sie doch in ihren Ermittlungen noch nicht so weit gekommen, die Täterin in die Enge getrieben zu haben. Und für den nicht allzu wahrscheinlichen Fall, dass sie auf dem etwa zehnminütigen Nachhauseweg in Gefahr geraten würde, wäre es erst recht falsch, sich von Marie begleiten zu lassen. Eine schwangere Frau so einer Bedrohung auszusetzen, wäre einfach unverantwortlich.

«Na, so dumm wird schon kein Mörder sein», lächelte Angela und drückte sich dabei selbst die Daumen.

«Wie Sie meinen», antwortete Marie. «Wir sollten aber unbedingt noch einen Filmabend machen.»

«Gerne», freute sich Angela über das Angebot. Es zeigte ihr, dass auch Marie der Abend Freude bereitet hatte. Sie war also wirklich dabei, in ihrer neuen Heimat eine Freundin zu finden.

«Dann schauen wir beim nächsten Mal *Eat Pray Love!*», strahlte Marie.

«Klingt alles drei gut.»

«Darf ich Sie drücken?»

Angela war erstaunt von dem Ansinnen. Doch dann freute sie sich und sagte: «Nur zu.» Marie umarmte sie herzlich. Es war ein schönes Gefühl. Das durch ein weiteres, nicht minder schönes, dafür aber ungewöhnliches und sogar auch ein bisschen unheimliches abgelöst wurde: Das Baby trat von innen gegen Maries Bauch und damit ebenfalls gegen den von Angela. Ein Mal. Zwei Mal. Drei Mal.

«Adrian», lachte Marie, «mag Sie auch!»

Angela wurde rot. Vor Glück. Konnte man wirklich großmütterliche Gefühle bekommen, wenn man gar keine Großmutter war?

Marie löste die Umarmung: «Ich freue mich wirklich, dass Sie mich zur Geburt begleiten.»

War Angela von dem Ansinnen beim ersten Mal noch überrumpelt gewesen, fühlte sie sich nun, nach dem Abend und den drei Tritten im Bauch, etwas besser gewappnet und freute sich darauf, Marie in diesem wichtigen Moment ihres Lebens unterstützen zu dürfen. «Ich freue mich auch.»

«Dann wünsche ich Ihnen eine wunderbare Nacht.»

«Danke, gleichfalls.»

Die beiden Frauen strahlten sich an. Dann wandte sich Angela um und machte sich auf den Heimweg. Nach ein paar Schritten hörte sie, wie hinter ihr die Tür ins Schloss fiel. Marie war wieder ins Haus gegangen. Beschwingt schlenderte Angela die Landstraße entlang, die von Mond, Sternen und einigen wenigen Straßenlaternen beleuchtet wurde. Vorbei an Gärten, Gräben, Bäumen und wenigen, weit auseinanderliegenden Häusern, deren Bewohner schon zu schlafen schienen. Dabei atmete Angela die abendliche Frühlingsluft ein und spürte den kleinen Tritten nach, die ihr Adrian zum Abschied verpasst hatte.

Das Wunder des Lebens.

Wer hätte gedacht, dass sie damit noch mal in Berührung kommen würde?

Dieser kleine Flecken Erde hier war wirklich für Überraschungen gut.

Und es folgte sogleich die nächste für Angela.

Denn ein Pfeil zischte haarscharf an ihr vorbei und blieb zitternd in einem Baum hinter ihr stecken.

46

Lauf!, rief Angelas Instinkt ihr zu, und sie hielt dies auch für einen sehr guten Vorschlag, doch sie konnte nicht anders, als auf den Pfeil zu starren, der noch immer in dem Baumstamm surrte und zappelte.

Lauf!, rief Angelas Instinkt noch einmal, diesmal lauter. Sie wollte ihre Beine ja in Bewegung setzen, aber sie war wie paralysiert.

Da kommt bestimmt noch ein zweiter Pfeil, du dumme Kuh!, rief der Instinkt. Und obwohl Angela wusste, dass der Instinkt in der Sache richtiglag, fand sie, dass er sich ein wenig im Ton vergriff. Bevor sie jedoch mit ihm in Zwiesprache gehen konnte, sauste der zweite Pfeil so knapp an ihr vorbei, dass ihre Haare im Luftzug wehten. Auch dessen Spitze schlug in den Baum ein.

LAUF!, schrie ihr Instinkt nun. Angela wusste, dass sie dem Rat endlich folgen musste. Doch Rennen war nicht gerade ihre Stärke. Wann war sie das letzte Mal gesprintet? Vielleicht als Achim am Tag des Mauerfalls gerufen hatte: «Komm, komm, du glaubst nie, was der olle Schabowski gerade gesagt hat! Alle können in den Westen!» Damals jedoch war die im Lauf zurückgelegte Strecke von der Küche ins Wohnzimmer überschaubar gewesen. Jetzt wurde sie jedoch gejagt wie ein Tier.

LAAAUUUF!

Es wäre Angela wirklich lieber gewesen, wenn sie mit einer anderen Tätigkeit ihr Leben hätte retten können. Warum konnte der

Instinkt nicht einfach statt ‹Lauf!› so etwas rufen wie ‹Leite Krisensitzung›, ‹Erkläre Stringtheorie› oder ‹Erkläre zum hundertsten Mal die AHA-Regeln›.

BIST DU TAUB?, brüllte der Instinkt.

Endlich löste sich Angelas Schockstarre, und sie setzte sich in Bewegung. Gerade noch rechtzeitig, bevor der dritte Pfeil sie erwischen konnte. Er sauste hinter ihrem Rücken vorbei und gesellte sich zu seinen Geschwistern in dem Baumstamm.

Angela rannte so schnell wie nie zuvor in ihrem Leben. Dabei war sie sich nur allzu bewusst, dass dies nicht sonderlich schnell war. Sie musste an die *Donald Duck*-Filmchen denken, die sich Achim so gerne auf YouTube ansah. In einem solchen wäre sie erst von einem Nordic Walker überholt worden. Dann von einer Schildkröte. Und schließlich von einer Schildkröte, die Nordic Walking machte.

HÖR AUF, SO EINEN MIST ZU DENKEN, UND KONZENTRIER DICH AUFS LAUFEN!

Angela begriff mit einem Mal, warum sie in Gefahrensituationen stets auf so abwegige Gedanken kam: Mit denen lenkte sie sich von ihrer Todesangst ab.

Ein Pfeil landete genau vor ihren Füßen, auf einem Streifen Grün zwischen ihr und dem Graben.

LAUF WIEDER ZURÜCK!, kiekste ihr Instinkt panisch. Angela starrte keuchend auf den Pfeil und realisierte, dass ihr Instinkt gerade nicht sonderlich hilfreich war. Früher oder später würde sie getroffen werden, und so, wie sie jetzt bereits nach Luft rang, eher früher.

Angela blickte sich hektisch nach einem Ausweg um und sah den Graben. Ein Plan formierte sich in ihrem Kopf: Wenn sie da hineinsprang, könnte sie vorerst nicht getroffen werden. Und sie könnte die Zeit nutzen, um mit dem Handy einen Notruf zu senden. Gedacht, getan. Angela sprang in den Graben.

Wie so viele Pläne, die unter großem Zeitdruck geschmiedet wurden, wies auch dieser in der Ausführung Schwächen auf. So hatte sie nicht einkalkuliert, wie tief der Graben ist. Kurz: Sie stand bis zum zweiten Blazer-Knopf im kalten Wasser. Hastig griff sie in ihre Jackentasche. Doch es war zu spät: Ihr Handy war bereits nass und daher unbrauchbar. Das war halt der Nachtteil, wenn man ein topmodernes und widerstandsfähiges Diensthandy austauschte gegen ein altes Nokia-Knochen-Modell.

Was also tun? Auf der anderen Seite im Graben herausklettern und weiterlaufen? Die Chancen, auf diese Weise zu überleben, lagen schätzungsweise bei 0,5 Prozent. Die einzige Alternative, die Angela in ihrer Panik einfiel, war unterzutauchen und zu hoffen, dass der Schütze sie in dem dreckigen Wasser nicht fand.

Kaum war sie unter der Wasseroberfläche in die Hocke gegangen, fiel Angela ein, dass sie sich vorher nach einem Schilfrohr oder Strohhalm hätte umsehen sollen, durch das sie hätte atmen können. Ob sie noch mal auftauchen sollte? Nein, das wäre zu gefährlich.

Angela kalkulierte, wie lange ihre Luft wohl reichen würde. 50 Sekunden? Vielleicht 60, wenn es gut lief.

So würde sie also die letzte Minute ihres Lebens verbringen: in einem Graben voll mit Brackwasser. Von dem sie gar nicht wissen wollte, was sich alles darin befand.

Wenn sie nicht unter Wasser gewesen wäre, hätte Angela ob der Ironie gekichert. All die Jahrzehnte als Politikerin, mehr als eineinhalb Jahrzehnte davon als Kanzlerin, und nie war sie ernsthaft in Lebensgefahr gewesen, obwohl sie doch so viele Feinde im In- und Ausland hatte. Sie musste erst nach Klein-Freudenstadt in der Uckermark kommen, um einem Attentat zum Opfer zu fallen.

Doch wenn sie schon sterben musste, dann wenigstens mit einem Fünkchen Restwürde. Nicht nach Luft japsend, weil sie bis zur letzten Sekunde unter Wasser geblieben war, sondern dem Täter, wer auch immer es war, in die Augen blickend. Dann würde sie wenigstens den Fall gelöst haben, bevor sie mit einem Pfeil in der Brust getroffen zu Boden sinken würde.

So wartete Angela gar nicht ab, bis ihr die Luft ausgehen würde, und tauchte bereits nach dreißig Sekunden wieder auf. Triefend. Die nassen Haare im Gesicht klebend.

Eine Weile blieb sie so stehen. Doch sie sah niemanden und hörte auch keinen Pfeil zischen, dafür aber ein näher kommendes Auto. Und gleich darauf Schritte, die davonliefen. Der Täter war anscheinend geflohen.

Beinahe hätte Angela ihre Arme jauchzend hochgerissen wie damals im Stadion von Rio de Janeiro, als Mario Götze Deutschland zur Fußballweltmeisterschaft geschossen hatte. Doch das Auto hielt mit einer Vollbremsung genau vor dem Graben. Hatte der Täter etwa Verstärkung gerufen? Die *Mord im Orient-Express*-These schien ja mittlerweile die plausibelste zu sein.

Die Tür des Autos öffnete sich, Schritte näherten sich dem Graben.

Angelas Herz klopfte wie verrückt. Was auch immer geschah, sie würde dem Schicksal ins Auge sehen.

Eine Taschenlampe schien ihr mit einem Mal ins Gesicht. Sie konnte nicht ausmachen, wer sie hielt, doch die Stimme, die nun sprach, kannte sie gut.

«Ich glaub, ich will gar nicht wissen, was Sie da im Graben machen.»

«Nein», antwortete Angela zutiefst erleichtert, «das wollen Sie nicht, Mike.»

47

Vor dem Fachwerkhaus stiegen die beiden aus dem kleinen E-Auto aus. Der Personenschützer hatte Angela noch am Graben eine Decke umgelegt. Gemeinsam näherten sie sich nun der Haustür, und Angela raunte Mike dabei zu: «Wir erzählen Achim nicht, dass mein Leben in Gefahr war.»

Anstatt zu antworten, nickte Mike nur. Er hatte die ganze Fahrt über geschwiegen, nachdem er ihr erklärt hatte, dass er sie per Handyortung ausfindig gemacht hatte, wozu er sich gezwungen gesehen hatte, weil sie mal wieder unangekündigt ausgebüxt war. Doch Mikes beharrliches Schweigen war nicht etwa vorwurfsvoll, sondern eher zutiefst besorgt. Kein Wunder, mit dem Attentat war aus dem Detektivspiel tödlicher Ernst geworden. Aber noch etwas schien ihn zu belasten. Etwa sein Treffen mit Lena?

Der … Bogenschützin?

Obwohl Angela fror, wurde ihr plötzlich heiß: Natürlich! Wer sonst sollte Pfeil und Bogen als Waffe benutzen? Dass sie nicht früher darauf gekommen war! Aber wenn man um sein Leben rannte, war man nun mal nicht so gut darin, Dinge nüchtern zu analysieren.

Angela blickte zu Mike. Sollte sie ihn jetzt auf Lena ansprechen? Doch kaum hatte sie sich diese Frage gestellt, öffnete Achim die Tür, sah seine tropfende Ehefrau und rief eine ganz andere Frage: «Gute Güte, was ist geschehen?»

Angela hatte Achim noch nie anlügen können. Ein klein wenig anschwindeln, das schon. Das war für sie nie ein Problem gewesen. Aber wenn es um etwas wirklich Wichtiges ging, war es ihr unmöglich, diesen wundervollen Mann zu belügen. Und dennoch durfte er nicht die Wahrheit erfahren. Die Sorge um ihr Leben würde ihn krank machen.

Hilflos sah sie zu Mike. Der begriff augenscheinlich sofort, dass er für seine Chefin eine Ausrede erfinden musste. Normalerweise, das wusste Angela, log Mike nie für Vorgesetzte, egal wie sehr sie ihn auch darum baten. Doch für Angela schwindelte er nun: «Ich wollte Ihre Frau auflesen. Aber da diese blöden Elektroautos keinen Ton von sich geben, hat sie mich erst viel zu spät gesehen und ist vor lauter Schreck in einen Graben gesprungen.»

«Du Arme!» Achim nahm seine Frau in die Arme und drückte sie fest an sich. Dass sie noch nass war, machte ihm rein gar nichts aus. Angela blickte verstohlen zu Mike. Der nickte ihr nur knapp zu, nach dem Motto ‹Gern geschehen›. Dies war der Augenblick, in dem Angela begriff, wie sehr sie und Achim dem Personenschützer ans Herz gewachsen waren. Und er ihr.

Achim führte Angela ins Badezimmer, wo sie sich ihrer nassen Klamotten entledigen und eine heiße Dusche nehmen konnte. Anschließend zog Angela die von ihrem Mann bereitgelegten Sachen an: ihren lila Lieblingsseidenpyjama und ihren weißen Frottee-Bademantel, den sie vor zwei Jahrzehnten in einem Tiroler Hotel erworben hatte. Obwohl der Mantel schon mehr als nur ein bisschen ausgefranst war, hatte sie nie einen neuen kaufen wollen. Er war halt so schön schnuffelig.

So eingehüllt, trat Angela in die Küche, in der Mike am Tisch einen Tee trank und grübelte. Man konnte förmlich die dunklen Wolken um seinen Kopf kreisen sehen. Als Angela sich hinzusetzte, lief Putin zu ihr, um sich an ihren Bademantel zu kuscheln, und Achim schenkte ihr eine Tasse Rooibos-Karamell-Tee ein. Während sie den ersten Schluck nahm, sagte Mike: «Wir müssen damit aufhören.»

«Womit?», wollte Achim wissen, während Angela natürlich sofort klar war, was er meinte.

«Die Ermittlung müssen Profis übernehmen.»

«Etwa dieser Kommissar Hannemann?», fragte Achim.

«Ich sagte: Profis.»

«Lena, die Polizistin?»

Die dunklen Wolken über Mikes Kopf verdichteten sich zu einem Hurrikan. Anscheinend hielt auch er Lena für verdächtig.

«Wir können nicht aufgeben», protestierte Achim. «Wir sind doch ganz nah an der Lösung. Ich habe mit dem Notar geredet. Alexa von Baugenwitz hat gar nicht das Schloss und die Ländereien von Philipp geerbt. Die beiden hatten einen Ehevertrag.»

«Dann erbt jemand anders?», staunte Angela.

«Maries unehelicher Sohn!»

Angela war nun bass erstaunt. Ihre schwangere Freundin – ja, sie dachte von Marie nun tatsächlich als Freundin – hätte also noch ein weiteres Motiv besessen. Mit der SMS, die Philipp ihr gesendet hatte, könnte sie ja beweisen, dass er der Vater des kleinen Adrian war und für ihn Anspruch auf das Erbe anmelden. Und dennoch erwiderte Angela mit fester Überzeugung: «Marie ist unschuldig.»

«Hat sie denn jetzt ein Alibi?», wollte Achim wissen.

«Nein», musste Angela einräumen.

«Wie kannst du dann sagen, sie sei unschuldig?»

«Mein Herz sagt es mir.»

«Dein Herz?», staunte Achim.

«Ja.»

«Nicht nur deine Intuition?»

«Nein.»

«Dann ist sie auch unschuldig.»

«Du glaubst mir?»

«Es gibt nur eins auf der Welt, dem ich mehr vertraue als deinem Verstand.»

«Und das wäre?»

«Deinem Herzen.»

Angela musste lächeln. Das erste Mal, seitdem die Pfeile auf sie abgefeuert worden waren.

«Dann», redete Achim weiter, «müssen wir uns wohl mit dem anderen Erben beschäftigen.»

«Anderer Erbe?» Angela war bass erstaunt.

«Der Freiherr hatte noch ein Kind.»

«Wen?», wollte Angela aufgeregt wissen.

«Das hat mir der Mann leider nicht verraten.»

«Lena?»

«Vom Alter könnte es gerade so hinkommen.»

«Ich habe gesagt», unterbrach Mike barsch, «wir sollten die Ermittlung Profis überlassen. Das ist ein Fall für das BKA!»

«Für das Bundeskriminalamt?», staunte Achim. «Hier handelt es sich doch um lokale Verbrechen. Das BKA würde hier nur aufschlagen, wenn jemand Angela töten wollte, doch das ist ja Gott sei Dank nicht der Fall.»

Anstatt dagegen an zu argumentieren, schaute Mike zur Seite. Das irritierte Achim. Er sah zu Angela. Auch die schaute weg und begann verlegen, Putin mit einer Hand zu streicheln, während sie mit der anderen ihre Tasse hielt.

«Ich habe gesagt», sagte Achim prüfend, «das ist ja Gott sei Dank nicht der Fall.»

«Ich glaube», streichelte Angela den Mops nun noch mehr, «Putin muss in die Heia.»

«Angela?»

«Er braucht seinen Schlaf …»

«Wurdest du angegriffen?»

«Ich bringe ihn mal ins Körbchen.»

«Oh mein Gott!» Achim begann, vor Angst zu zittern.

Angela erkannte die Panik in seinen Augen. Und sie machte sich nun Sorgen. Nicht um sich, sondern um ihren Mann. Wie sollte er alleine klarkommen, wenn sie getötet würde? Ihr war immer klar gewesen, dass sie ihn überleben musste. Zwar würde auch sie seinen Verlust kaum ertragen können, aber er würde an ihrem Tod zerbrechen.

Bei dem Gedanken ließ Angela versehentlich ihre Tasse zu Boden fallen. Sie zerschepperte auf den Dielen. Putin ließ von ihrem Bademantel ab und schlabberte den Tee auf. Doch das nahm Angela gar nicht wahr. Sie wollte nichts anderes mehr als ihrem Mann die Furcht nehmen. So sagte sie: «Sie haben recht, Mike. Wir beenden das Detektivspiel, und ich rufe das BKA.»

48

Angela besaß jene hochexklusiven Kontaktdaten des BKA-Chefs, die nur etwa zwanzig Menschen in ganz Deutschland kannten: die Telefonnummer, bei der er stets sofort an sein Handy ging, sowie die E-Mail-Adresse, bei der er prompt zurückschrieb. Egal zu welcher Tages- oder Nachtzeit.

Zuerst hatte Angela anrufen wollen, doch dann dachte sie sich, es wäre zielführender, wenn sie erst mal alle bisherigen Ermittlungserkenntnisse schriftlich zusammenfasste. So setzte sie sich in ihrem weißen Bademantel an den antiken Sekretär in ihrem kleinen Arbeitszimmer. Es war vollgestopft mit Büchern, die sie im Laufe ihres Politikerlebens nicht hatte lesen können. Darunter befanden sich Shakespeare-Biographien, Romane von Elena Ferrante und sämtliche Werke von Jane Austen, Letztere sogar in antiken Editionen.

In ihrer Mail an den BKA-Chef beschrieb Angela die Todesfälle. Dabei erwähnte sie alle Personen, die als Verdächtige in Betracht kamen: Katharina von Baugenwitz, deren Tochter Pia, die Landwirtin Angela Kessler, die Polizistin Lena Amadeus und auch – trotz allem, was ihr Herz sagte – Marie. Sie schrieb auch die Alibis der einzelnen Personen auf, von denen Katharina, Lena und Obst-Angela sich teilweise gegenseitig welche gegeben hatten. Pia besaß für den Mord an Alexa von Baugenwitz keins und Marie sogar für keinen der beiden Todesfälle. So zusammengeschrieben, sah das Ganze wahrhaft nicht gut für Marie aus, aber das BKA – daran glaubte Angela ganz fest – würde ihre Unschuld schon beweisen.

Auch das Attentat sparte Angela nicht aus. Sie hatte Mike sogar gebeten, noch mal zu der Landstraße zurückzufahren, um die Pfeile zu sichern und von ihnen Fotos zu knipsen, die sie nun an die Datei anhängen könnte. Dabei war den beiden aufgefallen, dass die Pfeile für einen Bogen recht klein waren. Gewiss passten sie zu der Armbrust, die im Schloss in dem Glaskasten neben jenem mit der Muskete gelegen hatte. Sprach das nun wieder gegen Lena als Täterin? Oder sogar noch mehr, weil es dann ja bedeuten würde, dass sie schon im Schloss ein und aus ging, als ob es bereits das ihre wäre?

Angela nahm sich vor, nicht weiter über diese oder jene These nachzudenken. Es sollte nun ein Fall für das BKA werden, ihre Amateurstunde war endgültig vorbei!

Als sie alle Informationen zusammengetragen hatte, ging Angela die E-Mail noch einmal von vorne bis hinten durch. So machte sie das jedes Mal, wenn es um etwas Wichtiges ging. Sie war der festen Überzeugung, dass es um etwa 50 Prozent weniger Streitereien auf Erden gäbe, wenn es verboten wäre, die erste Fassung einer E-Mail, einer SMS oder einer Textnachricht abzuschicken. Angela checkte sogar stets die Mail-Adresse. Nichts war schlimmer als eine Mail, die in falsche Hände geriet. Außer vielleicht, wenn man tagelang auf eine Antwort wartete, nur um dann die *Undelivered mail returned to sender*-Nachricht zu erhalten.

Angela begann, ihre Mail ein zweites Mal von oben bis unten durchzugehen – doppelt überprüft hält besser –, da fiel ihr mit einem Male etwas auf. Sie starrte auf den Bildschirm, und ihr wurde schlagartig klar, warum sie bei der Begehung im Keller das Gendersternchen so sehr beschäftigt hatte. Warum dieses Zeichen sie so an den Hinweis erinnerte, den der Freiherr hinterlassen hatte. Und damit auch, was er mit dem hatte sagen wollen.

Angela wusste nun, wer die Mörderin war.

Sie schob ihren Stuhl vom Schreibtisch zurück, atmete tief durch und ließ alle Ereignisse im Lichte der neuen Erkenntnis noch einmal Revue passieren. Danach beschloss sie, die Mail an den BKA-Chef nicht abzuschicken. Sie würde den Fall doch selber lösen können!

Dafür musste sie sich nur noch ein paar allgemein zugängliche Informationen über gesetzliche Erbfolgen einholen, eines der vielen Alibis noch mal ganz genau unter die Lupe nehmen und für morgen Nachmittag alle Verdächtigen zu einem Kuchenessen zusammentrommeln. Und dann würde sie herausfinden, wie weit eine Mutter bereit war, für ihr Kind zu gehen!

49

Scheiße, schmeckt der gut!», rief Obst-Angela aus, nachdem sie Angelas Schoko-Kuchen gekostet hatte. Angela hätte nie gedacht, dass sie sich mal über das Lob dieser Frau freuen würde. Gemeinsam mit allen Verdächtigen saßen die beiden an einer großen Tafel in Angelas zauberhaftem Garten. Achim servierte Tee und Kaffee, Mike stand etwas abseits und beobachtete sonnenbebrillt die Szenerie. Putin hockte hechelnd neben Katharina von Baugenwitz, in der Hoffnung, etwas abzubekommen.

Die anderen verdächtigen Frauen rührten ihren Kuchen nicht an. Pia war die Einzige, die überhaupt nur etwas Kaffee trank. Ansonsten war sie ebenso wortkarg wie die anderen und hatte bisher lediglich einen Spruch gemacht. Über die Hobbit-Gartenzwerge von Achim. Sie hatte sie für eine Instagram-Story fotografiert als ‹Beweis dafür, dass die Menschheit nicht verdient hat weiterzuleben›.

Alle Frauen fühlten sich sichtlich unwohl. Sie waren nur gekommen, weil Mike sie einzeln aufgesucht und mit Nachdruck in Angelas Namen darum gebeten hatte. Und weil er ihnen gesagt hatte, dass es bei dem Treffen um neue Erkenntnisse zum Nachlass des Freiherrn ging. Ein Umstand, der alle höllisch interessierte. Bis auf Marie. Sie war der Einladung von Angela gefolgt, weil sie sich so sehr darüber gefreut hatte. Jedenfalls bis sie im Garten sah, wer noch alles erschienen war.

Angela klopfte mit einer Kuchengabel gegen ein Wasserglas. Alle blickten zu ihr.

«Herzlich willkommen in meinem neuen Heim.»

Keine Antwort. Kein Lächeln. Außer von Marie.

«Oder besser gesagt, unserem neuen Heim.» Angela deutete auf Achim.

Keine Antwort. Kein Lächeln. Außer von Marie, die es ganz offensichtlich süß fand, wie Achim sich vor den Damen elegant verbeugte.

«Ich habe Sie alle hergebeten, um mit Ihnen über die Morde an Philipp und Alexa von Baugenwitz zu sprechen.»

An dieser Stelle hatte Angela eigentlich mit Protest gerechnet und dem Hinweis darauf, dass es sich bekanntlich um Selbstmorde handelte. Aber alle blieben still. Katharina, Lena und die Obstfrau starrten auf die gedeckte Tafel. Pia ließ ihr Handy in ihre große Umhängetasche gleiten, die sie am Tischbein abgestellt hatte. Und Marie hörte auch auf zu lächeln. Offensichtlich war allen anwesenden Frauen klar, dass Kommissar Hannemann mit seinen Selbstmordthesen falschlag.

«Ich möchte Ihnen zuerst das ‹Wie› der Morde erläutern, bevor wir darüber reden, wer von Ihnen von den Todesfällen profitieren könnte und daher verdächtig ist.»

«Ich dachte», brach Angela das Schweigen, «Sie wollten uns neue Erkenntnisse zum Nachlass eröffnen.»

«Das hängt eng mit den Morden zusammen.»

«Mich interessiert nur, was mit meinem Ackerland passiert.»

«Das glaube ich nicht so ganz», lächelte Angela.

«Was soll das hier werden», rief die Landwirtin empört aus, «man verdächtigt automatisch die Person, die in der falschen Partei ist?»

«So wie Sie automatisch die schwarze Frau verdächtigen?», konterte Angela.

Marie schluckte, als sie das hörte. Und Angela tadelte sich in Gedanken selber: Sie hätte sich zu dieser Bemerkung nicht hinreißen lassen dürfen. Sie wollte der schwangeren Frau einen aufmunternden Blick zuwerfen, sah aber, dass Marie auf einmal schmerzverzerrt ihren Bauch hielt. Anscheinend trat der kleine Adrian gerade vor lauter Aufregung besonders heftig gegen den Bauch.

«Wird's hier noch mal irgendwie erhellend?», maulte Pia.

«Ja, das wird es», antwortete Angela und begann, das ‹Wie› des ersten Mordes zu schildern: Wie der Freiherr bemerkte, dass man ihm Schierling in den Wein getan hatte. Wie die Täterin ihn mit der Muskete zwang, den Becher auszutrinken. Wie er es tat, weil er lieber an Gift sterben wollte als qualvoll durch die Muskete wie sein Vorfahr Walter von Baugenwitz. Wie die Mörderin siegessicher aus dem Verlies trat, wie der Freiherr mit letzter Kraft von innen die Tür verschloss und wie die Täterin vergeblich versuchte, sie zu öffnen, um zu verhindern, dass ihr Opfer noch einen Hinweis auf ihre Identität hinterlassen könnte.

Während Angela das alles vortrug, begriff sie, warum Meisterdetektive wie Sherlock Holmes, Hercule Poirot oder Miss Marple lange Monologe am Ende ihrer Ermittlungen hielten. Als Frau, die Effizienz liebte, hatte Angela sich früher beim Lesen von Kriminalgeschichten oft gefragt, warum Detektive die Verkündung des Täters so zelebrierten. Warum sagten sie nicht einfach: ‹Es war Baronin von Porz. Mit dem Leuchter. In der Bibliothek.›? Doch jetzt kannte Angela die Antwort: Die ausgedehnten Ausführungen bereiteten einem einen enormen Lustgewinn.

Sollte es ihr tatsächlich gelingen, die Täterin an der Kuchentafel zu entlarven, würde sie sich in die Reihe mit ebenjenen legendären Detektiven stellen wie Sherlock Holmes oder Hercule Poirot. Miss … Merkel?

Miss Merkel.

Klang gut!

«Warum grinsen Sie so?», fragte die Obstfrau genervt. «Ich dachte, es geht hier um Morde.»

Angela tadelte sich: Eine echte Meisterdetektivin durfte ihre Gedanken nicht so wandern lassen. Dass sie deswegen ausgerechnet von der Obstfrau ermahnt wurde, machte den Lapsus umso schlimmer. Angela konzentrierte sich wieder und sagte: «Bevor Philipp starb, hat er in der Tat noch einen Hinweis auf die Identität der Mörderin hinterlassen können.»

«Und was für einen?», fragte Lena mit brüchiger Stimme. Sie schien sich in der ganzen Situation sogar noch unwohler zu fühlen als Marie, die sich immer noch ihren Bauch hielt.

Angela war kein bisschen überrascht, dass ausgerechnet Lena diese Frage stellte. Marie, Pia und deren Mutter hatte sie das a schon gezeigt. Und ihre Namensvetterin war die ganze Zeit nur auf Konfrontation aus, nicht auf Erhellung der Tatsachen.

«Diesen hier», holte Angela ein vorbereitetes DIN-A4-Blatt hervor, auf dem der Buchstabe aufgemalt war.

«Und was», stammelte Lena, «soll der bedeuten?»

Dass auch diese Frage nicht von der Obstfrau kam, war ebenfalls nicht überraschend. Sie war zwar konfrontativ, aber schlau genug zu wissen, dass ihr Name mit diesem Buchstaben begann und eine Nachfrage das Gespräch unangenehm in ihre Richtung gelenkt hätte.

«Dazu kommen wir gleich noch. Erst mal nur so viel: Alexa von Baugenwitz wusste, wofür er steht. Und sie wollte mir davon in der Kirche erzählen.»

«Und deswegen», sagte Pia in bemüht gelangweiltem Ton, «musste sie daran glauben?»

«Exakt. Die Täterin hat mitbekommen, dass Achim und ich nachts im Schloss mit Alexa geredet und uns für die Kirche verabredet hatten.»

«Sie waren nachts im Schloss?», staunte die Obstfrau.

«Als Alexa von Baugenwitz», erläuterte Achim nun, «gerade mit ihrem Liebhaber, dem Texaner, Liebe machen wollte ...»

«Sie nennen das ernsthaft ‹Liebe machen›?», grinste Pia.

«Ja. Das ist ein sehr schöner Begriff.»

«Schön blöd.»

«Du bist wirklich frech, junge Dame.»

«Und du bist ein guter Beobachter, alter Knacker.»

Achims Augen verfinsterten sich.

«Lass dich nicht provozieren, Puffel», bat Angela. Die große Täterverkündung lief nicht ganz so wie gewünscht.

«Ja, Puffel», provozierte Pia weiter, «lass dich nicht provozieren.»

Achim atmete tief durch, machte seinen Rücken gerade und sagte: «Wie dem auch sei, auf dem Bett lagen Alexa und der Texaner, unter dem Bett lagen wir.»

Achim erntete allseits erstaunte Blicke. Außer von Pia, die sagte: «Das ist mir jetzt zu pervers.»

«Das hat mit Perversität nichts zu tun!», protestierte Achim.

«Red dir das nur ein», grinste Pia.

«Du ... du ...»

«Ich?»

«Wir kommen hier viel zu häufig vom Thema ab», meckerte die Obstfrau, «das ist ja fast so schlimm wie bei einer Parteisitzung!»

«Ja», mischte sich Katharina von Baugenwitz nun ein, «wenn Philipp tatsächlich ermordet wurde, wird es doch Alexa gewesen sein. Das Zeichen ist doch eindeutig ein Hinweis auf ihren Anfangsbuchstaben. Und dann hat sie sich vor lauter Schuldgefühlen von der Kirche gestürzt.»

«Wie einst Adelheid von Baugenwitz?», fragte Angela. «Nachdem sie ihren Mann, Balduin den Schlächter, getötet hat?»

«Genau!»

«Klingt plausibel.»

«Na, bitte!»

«Das Ganze hat nur einen Haken.»

«Und welchen, bitte schön?»

«Wir haben in der Kirche eine schwarz gekleidete Person gesehen, die vor uns geflohen ist. Leider konnten wir sie dabei nicht erkennen. Und später am Vormittag habe ich festgestellt, dass die Glasplatte auf der Vitrine, in der die Muskete lag, anders auflag als am Tag zuvor. Das bedeutet: Die Täterin hat Alexa mit der Muskete gezwungen, auf den Glockenturm zu steigen und von dort runterzuspringen, so wie sie Philipp gezwungen hat, den Schierling zu trinken.»

Alle Frauen am Tisch schwiegen. Es war ihnen nun endgültig klar, dass die These vom Selbstmord Alexas nicht mehr aufrechtzuerhalten war. Erst nach einer Weile sagte Lena leise: «Wenn die Täterin Sie mit Alexa im Schlafzimmer belauscht hat, bedeutet das doch, dass sie eine Schlossbewohnerin ist. Sonst hätte sie das ja nicht mitbekommen.»

«Den Gedanken hatte ich auch», antwortete Angela. Lena blickte darauf unsicher zu Katharina. Und die blickte ihrerseits zu Boden, wo Putin sich unter dem Tisch zu ihren Füßen gelegt hatte, frustriert, dass er nichts von dem leckeren Essen abbekommen hatte.

«Dann bin ich ja aus der Nummer raus», befand die Obstfrau und stand auf. «Kann ich mir Kuchen für zu Hause einpacken?»

«Nicht so schnell», mahnte Angela. «Immerhin könnte auch jemand in das Schloss gelangt sein, der nicht dort wohnt.»

«Und wie?» Die Landwirtin setzte sich wieder.

«Zum Beispiel durch einen Geheimgang.» Angela blickte zu Marie, lächelte sie dabei aber freundlich an, um ihr zu signalisieren, dass sie nicht verdächtigt wurde. Dennoch hielt die junge Frau weiter ihren Bauch. «Aber es gibt nur einen, und der führt nicht ins Verlies.»

«Also doch nicht durch einen Geheimgang», sagte die Obstfrau genervt.

«Nein», sprach Angela weiter und sah dabei Lena an. «Aber vielleicht kennt jemand andere Schwachstellen bei der Sicherheit des Schlosses.»

«Es», stammelte Lena, «gibt da keine Schwachstellen. Das habe ich auch für die Versicherung beurkundet.» Die junge Polizistin sah hilfesuchend zu Mike. Doch der, ganz Profi, zeigte keine Regung.

«Ja, das haben Sie getan», bestätigte Angela.

«Sag ich doch», blickte Lena wieder zu ihr.

«Weil Sie mit Katharina von Baugenwitz zusammenarbeiten!»

50

Sowohl Lena als auch Katharina wurden bleich im Gesicht. Die Obstfrau runzelte die Stirn. Marie stand der Mund offen. Pia schaffte es für ein paar Sekunden nicht, ihre coole Fassade aufrechtzuerhalten, und blickte verblüfft drein. Ebenso Achim und Mike. Angela hatte ihren beiden Mitstreitern zuvor nicht verraten, wen sie für die Mörderin hielt. Lediglich, dass sie den Fall gelöst hatte. Sie wollte nicht, dass einer von ihnen vorschnell handelte.

«Katharina von Baugenwitz», wandte Angela sich an die adelige Frau. «Sie haben Ihr Alibi für die Todesnacht Ihres Exmannes von Lena bekommen.»

«Das stimmt», riss sich die Schlossverwalterin zusammen.

«Weil Lena mit Ihnen einen Rundgang gemacht und Ihnen dabei bestätigt hat, dass das Schloss sämtliche Sicherheitsauflagen gegen Einbruch erfüllt.»

«Auch das stimmt.» Katharina hob nun ihr Kinn nach dem Motto: Versuch mich nur anzugreifen, du hast eh keine Chance.

«Aber das Schloss ist gar nicht einbruchsicher, nicht wahr, Lena?»

Lena wurde nun noch bleicher.

«Sie haben in der fraglichen Nacht erschüttert das Schlossgelände verlassen.»

Tränen traten ihr in die Augen.

«Sag die Wahrheit, Lena», bat Mike. Nicht böse oder vorwurfsvoll, sondern ganz sanft. Der große, starke Mann konnte seine Gefühle für sie einfach nicht mehr länger verbergen.

«Es ist nicht so, wie Sie denken …»

«Ist es nie», nickte Angela.

«Lena konnte also», mischte sich Achim Watson ein, «durch eine Schwachstelle in das Schloss eingebrochen sein und uns mit Alexa von Baugenwitz beobachtet haben.»

«Das habe ich nicht getan!» Lena rollten die Tränen über die Wangen.

Mike war sichtlich hin und her gerissen. Am liebsten hätte er die weinende Frau in den Arm genommen. Andererseits schien sie nun noch verdächtiger als zuvor, seine Dienstherrin mit Pfeilen beschossen zu haben.

«Es war alles ganz anders», schluchzte Lena auf und verbarg ihr Gesicht in den Händen.

«Ja, das war es», sagte Angela zum Erstaunen aller. «Es war nicht Lena, die uns mit Alexa belauscht hat.»

«Und», fragte Pia, die ihre Neugier hinter der genervten Fassade nur recht unzulänglich zu verbergen mochte, «erfahren wir heute auch noch, wer es dann war?»

«Es war in der Tat eine Schlossbewohnerin», antwortete Angela und wandte sich an die Verwalterin, «nicht wahr, Katharina von Baugenwitz?»

Die Schlossverwalterin erwiderte nichts. Dafür sagte die Obstfrau: «Ich möchte ja nichts sagen …»

«Dann lassen Sie es doch bitte bleiben», schlug Achim vor.

«Aber», ließ sich die Landwirtin nicht beirren, «Frau von Baugenwitz kann Alexa nicht getötet haben. Sie war an dem fraglichen Morgen doch bei mir auf dem Feld.»

«War sie das?», lächelte Angela spielerisch.

«Das habe ich Ihnen doch gestern gesagt, als Sie auf meinem Traktor saßen.»

«Das stimmt», lächelte Angela noch mehr.

«Ach, jetzt hören Sie aber mal auf! Glauben Sie denn, dass wir alle unter einer Decke stecken?»

«Sie haben alle drei», erklärte Achim Watson, «ein Motiv: Sie selbst wollten nicht, dass Ihr Land verkauft wird. Außerdem hatten Sie mit Philipp ein Verhältnis, und er hat Ihr Herz gebrochen. Lena wiederum wurde von Philipps Schuss übel verletzt. Ihr Traum von Olympia zerplatzte, und er wollte noch nicht mal für ihre OP aufkommen. Und Frau von Baugenwitz wollte sich dafür rächen, dass er sie wegen Alexa verlassen hatte.»

Angela betrachtete ihren Mann, wie er die *Mord im Orient-Express*-Theorie vortrug. Dabei realisierte sie, dass es ihr auch in dieser Hinsicht erging wie den großen Detektiven. Sie hatte jemanden an ihrer Seite, der enorm fähig war, aber nur zu 90 Prozent im Bilde. Einen Helfer, der dem Ermittlungsstand immer einen kleinen Schritt hinterherhinkte oder die falschen Schlüsse aus den vorliegenden Indizien zog. Holmes und Watson. Miss Marple und Mister Stringer. Miss Merkel und Mister Puffel.

«Und schon wieder grinst sie!», meckerte ihre Namensvetterin. «Während ich hier beschuldigt werde, an einem Mordkompott beteiligt zu sein!»

«Das heißt Komplott», korrigierte Achim. «Nicht Kompott.»

«Du fängst dir gleich eine!»

Achim trat einen Schritt zurück.

«Hmm», räusperte Mike sich bedrohlich in Richtung der Landwirtin.

«Komm doch!», erwiderte sie. Doch da sie sich sofort ein wenig abwandte, war zu erkennen, wie wenig sie wollte, dass Mike ihrer Aufforderung auch wirklich nachkam.

Angela hatte sofort wieder aufgehört zu lächeln und ärgerte sich, dass sie wieder mit ihren Gedanken abgeschweift war. Es galt, sich nun noch mehr zu konzentrieren als zuvor!

«Ernsthaft?», warf Pia nun ein. «Sie glauben, die drei haben zusammengearbeitet?»

«Kennst du», fragte Achim, «*Mord im Orient-Express*?»

«Ist ein Film, oder?»

«Und ein Roman. In dem hat nicht eine Person die Tat begangen, sondern mehrere. So ist es auch in diesem Fall. Und der Name von dieser Frau», er deutete auf die Obstfrau, «beginnt mit dem Buchstaben, den der Freiherr aufgeschrieben hat.»

«Jetzt fängst du dir wirklich eine!» Obst-Angela sprang von ihrem Stuhl auf. Mike machte sich bereit, sie zu überwältigen. Doch da stellte sich Angela dazwischen und sagte: «So war es nicht, Puffel.»

«Nicht?»

«Nein.»

«Du hast doch selbst gesagt, Lena und Katharina von Baugenwitz haben zusammengearbeitet.»

«Und das stimmt auch. Aber nur auf gewisse Weise.» Sie wandte sich erneut an die Polizistin: «Sie haben von Frau von Baugenwitz 25 000 Euro erhalten, mit denen Sie Ihre Operation durchführen können. Habe ich recht?»

«Ja», gestand Lena und begann, hemmungslos zu weinen. Mike ging auf sie zu. Sein erster Impuls war, sie tröstend in den Arm zu nehmen. Doch dann blieb er stehen. Angela atmete durch und verkündete: «Die Morde hat nur eine einzige Person begangen.»

«Eine?», staunte Achim.

«Puffel?»

«Ja?»

«Lass mich bitte ausreden.»

«Das mache ich, Puffeline.»

Die Anspannung bei allen am Tisch war nun so groß, dass Pia nicht mal mehr eine Bemerkung über die Spitznamen machte.

«Verehrte Katharina von Baugenwitz», wandte sich Angela an

die Schlossverwalterin. «Mein Mann hat schon einige Ihrer möglichen Motive für die Morde erwähnt.»

«Einige?», staunte Achim nun noch mehr. «Gibt es etwa noch mehr?»

«Puffel?»

«Ich lass dich ausreden.»

«Es gibt 200 Millionen weitere Motive. Nicht wahr, Frau von Baugenwitz?»

«Was wollen Sie damit sagen?»

«Sie wollten nie, dass Philipp das Schloss verkauft. Sie wollten, dass er den deutschen Staat auf Rückgabe aller Besitztümer der Adelsfamilie verklagt. Im Wert von 200 Millionen Euro. Sie hatten sogar Historiker damit beauftragt, für einen Prozess Gutachten zu erstellen, die eine reelle Chance darauf eröffnen. Aber im Gegensatz zu Ihnen war Philipp die Historie seiner Familie egal. Ihm reichte das Geld aus dem Schlossverkauf.»

«Das ist alles richtig», gab Katharina zu. «Er war ein Trottel. Die Regierung hätte gegen uns keine Chance gehabt. Wir hätten nachweisen können, dass Philipps Großvater nicht mit den Nazis zusammengearbeitet hat. Und dann hätten wir gewonnen.»

«Nachweisen oder einfach die Zusammenhänge so verschleiern, dass man die Wahrheit nicht von der Lüge unterscheiden kann?»

«Das macht heutzutage keinen Unterschied mehr.»

«Das ist leider wahr», seufzte Angela.

«Können wir die Frau jetzt verhaften lassen?», fragte Mike, der den Anblick der leise schluchzenden Lena nicht mehr ertragen konnte.

«Sie können mich nicht verhaften!», sagte Katharina.

«Ach nein?», fragte Mike.

«Philipp hat mich bei der Scheidung mit einer lächerlichen Summe ausbezahlt, sodass ich weiter für ihn arbeiten musste. Ich war ja so dumm, einen Ehevertrag zu unterschreiben. Als Exfrau steht mir jetzt rein gar nichts zu!»

«Und daher hätten Sie keinen Anspruch auf die 200 Millionen», sagte Angela.

«Eben. Sie können also mit dem Irrsinn hier aufhören.»

«Es stimmt. Sie haben nichts von dem Geld.»

«Sag ich doch.»

«Sie nicht, aber Ihre Tochter!»

51

I ch?», staunte Pia.
«Und der kleine Adrian.»

«Wer zum Teufel ist denn Adrian?», fragte Obst-Angela.

«Mein ... Sohn ...», staunte Marie.

«Das hat noch gefehlt. Wieso sollte ihr Blag plötzlich das Land bekommen, auf dem ich arbeite?»

«Uneheliche Kinder erhalten einen Pflichtanteil», erläuterte Mister Puffel, was er von dem Notar erfahren hatte. Marie fiel es sichtlich schwer, diese Information zu verarbeiten.

«Aber warum», wandte sich Pia an Angela, «soll ich was erben? Ich bin ja kein uneheliches Kind von ihm.»

«Zuerst habe ich auch gedacht, dass du keinen Anspruch hast, weil du ja nach der Scheidung nicht mehr die Stieftochter von Philipp von Baugenwitz bist.»

«Aber ...?»

«Ich glaube, du bist es immer noch.»

Pia blickte zu ihrer Mutter. Und Angela registrierte ganz genau, dass das Mädchen zum ersten Male ein wenig hilflos wirkte.

Katharina dachte nach, was sie antworten sollte. Lange. Schließlich sagte sie: «Er hat dich adoptiert, als du klein warst. Und dadurch bleibst du für immer seine Stieftochter. Auch nach einer Scheidung.»

«Das hast du mir nie gesagt ...», sagte Pia leise.

«Ich hatte mit Philipp vereinbart, dass du nie von deiner Adoption erfahren solltest. Ich habe ihm erklärt, wie sehr du deinen leiblichen Vater geliebt hast und dass du daher nicht das Gefühl bekommen solltest, dass Philipp ihn ersetzt.»

«Aber du wolltest mich finanziell absichern, falls Philipp mal stirbt?»

«Ja, das wollte ich. Und nur deshalb hat er dich adoptiert.»

«Das wird ja immer besser», meckerte die andere Angela, «jetzt erbt nicht nur der kleine Bastard etwas, sondern auch diese Göre.»

«Au!», rief Marie und hielt sich wieder den Bauch.

Hoffentlich, dachte Angela, setzten jetzt nicht die Wehen ein. Ganz offensichtlich lösten die Beleidigungen bei der schwangeren Frau enormen Stress aus. Oder es war die Tatsache, dass ihr Kind ein Millionenerbe war? Höchstwahrscheinlich beides. Bevor Angela jedoch die Landwirtin maßregeln konnte, sagte Mike: «Dann rufen wir jetzt endlich die Polizei!»

«Noch nicht», hob Angela die Hand. «Ich hätte noch gerne ein Geständnis. Katharina von Baugenwitz, haben Sie Ihren Exehemann Philipp von Baugenwitz und seine Frau Alexa getötet?»

Die Schlossverwalterin antwortete nicht. Sie sah von Angela weg zu ihrer Tochter. Pia sah ihre Mutter flehentlich an. Katharina atmete tief durch und sagte dann: «Ja, ich habe die Morde begangen.»

Alle am Tisch saßen da, ohne auch nur einen Mucks von sich zu geben.

Nach etwa einer Minute brach die Obstfrau das Schweigen: «Na, dann kann ich jetzt wohl endlich nach Hause.»

«Moment, Moment», widersprach Achim. «Sie haben sich doch mitschuldig gemacht.»

«Wieso denn?»

«Sie haben ihr ein Alibi gegeben.»

«Das … das stimmt …», sagte die Landwirtin verwirrt. «Sie war aber wirklich bei mir, als Alexa getötet wurde … Wie kann das sein?»

«Nun», grinste Angela, «wie Sie alle sehen: Wir sind noch nicht am Ende der Geschichte. Wir müssen ja noch klären, was es damit auf sich hat.» Sie deutete auf das DIN-A4-Blatt mit dem α. «Das hier steht nämlich keineswegs für den Namen Katharina.»

52

Wofür dann?», fragte die Obstfrau.

«Sie kennen doch das Gendersternchen?»

«Wollen Sie mich jetzt auch noch mit diesem Mist nerven?»

«Als ich das letzte Mal in dem Weinkeller war, hatte Pia eine lustige Bemerkung über Genderidentitäten gemacht. Nicht wahr, Pia?»

«Was auch immer», winkte die Teenagerin ab.

«Bei der hat sie auch den Begriff Gendersternchen erwähnt. Und mein Bauchgefühl sagte mir da sofort, dass es mit dem Hinweis von Philipp zusammenhängt. Aber leider sagte mir das Bauchgefühl nicht, wie.»

«Ich habe doch schon gestanden!», unterbrach Katharina von Baugenwitz. «Ich will mir jetzt nicht noch Ihre langen selbstgerechten Erklärungen anhören müssen!»

«Sie haben gestanden, das schon. Aber Sie haben nun mal immer noch zwei Alibis.»

«Sie hat 25 000 Euro von mir bekommen», deutete Katharina auf Lena.

Die weinte nun leise: «Meine ganze Karriere, alles, was ich mir aufgebaut habe … mein Leben …»

«Und der da», deutete Katharina aufgeregt fuchtelnd auf die Obstfrau, «habe ich versprochen, dass sie die Pacht erlassen bekommt, wenn sie mich deckt.»

«Waaas?» Die Landwirtin war empört. «Das ist doch Schwachsinn!»

«Es gibt keinen Grund, es länger zu leugnen!», fuhr die Schlossverwalterin sie an.

«Ich leugne gar nichts!» Die Obstfrau wollte Katharina von Baugenwitz nun an den Kragen gehen.

Doch Angela stellte sich ihr in den Weg: «Es wird Sie vielleicht überraschen, aber ich glaube Ihnen.»

«Okay, das überrascht mich wirklich.»

«Lena hat tatsächlich 25 000 Euro von Frau von Baugenwitz erhalten. Aber nicht für ein Alibi, sondern dafür, dass sie eine falsche Aussage bei der Versicherung machte. Das kam immer noch sehr viel preiswerter, als das ganze Schloss für eine hohe sechsstellige Summe nach den Sicherheitsauflagen umzurüsten. Und da Lena unbedingt das Geld für ihre Operation benötigte und sie endlich die höllischen Schmerzen loswerden wollte», sie blickte mitfühlend zu der jungen Polizistin, «und sie so vielleicht noch mal bei Olympia ihre Chance suchen konnte, ließ sie sich an dem Abend der Tat auf den Deal ein. Doch schon kurz darauf, als sie erschüttert vom Schlosshof ging, plagte sie das schlechte Gewissen. Und jetzt leidet sie unerträglich darunter. Stimmt es, Lena?»

Die junge Frau sah zu Angela und nickte: «Ich hätte das nie tun dürfen.»

«Nein, das hätten Sie nicht.»

Mike zerriss der Anblick der jungen Frau das Herz. Angela wandte sich an ihn und sagte: «Sie können Lena ruhig umarmen.»

«Sie hat also nichts von den Morden gewusst?»

«Nein. Sie hat sich nur in einem schwachen Moment bestechen lassen.»

Mike hockte sich vor die sitzende Lena und nahm sie tröstend in den Arm.

«Ich weiß nicht», sagte Katharina von Baugenwitz, «was das soll.

Warum Sie Lena und die Bäuerin schützen wollen. Aber die Polizei wird von mir etwas anderes hören!»

«Das glaube ich gerne», sagte Angela. «Doch dann erzähle ich dem Kommissar von dem Gendersternchen.»

«Hören Sie mit dem lächerlichen Quatsch auf!», stieß die geständige Katharina böse aus.

«Das ist kein Quatsch. Ich weiß jetzt nämlich, was mir mein Bauchgefühl sagen wollte.»

«Und was?», fragte Achim neugierig

«Das Gendersternchen ist ein Symbol. Und kein Buchstabe.»

«Ach nee!», spottete die Obstfrau.

«Das ist auch hier der Fall.» Angela hielt das DIN-A4-Blatt mit dem α hoch. «Das hier ist ebenfalls kein Buchstabe. Sondern ein Symbol.»

«Für was?», fragte Achim.

«Nun, für …»

«AHH!», rief Marie aus.

Alle schauten zu der schwangeren Frau, die mit weit aufgerissenen Augen und schmerzverzerrtem Gesicht dasaß. Schweiß stand ihr auf die Stirn.

«Was ist, Marie?», fragte Angela besorgt.

«Das Kind kommt!»

53

Der finale Paukenschlag der Täterverkündung musste warten. Es gab etwas Wichtigeres als Morde: ein neues Leben! Angela bat Mike, darauf zu achten, dass niemand den Garten verließ. Sie selbst führte Marie ins Schlafzimmer, wo sie ihr half, sich auf das Ehebett zu legen. Die Wehen hatten bereits eingesetzt.

«Wir holen einen Notarztwagen», sagte Angela, «und lassen Sie ins Krankenhaus fahren.»

«Nicht ins Krankenhaus, dafür ist nicht mehr die Zeit. Das Geburtshaus der Hebamme ist näher.»

«Wie nahe?»

«Vielleicht zwanzig Kilometer entfernt», antwortete Marie und hatte gleich die nächste Wehe. Angela ging ans Fenster zum Garten, öffnete es und rief: «Mike, machen Sie den Wagen startklar. Wir müssen Marie nach Templin bringen.»

«Äh … nun ja …», stammelte Mike, der nun neben Lena saß und die Untröstliche in den Armen hielt.

«Warum habe ich das Gefühl, jetzt kommt etwas, das mir nicht gefällt?», fragte Angela.

«Weil es so ist.»

«Und was genau gefällt mir nicht?»

«Das E-Auto ist nicht aufgeladen.»

«Wieso nicht?»

«Tut mir leid, ich hab's vergessen, nach der Aufregung gestern.»

Angela schloss das Fenster und ging zu Marie, die erneut eine Wehe durchfuhr: «Sie müssen doch ins Krankenhaus.»

«Rufen Sie», keuchte Marie, als die Wehe vorbei war, «meine Hebamme an. Sie soll hierherkommen.» Sie überreichte Angela ihr Handy, drückte dabei noch die Nummer und sagte: «Hier.»

Angela hörte das Freizeichen. Sie überlegte dabei, ob sie nicht doch noch Marie von der Klinik überzeugen sollte, auch auf die Gefahr hin, dass das Kind im Rettungswagen zur Welt kommen würde. Doch eine werdende Mutter hatte ein Recht darauf, selbst zu bestimmen, an welchem Ort sie ihr Kind zur Welt bringen wollte. Selbst wenn dieser Ort Angelas Schlafzimmer sein sollte.

«Brunsen», meldete sich eine Frau mit sehr tiefer Stimme am anderen Ende der Leitung.

«Hallo, hier ist Angela Merkel ...»

«Ja, sicher doch.»

«Legen Sie nicht auf!»

«Angela Merkel braucht wohl kaum eine Hebamme.»

«Ich bin es wirklich!»

«Dann beweisen Sie es.»

«Sie hören es an meiner Stimme.»

«Jeder drittklassige Kabarettist kann die nachmachen.»

«Das stimmt», musste Angela einräumen.

«Also?»

Wie sollte Angela beweisen, dass sie sie selber war? Sie blickte zu Marie. Eine neue Wehe bahnte sich ganz offensichtlich an.

«Ich kann es nicht.»

«Dann lege ich auf.»

«Aber ich bin hier mit Marie Horstmann, und sie liegt in den Wehen ...» Angela hielt just in dem Moment das Handy in Maries Richtung, als sie wieder aufstöhnen musste. «... und wir können nicht zu Ihnen ins Geburtshaus fahren. Sie müssen hierherkommen!»

«Bitte!», rief Marie.

«Ich bin gerade in der Nähe von Klein-Freudenstadt. Schicken Sie mir die genaue Adresse per WhatsApp», sagte die alte Dame und legte auf.

Marie versuchte, erleichtert zu lächeln, doch es gelang ihr nicht so recht. Angela hockte sich zu ihr auf die Bettkante und sagte: «Alles wird gut.»

«Wie können Sie das sagen? Im Garten ist eine Mörderin. Sie schreckt vor nichts zurück, um an den Besitz zu kommen. Und mein Kleiner … mein Kleiner … ist doch Erbe …»

In der Tat, musste Angela zugeben, war dieser Umstand beunruhigend. Auf der anderen Seite würde die Mörderin schon bald verhaftet sein. Sie nahm die Hand von Marie und sagte: «Du musst keine Angst haben.»

«Wir duzen uns jetzt?», staunte Marie.

«Als Ältere darf ich das Du anbieten», lächelte Angela. «Ich heiße Angela.»

Da musste Marie, trotz allem, sogar lachen. Sie wurde jedoch gleich wieder ernster und fragte: «Bist du dir sicher, dass alles gut wird?»

«Ich bin bei dir», lächelte Angela.

Marie lächelte dankbar. Und um ihrer neuen Freundin auch noch die letzte Angst zu nehmen, sagte Angela mit klarer, fester Stimme: «Wir schaffen das!»

54

Als die kräftige, wettergegerbte Hebamme namens Brunsen kurz darauf ins Fachwerkhäuschen gestürmt kam, gab sie gleich diverse Order, was sie alles für die Geburt benötigte. Angela und Achim suchten die Sachen zusammen und standen nun mit der Hebamme bei Marie am Bett.

«Was machen Sie noch hier?», fuhr sie die beiden an.

«Frag ich mich auch», sagte Achim und ging hastig raus.

«Ich habe Marie versprochen, bei der Geburt dabei zu sein», erklärte Angela.

«Das ist ehrenhaft von Ihnen. Aber wir haben hier nicht so eine sterile Umgebung wie im Geburtshaus. Von daher», sie wandte sich an Marie, «wäre es wirklich besser, wenn wir beide es alleine durchziehen.»

Marie, der der Schweiß auf der Stirn stand, überlegte kurz und nickte dann. Angela hätte gedacht, dass sie erleichtert wäre, nicht bei der Geburt dabei sein zu müssen. Nun spürte sie, dass sie ein wenig enttäuscht war. Aber sie lächelte Marie zu und sagte: «Ihr schafft das!»

Anschließend begab sie sich in den Garten, wo die Obstfrau ihr drittes Stück Schoko-Kuchen verspeiste und mit vollem Mund fragte: «Können wir nun endlich weitermachen?»

«Ja», sagte Angela, sie war jedoch mit ihren Gedanken bei Marie und redete deshalb erst mal nicht weiter.

«Heute noch?»

«Ja», riss sich Angela zusammen. «Wo war ich stehengeblieben, Puffel?»

«Bei: Es ist kein Buchstabe, sondern ein Symbol.»

«Ganz genau!» Angela war wieder in der Spur. Es war an der Zeit, den großen Ermittlungscoup zu verkünden: «Der Hinweis von Philipp von Baugenwitz auf den Mörder ist ein Symbol. Das habe ich gestern begriffen, als ich eine E-Mail geschrieben habe.»

«Eine E-Mail?», fragte Katharina von Baugenwitz mit verächtlichem Unterton.

«Ja, in so einer E-Mail gibt es eine Adresse.»

«Was Sie nicht sagen», spottete die Obstfrau.

«Und in der gibt es das hier», deutete sie auf das Blatt Papier mit dem gemalten a.

«Aber nur», merkte Achim an, «wenn man jemandem etwas schreibt, der in seiner Adresse diesen Buchstaben hat.»

«Der ist in jeder Adresse.»

«Was?»

«Schauen Sie alle genau hin.» Angela nahm einen Stift und begann, um das a herumzuzeichnen. Bis alle auf dem Zettel es sehen konnten:

«Philipp», erläuterte Angela, «verstarb, bevor er den Kreis um den Buchstaben zeichnen konnte.»

Alle waren bass erstaunt. Nur Katharina von Baugenwitz nicht.

Angela wandte sich zu ihr: «Sie haben immer gewusst, für was es steht, nicht wahr? Sie und Alexa waren beide erschüttert, als ich den Buchstaben in den Kies gezeichnet habe.»

«Ich habe gedacht, er steht für Alexa», antwortete Katharina bissig.

«Nein, das haben Sie nicht.»

«Glauben Sie etwa, Philipp wollte noch eine ganze Mail schreiben?», versuchte es die Adelige nun mit Spott.

«Er wusste, dass ihm keine Zeit mehr blieb, noch ein ganzes Wort zu schreiben. Daher entschied er sich für dieses Symbol, um einen Hinweis auf die Mörderin zu geben. Es wird gerne in den sozialen Medien verwendet. Zum Beispiel bei …»

«Instagram!», rief Achim aus.

Sämtliche Augenpaare wanderten zu Pia.

55

Wie oft denn noch?», rief nun Katharina verzweifelt. «Ich bin es gewesen!»

«Sie haben Alibis. Und die werden sich bestätigen, egal, was Sie behaupten.»

Katharina schaute verzweifelt zu ihrer Tochter.

«Gleich als wir uns kennengelernt haben», redete Angela weiter, «haben Sie mir gesagt, dass Sie für Ihre Tochter alles tun würden.»

«Ja …», kam es kleinlaut zurück.

«Also würden Sie auch Morde gestehen, die Sie nicht begangen haben?»

Katharina antwortete darauf nicht.

«Als wir in der Nacht des ersten Mordes ins Verlies gehen wollten und die Tür verschlossen war, gerieten Sie in Panik. Weil Sie genau wussten, wozu Ihre Tochter fähig war.»

Wieder keine Antwort.

«Und Sie haben auch gleich begriffen, dass Pia den Selbstmord von Philipp fingiert hatte. Deswegen haben Sie mir noch vor Ort geistesgegenwärtig erzählt, dass Ihr Exmann lebensmüde gewesen sei.»

Katharina blickte zu Boden. Angela wandte sich von ihr ab und zu Pia hin: «Du wolltest an das Erbe.»

«Schon vergessen?», erwiderte Pia mit einer Kälte, die Achim neben Angela ein wenig frösteln ließ. «Ich hab ein Video als Alibi.»

«Das habe ich mir heute Nacht noch mal angesehen.» Angela holte aus ihrer *Longchamp*-Tasche ein iPad hervor und zeigte den Clip, den Pia für ihre Follower auf dem Weinfest aufgenommen hatte. Man konnte sehen, wie sich die blauhaarige Teenagerin über die Gäste lustig machte. Wie sie den Tanz zu *Macarena* ‹arhythmische Sportgymnastik› nannte. Wie sie über Philipp in Ritterrüstung sagte: «So was kommt nach Jahrhunderten der Inzucht raus.» Und wie sie sich zum Abschluss ihres Videos über die halbvolle Schale mit Baugenwitz-Punsch beugte und urteilte: «Ballermann-Sangria ist ein Traum dagegen. Ich weiß schon, warum ich mich mit Dom Perignon betrinke. Solltet ihr auch! Und immer dran denken: Anarchie ist machbar, Herr Nachbar!»

«Ganz schön abgeschmackt», urteilte Achim über das Video.

«Der Timecode beweist», sagte Pia, «dass ich beim Fest war, während Philipp im Keller ermordet wurde.»

«Das würde er tun», sagte Angela, «wenn er nicht gefälscht wäre.»

«Gefälscht?», fragte Pia widerborstig.

«Du hast dir gedacht, dass weder der Kommissar noch ich jemals im Leben daraufkommen würden. Weil wir Alten von Social Media keine Ahnung haben.»

Pia konnte sich nicht zurückhalten, verächtlich zu grinsen.

«Und damit hattest du auch recht. Ich habe überhaupt erst über diese Möglichkeit nachgedacht, nachdem ich begriffen habe, was es mit dem Symbol auf sich hat.»

«Hast du», fragte Achim, «das Video von Computerspezialisten prüfen lassen?»

«Das war nicht nötig.»

«Warum nicht?», staunte Achim.

«Erinnerst du dich, wie wir den Punsch getrunken haben?»

«Leider nur zu gut», schüttelte sich Achim. «Das Zeug war wirklich widerlich.»

«Wir haben das letzte Glas bekommen.»

«Ja. Das sollte Glück bringen, hat aber fürchterlich geschmeckt.»

«So war es.»

«Und?»

«Aber Pia steht in dem Video vor einer halbvollen Schale. Das bedeutet, sie muss es aufgenommen haben, weit bevor der Mord stattgefunden hat.»

«Und damit hat sie …», verstand Achim.

«… kein Alibi.»

«Die Computerspezialisten der Polizei werden bestätigen können, dass der Timecode gefälscht ist.» Angela wandte sich wieder an Pia: «Leider konntest du nach dem Mord an Alexa jedoch nicht so schnell ein weiteres Alibi fälschen. Du musstest hoffen, dass dir das eine für den ersten Mord reichen würde. Zumal die Polizei ja auch von Selbstmorden ausging.»

Pias Augen verengten sich.

«Und falls dir wider Erwarten doch jemand, zum Beispiel eine Hobbydetektivin, auf die Schliche kommen sollte, konntest du dich immer noch auf die Liebe deiner Mutter verlassen.»

Pia schaute Angela nun hasserfüllt an, und Katharina sackte auf ihrem Stuhl in sich zusammen.

«Deine Mutter hat seit dem Unfall, den sie verursacht hat und bei dem dein Vater gestorben ist, ein so schlechtes Gewissen, dass sie alles für dich tun würde. Das weißt du ganz genau. Als du sie eben flehentlich angeschaut hast, wusstest du auch ganz genau, was du ihr damit sagst. Bitte, bitte, lass mich nicht ins Gefängnis gehen!»

Katharina von Baugenwitz kamen nun die Tränen.

«Deswegen hat deine Mutter eben auch so getan, als ob du nicht wüsstest, dass du von Philipp adoptiert wurdest. Und somit auch nicht wissen konntest, dass du die Erbin bist. Doch das war alles gelogen!» Angela wandte sich an Katharina: «Nicht wahr, Frau von

Baugenwitz? Ihre Tochter wusste von der Adoption. Sie wusste, dass sie erben würde.»

Pias Mutter nickte fast unmerklich. Sie war nun eine gebrochene Frau.

«Du hättest deine eigene Mutter für dich ins Gefängnis gehen lassen!»

Pias Augen wurden zu Eis.

«Was für ein durchtriebenes Biest», zischte die Obstfrau.

«Und wie durchtrieben Pia ist, habe ich schon geahnt, als sie mir verriet, wie sehr sie ihre Follower auf Instagram verachtet.»

«Das sind alles Hirnis», spottete Pia nun.

«Du verachtest sie auch so sehr, weil du nicht auf sie zählen kannst, nicht wahr?»

«Ja», platzte es aus Pia heraus. «Ich verdiene jetzt Hölle viel Geld mit meinen Postings. Doch so was hält doch nicht ewig. In zwei Jahren kann das schon vorbei sein. Und dann? Ich habe ja nicht mal einen Schulabschluss. Und mein sauberer Adoptivvater wollte mit seiner Alten durchbrennen, und Mama und ich hätten ohne irgendetwas dagestanden. Wir wollten mit den Gutachten alle Besitztümer zurückholen!»

«Im Wert von 200 Millionen Euro.»

«Es ging dabei nicht nur ums Geld, sondern auch um den Namen der Familie!»

«Als Adoptivtochter bist du ja auch eine von ihnen.»

«Sogar mehr als Philipp, dem das alles scheißegal war. Wir hätten den Namen ‹von Baugenwitz› wieder groß gemacht. So groß wie früher!»

«Wie bei den Nazis.»

«Und bei Balduin dem Schlächter!»

«Du interessierst dich also doch für Geschichte.»

«Und ob! Nur Idioten tun das nicht!»

«Deine Mutter hatte erwähnt, dass du als Kind immer in der

Schlossbibliothek warst. Da hast du dir alles über die Familienhistorie angelesen. So wusstest du ganz genau, wie du die Morde an Philipp und Alexa als Echos der Vergangenheit erscheinen lassen konntest.»

«Das gab mir den Extra-Kick!»

«Mit diesem Echo auf die Vergangenheit hast du zugleich den Verdacht auf Alexa gelenkt.»

«Falls jemand auf die Idee kommen sollte, es wäre ein Mord, würde man wegen der Wiederholung der Geschichte zuerst an sie denken. Und bei ihr auf Selbstmord tippen. Alles so wie im 17. Jahrhundert bei Adelheid und Balduin.»

«Und weil du die Vergangenheit so liebst, kamst du nicht nur auf die Idee, die Muskete zu benutzen, sondern auch darauf, mit der Armbrust auf mich zu schießen.»

«Das hat am allermeisten Kick gebracht!»

«Du gibst also alles zu?»

«Macht ja keinen Sinn mehr zu leugnen.»

«Aber du bereust nichts?»

«Null.»

«Dann gehst du wegen Doppelmordes und eines versuchten Mordes für lange Zeit ins Gefängnis.»

«Tu ich nicht!»

«Nein?»

«Ich gehe für drei Morde ins Gefängnis.» Pia griff in ihre Umhängetasche, die neben ihrem Stuhl auf dem Boden lag, holte die Muskete heraus und richtete sie auf Angela.

56

Es war ein merkwürdiger Tag für Putin. Also für den Hund, nicht den Präsidenten. Der Mops wusste nicht, dass er den gleichen Namen trug wie der Russe. Er wusste noch nicht mal von dessen Existenz. Sie wäre ihm auch herzlich egal gewesen. Der kleine Putin konzentrierte sich in seinem Leben auf die zentralen Dinge: Essen, Schlafen und Gestreicheltwerden. Die füllten sein Leben komplett aus. Doch an diesem Tag wurde alles, was er so sehr mochte, schwer vernachlässigt. Frauchen kümmerte sich nicht um ihn, sondern um andere Frauen, von denen keine einzige so freundlich war, etwas von dem reichlich gedeckten Tisch für ihn fallen zu lassen. Putin wusste zwar, dass die süßen Teilchen da oben seinem Magen nicht guttaten, aber sie schmeckten nun mal so lecker. Da hätte ihm schon mal jemand was abgeben können! Zudem hatten weder Frauchen noch Herrchen ihn gestreichelt. Hätte Putin das Wort ‹Skandal› gekannt, er hätte damit sehr gut ausdrücken können, als was er diesen Tag empfand. Und jetzt, wo er sich gerade auf ein weiches Stück Rasen gelegt hatte, um wenigstens ein schönes Nickerchen in der Sonne zu machen, waren die Menschen plötzlich ganz aufgeregt. So sehr, dass der Mops den Kopf hob, um mal nachzuschauen, was da los war. Die Frau mit den komischen Haaren hielt Frauchen ein Stöckchen entgegen. Wollte sie es gleich werfen, und Frauchen sollte es dann für sie holen? Wenn Putin es genau bedachte, hatte Frauchen noch nie ein

Stöckchen apportiert. Putin liebte es, Stöckchen zu holen. Jedenfalls die ersten zwei, drei Male. Danach wurde es ihm zu anstrengend. So viel war ihm jetzt aber klar: Sein Frauchen sollte nicht das Stöckchen holen. Sie schien sogar Angst vor dem Stöckchen zu haben. Es sah auch merkwürdig aus! Auch die anderen Menschen schienen sich davor zu fürchten. Besonders Herrchen. Bei ihm roch man sogar Todesfurcht. Moment mal, bedeutete das etwa, dass Frauchen in Lebensgefahr war?

Der Mops sprang auf, roch mit seiner platten – und daher in doppelter Hinsicht nicht herausragenden – Hundenase und stellte fest: Da liegen Furcht und Zorn in der Luft. Letzterer kam von der Frau mit dem Stöckchen herübergeweht. Erstere von allen anderen Menschen. Der große Mensch namens Mike, den Putin so gerne mochte, weil er immer seine Toasts mit Leberwurst mit ihm teilte, machte einen Schritt auf die Frau mit den merkwürdigen Haaren zu. Doch die hielt ihm das Stöckchen entgegen, und er blieb stehen. Wenn selbst der riesige Leberwurst-Mensch vor dem Stöckchen Angst hatte, war es ganz gewiss keins, das geworfen wurde, damit man es wieder holte.

Die Frau mit den merkwürdigen Haaren hielt das Ding wieder in Richtung Frauchen. Dabei sagte sie Worte, die der Mops nicht verstand. Die meisten Worte der Menschen konnte er nicht verstehen, eigentlich nur welche wie ‹Fressen›, ‹Leckerli› und ‹Du bist wirklich ein süßer Hasemase›. Diese Frau sagte jedoch: «Ich gehe ohnehin in den Knast! Da kann ich mich wenigstens noch in die Geschichtsbücher eintragen!»

Frauchen hatte nun echte Todesangst, das konnte Putin riechen, obwohl sie versuchte, sich nichts anmerken zu lassen.

Frauchen durfte nicht sterben!

Warum tat niemand was?

Die Frau mit den merkwürdigen Haaren richtete das Stöckchen nun genau auf das Gesicht von Frauchen.

Doofe Kacker-Frau!

Putin überlegte, ob er kläffen sollte. Aber er wusste sehr wohl, dass sein Kläffen eigentlich von niemandem so richtig ernst genommen wurde. Schon gar nicht von der blöden Katze von gegenüber.

Die Frau sprach nun weitere für den Mops unverständliche Worte: «Ich hätte gleich die Muskete nehmen sollen …»

Putin sah nur eine Möglichkeit, Frauchen zu retten:

«… und nicht die Pfeile. Das hier …»

Losrennen und …

«… wird mir jetzt den ultimativen Kick bringen!»

… beißen.

Voll in die Wade!

Die Frau schrie auf. Der Leberwurst-Mann rannte zu ihr und riss sie zu Boden. Dabei ließ sie das Stöckchen fallen. Putin nahm es in seine Schnauze – es war verdammt schwer und schmeckte auch noch komisch – und brachte es zu Frauchen. Die nahm das Stöckchen in die Hand und tätschelte Putin ganz lieb den Kopf. Dabei strahlte sie ihn sogar noch mehr an als damals, als er als kleiner Welpe das erste Mal sein Geschäft außerhalb des Hauses verrichtet hatte. Sie sagte: «Das hast du sehr, sehr fein gemacht, Putin!»

Und auch wenn der Mops nicht ganz umriss, was genau da eben alles vor sich gegangen war, war Putin in diesem Moment stolz auf sich wie nie zuvor in seinem Leben.

57

Angela stand auf der kleinen Kopfsteinpflasterstraße vor dem Polizeiauto, in dem Pia mit Handschellen gefesselt saß. Neben ihr stützte sich Kommissar Hannemann am Autodach ab und stieß den tiefsten Seufzer aus, den Angela bisher von ihm oder auch jedem anderen Menschen auf dieser Welt gehört hatte. Danach sagte er kleinlaut: «Sieht ganz so aus, als ob Sie doch recht hatten.»

«Das tut es wohl», bestätigte Angela. Der Schreck steckte ihr zwar noch in den Gliedern, aber inzwischen gesellte sich ein anderes Gefühl dazu: Sie empfand einen unglaublichen Stolz darüber, den Fall gelöst zu haben. Jetzt galt es, gegenüber dem Kommissar nicht als überheblich zu erscheinen. Egal wie schwer es auch fiel. Das gehörte sich nun mal nicht im Triumph.

«Und ich stehe vor meinen Vorgesetzten so dumm da wie sonst nur vor meiner Exfrau.» Er seufzte wieder, sogar noch tiefer. «Da kann man nichts machen.»

«Oh doch, das kann man.»

«Und was?»

«Wir beide werden so tun, als ob Sie den Fall gelöst hätten.»

«Werden wir?», staunte der Kommissar.

«So erfährt die Presse nichts davon, und ich habe meine Ruhe.»

«Aber …»

«Bei Ihnen in Templin weiß doch niemand, dass es anders war. Außer Lena, und die hat Gründe dafür, nichts zu erzählen.»

«Gründe?»

«Wollen Sie die wirklich erfahren oder wollen Sie doch lieber der Held sein?»

«Held sein klingt besser.»

«Habe ich mir gedacht. Und falls Pia von mir erzählt, würde ihr ohnehin keiner glauben. Von den anderen Frauen wird höchstens die Obstverkäuferin in Klein-Freudenstadt herumtratschen. Aber wer interessiert sich schon in der großen weiten Welt dafür, was in Klein-Freudenstadt auf dem Markt geflüstert wird?»

«Niemand?»

«Niemand.»

«Das», Hannemann konnte sein Glück kaum fassen, «wird der größte Erfolg meiner Karriere.»

«Freut mich sehr für Sie.»

«Vielleicht ist auf meine alten Tage noch eine Beförderung drin.»

«Kann sehr gut sein.»

«Dann kommt womöglich auch meine Exfrau zu mir zurück.»

«Sie sollten es mit den Hoffnungen nicht übertreiben.»

«Da haben Sie wohl recht», seufzte Hannemann. «Aber ich habe noch eine Bitte an Sie.»

«Und welche?»

«Mischen Sie sich nie wieder in polizeiliche Ermittlungen ein. Schon gar nicht in eine Mordermittlung.

«Das, mein Lieber», grinste Angela, «kann ich Ihnen nun wirklich nicht versprechen!»

58

Als Angela wieder in den Garten trat, hatten sich Katharina von Baugenwitz und die Obstfrau längst verabschiedet. Die eine als Mensch gebrochen, die andere verwirrt von dem Umstand, dass das von ihr bewirtschaftete Land ausgerechnet von Marie, der schwarzen Mutter des unehelichen Erben, verwaltet werden würde. Angela fand Vergnügen an dem Gedanken, dass die Landwirtin daran ganz schön zu kauen hatte. Von Marie wiederum hörte man, trotz der geschlossenen Schlafzimmerfenster, die Schmerzensschreie. Mike, Lena und Achim hatten sich daher aus Respekt gegenüber der Gebärenden in den hinteren Teil des Gartens zurückgezogen. Zwar war Marie auch dort noch zu hören, aber nur leise. Neben ihnen im Gras lag Putin, der von Achim zur Belohnung einen extragroßen Knochen bekommen hatte und von Mike einen ganzen Leberwurst-Toast. Angela trat zu ihnen, und Achim lächelte: «Ich wusste immer, dass Putin ein Wadenbeißer ist.»

Angela lachte.

«Du bist wirklich eine Sherlockine, und ich bin stolz darauf, dein Watson zu sein.»

Angela überlegte, ob sie ihrem Mann verraten sollte, dass sie wohl eher Miss Merkel und Mister Puffel waren. Doch sie entschied sich für etwas anderes: Sie gab ihm einen liebevollen Kuss auf die Wange und sagte: «Du bist ein wunderbarer Ehemann.»

Achim strahlte und sagte: «Danke, gleichfalls.»

«Ich bin auch ein wunderbarer Ehemann?», grinste Angela.

«Nein, nein, ich meine natürlich wunderbare Ehefrau», erläuterte er hastig. Daraufhin mussten beide lachen.

Dann wandte Angela sich an Lena, die sie aus verquollenen Augen ansah: «Ich habe Hannemann klargemacht, dass er nicht in Ihre Richtung ermitteln soll. Niemand wird Ihnen also wegen der Bestechung Vorwürfe machen.»

«Niemand außer mir selbst», antwortete Lena leise.

«Sei nicht so streng mit dir», sagte Mike mitfühlend und wollte sie in den Arm nehmen.

«Nicht», wehrte sie ab.

«Was ist?»

«Ich fahre zu meiner Tante nach Berlin. Ich muss meine Gedanken sortieren.»

«Und wann kommst du wieder?», fragte Mike verunsichert.

Lena antwortete nicht.

«Du kommst doch wieder?»

Sie antwortete wieder nicht.

«Lena?»

«Ich weiß es nicht», antwortete die junge Frau. Sie sah von Mike weg und sagte zu Angela: «Danke.»

«Gern geschehen.»

Lena verließ den Garten, und Mike seufzte leise vor sich hin: «Das dritte Date hatte ich mir anders vorgestellt.»

Angela fasste Mike freundschaftlich am Ellbogen und sagte: «Sie werden Ihr Glück noch finden.»

«Meinen Sie?»

«Da bin ich mir ganz sicher!»

Mike lächelte leicht.

«Und bis dahin bedienen Sie sich an der Tafel. Wir haben noch ganz viel Kuchen übrig.»

Mike stöhnte lachend auf: «Wenn das so weitergeht, finde ich nur eine Frau, die auf dicke Kerle steht.»

Bevor er sich jedoch über die Kuchen hermachen konnte wie Putin über den Knochen, sagte Achim: «Hört ihr das?»

Die anderen beiden lauschten. Dann antwortete Mike: «Ich höre nichts.»

«Ich auch nicht», bestätigte Angela.

«Eben!», grinste Achim.

«Häh?», fragte Mike. Angela hingegen begriff: «Marie!»

«Das Kind ist bestimmt da», lachte Achim auf.

Angela war nun aufgeregter als zu jedem anderen Zeitpunkt ihres Lebens in Klein-Freudenstadt. Und das sollte bei dem Trubel der letzten Tage etwas heißen. Hoffentlich war alles gutgegangen. Hoffentlich waren Mutter und Kind wohlauf!

In diesem Augenblick trat die Hebamme in den Garten. Sie lächelte und rief Angela fröhlich zu: «Marie und Adrian wollen Sie jetzt sehen!»

59

Marie lag im Schlafzimmer auf dem von der Hebamme frisch bezogenen Bett – die Frau hatte das gröbste Chaos im Handumdrehen in ein erträgliches verwandelt, um den Rest würden sich Angela und Achim später kümmern. Die frischgebackene Mutter hielt das in eine kleine Decke gewickelte Baby in den Armen. Dass ein Mensch zugleich so geschafft und so glücklich aussehen konnte, hätte Angela nie für möglich gehalten.

«Ich lass», sagte Hebamme Brunsen, «Sie beide mal alleine. Ich habe hier einen Notruf auf dem Handy, um den ich mich kümmern muss. Aber keine Angst, Marie, ich schaue nachher wieder rein.»

«Danke.»

«Sie haben ja auch jemanden, der sich um Sie kümmern kann», lächelte Brunsen mit Blick auf die Hausherrin. Marie sah unsicher zu Angela. Die nickte ihr zu.

Und Marie antwortete: «Ja, das habe ich wohl.»

«Bis nachher», verabschiedete sich Brunsen und ging aus dem Schlafzimmer. Angela trat ans Bett und betrachtete das schlafende Baby. Die Ähnlichkeit mit der Mutter war unverkennbar. Nicht nur, weil beide gleichermaßen erschöpft aussahen.

«Wollen Sie …», hob Marie an.

«Wir duzen uns, schon vergessen?», unterbrach Angela.

«Willst du», lächelte Marie, «ihn mal halten?»

«Wer, was, ich?», fragte Angela überrascht.

«Siehst du hier noch jemanden?»

«Nein», war Angela mit einem Mal auf eine ihr ganz unbekannte Weise verunsichert.

«Na also», lachte Marie.

Angela setzte sich zögerlich auf die Bettkante. Marie überreichte ihr das kleine Bündel, und Angela hielt es etwas verkrampft wie ein rohes Ei.

«Entspann dich, das ist keine Atombombe.»

Das war leichter gesagt als getan.

«Du kannst ihn ruhig an deine Brust drücken.»

Angela tat, wie ihr geheißen. Es fühlte sich wunderbar an. Sie konnte sogar den Herzschlag des Kleinen spüren. Und ihr trat eine Träne der Rührung in ihre Augen. Wann war das das letzte Mal geschehen? Als Achim ihr vor Jahrzehnten den Antrag gemacht hatte. Damals hatte sie gerade noch verhindern können, dass sie vor lauter Glück in Tränen ausbrach.

Um sich selbst ein wenig abzulenken, begann Angela zu reden: «Er ist wirklich süß, der kleine Adrian.»

«Er hat noch einen Namen.»

«Noch einen?»

«Ich habe ihn nach dir benannt.»

«Angela?», staunte Angela. Sie wusste, dass nach ihrem Tod vermutlich irgendwelche Flughäfen oder Bahnhöfe ihren Namen bekommen würden, aber das war ihr egal. Dass Menschen auch Kinder nach ihr benennen würden, hatte sie sich jedoch bisher nicht vorstellen können. Und sie fragte sich, ob es eine gute Entscheidung wäre, den Jungen Angela zu nennen. Selbst wenn es nur der zweite Name sein sollte, waren die Hänseleien doch vorprogrammiert.

«Nein, du Dummerchen», lachte Marie.

«Doch nicht etwa Merkel?»

«Quatsch!», lachte Marie noch mehr.

«Wie dann?»

«Ángel», erwiderte Marie.

«Ángel …», wiederholte Angela gerührt.

«Spanisch für Engel.»

Angela schaute auf den kleinen Adrian Ángel, der umwickelt in ihren Armen schlief. Nun konnte sie nicht anders. Sie ließ den Glückstränen freien Lauf. Und dabei dachte sie sich: «Klein-Freudenstadt, du bist ein Ort der Wunder!»

DANK

Mein großer ... ach Quatsch, gigantischer Dank gilt meiner wunderbaren Lektorin Ulrike Beck für all die Wege, die sie mit mir geht. Meinem Mentor Michael Töteberg, der diesen Roman, noch während ich ihn geschrieben habe, als Fortsetzungsroman kapitelweise gelesen und mich stets ermuntert hat. Meinem Cover-Zeichner Oliver Kurth, der wieder mal Herausragendes geleistet hat. Und Angela Merkel.

Weitere Titel

28 Tage lang

Aufgetaut

Die Ballade von Max und Amelie

Die Liebe sucht ein Zimmer

Happy Family

Jesus liebt mich

Mieses Karma

Mieses Karma hoch 2

MUH!

Plötzlich Shakespeare

Traumprinz

Merkel Krimi

Miss Merkel